GW01606718

10
18

12, AVENUE D'ITALIE. PARIS XIIIe

Sur l'auteur

Ann Granger est un auteur de romans policiers et historiques très prolifique, avec plus de trente romans parus en Angleterre. Elle a rencontré un franc succès international avec sa série « Lizzie Martin ». *Un intérêt particulier pour les morts* est le premier opus de cette série à paraître en France. Ann Granger a travaillé dans les ambassades britanniques de nombreux pays, dont la République tchèque, la Zambie et l'Allemagne. Elle vit désormais dans l'Oxfordshire.

ANN GRANGER

UN ASSASSINAT DE QUALITÉ

Traduit de l'anglais
par Delphine Rivet

INÉDIT

Grands détectives

créé par Jean-Claude Zylberstein

Du même auteur
aux Éditions 10/18

Titre original :
A Better Quality of Murder

ISBN 978-2-264-05875-1

Note de l'auteur

En traversant Green Park, le visiteur ne trouvera pas le grand chêne planté à la demande du roi Charles II, selon le gardien du parc, Hopkins, pas plus que le bosquet environnant. Ils sont le fruit de mon imagination, et j'espère que les lecteurs me pardonneront d'avoir pris cette liberté vis-à-vis d'un parc royal. De même, à Piccadilly, on chercherait en vain l'emplacement de la galerie d'art de Sebastian Benedict. Tout le pâté de maisons est désormais occupé par la masse imposante du *Ritz*.

CHAPITRE 1

Inspecteur Benjamin Ross

Un jour, j'ai croisé le chemin d'un homme qui s'apprêtait à commettre un meurtre. Sur le moment, je ne le savais pas. Et peut-être que lui non plus. Peut-être que ce qui allait devenir un crime n'était encore qu'une pensée brumeuse, un délire de son esprit malsain. S'il avait déjà pris sa décision, il aurait encore pu être révulsé par l'horreur de la chose, un sursaut de dégoût aurait pu l'éloigner de l'abîme. Une parole aurait pu suffire. J'aurais pu le retarder, ne serait-ce que pour lui demander où il allait et lui dire de prendre garde ; c'est ainsi que les policiers sont toujours censés s'adresser à leurs concitoyens. Il avait encore le temps de réfléchir. Il aurait pu changer d'avis, si j'avais parlé. Mais nous nous sommes croisés tels des navires dans la nuit, et une femme a perdu la vie.

Au bout de seulement deux ans dans la police, j'avais abandonné mon uniforme d'agent pour devenir officier en civil. C'était à l'occasion de l'Exposition universelle de 1851. L'idée était de se mêler à la foule afin d'attraper les pickpockets et les passeurs de fausse monnaie parmi les visiteurs du grand Crystal Palace érigé à Hyde Park. Mon succès fut tout relatif, et j'eus tôt fait d'apprendre que les membres de la confrérie des criminels repèrent un policier en quelques secondes, peu importe son accoutrement.

Quoi qu'il en soit, je suis depuis dans la division en civil, basée à Scotland Yard, et j'ai fini par obtenir le grade d'inspecteur. Oserai-je remarquer que ce n'est pas mal pour quelqu'un qui a commencé sa carrière comme galibot dans les mines du Derbyshire avant de venir tenter sa chance à Londres ? Quant à l'Exposition universelle, je ne l'oublierai jamais. J'avais vu des machines à la mine mais rien de comparable à ce qu'offrait le Crystal Palace. Toutes sortes de nouveautés et de dispositifs étaient exposés : des meubles splendides et des équipements ménagers dignes de la reine elle-même, tout ce que l'on pouvait imaginer ; il y avait même une locomotive à vapeur pour se déplacer à l'intéricur de l'exposition.

Seize ans plus tard, un samedi soir de novembre 1867, alors que je rentrais chez moi, je me trouvai face à un autre emblème de Londres, qui n'a pas son pareil dans le monde entier. Il n'est fait ni de métal, ni de bois, ni de porcelaine, ni de tissu et il n'est pas issu de l'esprit génial d'un inventeur ou d'un artisan. Il n'arrive pas derrière vous en faisant un vacarme assourdissant, en crachant de la vapeur et en renversant de l'huile. Il n'est pas peint aux couleurs de l'arc-en-ciel ; il est d'un jaune crasseux ou d'un gris terne. Il est silencieux et constitué de l'haleine humide de la ville elle-même. Il s'agit du brouillard.

Le brouillard de Londres est vivant comme un animal. Il tournoie autour de vous et vous attaque de toutes parts, il s'infiltre dans votre gorge et s'insinue dans vos narines. Il vous aveugle. Parfois il semble si épais que l'on croirait pouvoir l'attraper par poignées, comme du coton. Mais, bien sûr, c'est impossible. Il vous glisse malicieusement entre les doigts, ne laissant que son odeur poisseuse coller à vos vêtements, vos cheveux et votre peau. Même quand vous essayez de refermer votre porte sur lui, il est tout de même là, dans votre salon, à vos côtés.

Ce jour-là, le brouillard était tombé en milieu d'après-midi. À quatre heures, il avait enveloppé tout le centre de Londres dans son étreinte visqueuse et étendait ses doigts humides jusque dans les faubourgs de la ville. La journée avait été plutôt calme ; même les malfrats étaient coincés chez eux par le brouillard. Je l'avais observé s'épaissir par la fenêtre de mon minuscule bureau à Scotland Yard ; à présent, le soleil, invisible sous la couverture grise, se couchait, laissant l'obscurité s'installer. À l'intérieur, tout était illuminé par l'éclairage au gaz ; mais la purée de pois qui collait aux vitres semblait se moquer de nos efforts pour la repousser. Des policiers rentraient en toussant et jurant qu'on n'y voyait pas plus loin que le bout de son nez.

Le superintendant Dunn nous quitta à quatre heures en maugréant quelque chose au sujet d'un dîner auquel Mrs Dunn et lui étaient invités. Comment diable allait-il rentrer chez lui à temps pour se changer ? Qui plus est, comment son épouse et lui allaient-ils se rendre chez leurs hôtes à Camden ?

— Vous feriez bien de rentrer vous aussi, Ross, conclut-il.

Je le pris au mot et quittai les lieux peu après lui. J'avais l'intention de traverser la Tamise non par le pont de Westminster comme à mon habitude, mais par le pont de Waterloo. En temps normal, il était tout proche, toutefois il me fallut trois quarts d'heure de marche et une dizaine de collisions dans divers obstacles avant que l'odeur ne m'avertisse que j'étais arrivé au grand remblai en construction au bord du fleuve. Le brouillard avait mis un terme aux travaux pour la journée.

Quant à la puanteur, elle s'élevait de l'eau elle-même. N'ayant pas la possibilité de se dissiper en hauteur, piégés par le brouillard, les miasmes humides se mêlaient à toutes les autres odeurs. Bien que le merveilleux nouveau système d'égouts de Mr Bazalgette qui court en partie sous mes pieds et sous le remblai soit conçu pour supprimer une source de contamination, on retrouve de tout dans la Tamise. En effet, la circulation fluviale génère ses propres débris et quand un habitant du quartier veut se débarrasser de quelque chose, qu'il s'agisse de déchets domestiques ou commerciaux, licite ou non, le plus simple est encore de le jeter dans le fleuve.

Il y a aussi des cadavres, surtout d'animaux, parfois aussi d'humains. Des assassins font basculer leur victime par-dessus le parapet en pleine nuit. Les désespérés se jettent du haut des ponts. Je m'estime heureux de ne pas travailler à la brigade fluviale. La fumée des locomotives qui entraient dans la grande gare de Waterloo, sur la rive sud, ou en sortaient ajoutait son odeur bien distincte à toutes les autres. J'y étais habitué. Elle m'accompagnait chaque soir sur le chemin du retour.

Je repérai enfin la direction du grand pont aux neuf arches de granit et m'y engageai. La guérite de péage était vide. En effet, peu de personnes souhaitaient l'emprunter par ce temps. Les conducteurs de fiacres avaient presque tous déserté les rues. Même aux heures d'affluence, la circulation est toujours restreinte sur ce pont parce que les Londoniens, naturellement économes, répugnent à s'acquitter du péage et préfèrent, si possible, traverser ailleurs. On m'a dit que ceux qui ont financé la construction n'ont jamais récupéré leur mise. Il paraît même que le gouvernement sera finalement obligé d'en reprendre possession, de supprimer le péage et de faire supporter les coûts au contribuable.

Je me mis en marche en restant prudemment près du muret de gauche, que je touchais par instants pour me rassurer.

Je me sentis bientôt complètement isolé. L'unique son que j'entendais de temps à autre était l'écho assourdi d'une corne de brume. La plupart des bateaux avaient jeté l'ancre dans l'attente d'une éclaircie. Les balises ne servaient plus à rien. Les becs de gaz du pont brillaient par intermittence, inutiles, produisant tout juste un maigre halo de teinte safran dans la grisaille environnante. J'entendais le bruit de mes pas se répercuter contre le parapet. Bien que j'eusse enroulé mon écharpe autour de mon visage et couvert mon nez, le satané brouillard s'insinuait tout de même dans ma gorge et me faisait tousser.

J'avais atteint la moitié du pont, me semblait-il, quand je me rendis compte que je n'étais plus seul. Des pas résonnèrent. Comme le brouillard joue des tours à nos sens, je m'arrêtai pour vérifier que je n'entendais pas simplement l'écho de mes propres pas. Non, il n'y avait aucun doute ; quelqu'un courait à toute allure malgré l'absence de visibilité.

Mon instinct de policier fut immédiatement en éveil. Ce n'est pas uniquement la témérité qui fait prendre des risques. Parfois c'est la peur. L'inconnu ne savait pas où il courait, ni quel obstacle pouvait se dresser sur son chemin, parce qu'il essayait d'échapper à quelque chose.

J'attendis, immobile, l'oreille aux aguets. Je devinai qu'il s'agissait d'une femme. Le bruit sur les pavés était plus léger que l'impact de grosses bottes d'homme. Tap-tap-tap, faisaient les pas précipités en se rapprochant, avec l'énergie du désespoir. C'était une femme seule, terrifiée, qui traversait le pont à l'aveuglette dans la masse ocre.

— Au diable ce brouillard ! marmonnai-je dans mon écharpe.

J'avais perdu mes repères. Il me semblait qu'elle était pile en face de moi, du même côté du pont, mais elle aurait aussi bien pu passer sur ma droite ou même en plein milieu. Je vins me placer non loin du centre de la chaussée. Dans le cas improbable où un véhicule emprunterait le pont, j'aurais toujours le loisir de me rabattre. Et ainsi, je serais en mesure d'intercepter la femme. J'hésitais à la héler pour lui signaler ma présence, mais je ne voulais pas accroître sa frayeur.

Paf !

Avant que j'aie pu me décider, une vague silhouette apparut à deux pas de moi. J'eus tout juste le temps de distinguer la forme d'une jupe et quelque chose qui ressemblait à une crête de coq sur sa tête avant que la silhouette ne me percute de plein fouet. J'en eus le souffle coupé. Le monde tourna. Je vacillai et tombai presque à la renverse, mais je parvins à garder l'équilibre et à tendre la main. Par chance, j'attrapai une poignée de tissu léger ; une robe de femme. Un hurlement perçant au creux de mon oreille m'incita à la relâcher mais je tins bon.

— Madame, criai-je, je suis policier ! Ne craignez rien !

Elle poussa un autre cri aigu et commença à faire pleuvoir les coups sur mon torse et ma tête. Je sentis l'odeur de son parfum bon marché.

— Lâchez-moi ! hurla-t-elle. Je vous ai rien fait !

— Moi non plus je ne vous veux aucun mal ! répondis-je en continuant à lutter.

Elle comprit que je ne la lâcherais pas. J'avais réussi à lui attraper le bras. Elle arrêta soudain de se débattre et supplia d'une petite voix pathétique :

— Me faites pas de mal !

— Je ne vais pas vous faire de mal, dis-je d'une voix calme pour la rassurer. Je vous l'ai dit, je suis policier.

Son bras libre sortit de la pénombre et une main tâta le devant de mes vêtements.

— Vous êtes pas un cogne ! lança-t-elle avec véhémence. Vous avez pas d'uniforme ! Ils sont où les boutons en cuivre, hein ?

Je me rendis compte que l'improbable crête sur sa tête était un chapeau décoré de grappes de fleurs artificielles et de plumes. J'étais à peu près convaincu qu'elle faisait partie des femmes qui gagnent leur vie en faisant le trottoir. Je pouvais me tromper. Peut-être était-elle une femme respectable, bien sûr. Mais le parfum, le tissu de sa robe bien trop léger pour la saison et le chapeau estival, sans parler de la rapidité avec laquelle elle avait vérifié ma déclaration en touchant mes vêtements, renforçaient cette hypothèse.

— Je suis en civil, dis-je.

— Ah oui ? fit-elle, sarcastique. Celle-là, on me l'avait encore jamais faite.

— Je suis l'inspecteur Benjamin Ross, déclarai-je fermement. Et vous étiez poursuivie par quelqu'un.

— Pas du tout ! se récria-t-elle. Lâchez-moi le bras.

— Certainement pas ! dis-je. Peut-être avez-vous volé le portefeuille ou la montre de quelqu'un et c'est pourquoi vous essayez d'échapper à la justice.

Cette fois, elle me donna un grand coup de son bras libre et je reçus son poing en pleine poitrine.

— Je suis pas une voleuse ! Je suis une honnête fille !

— Vous êtes une fille de joie, dis-je.

J'aurais pu dire une « prostituée », mais je craignais que ce qualificatif ne me vaille une autre bourrade.

— Et vous venez de frapper un policier. Rien que pour cela, je pourrais vous arrêter.

Elle parut se détendre, ce qui était une réaction bizarre à ma menace. Il y eut un silence. Peut-être réfléchissait-elle, cependant, je sentais qu'elle dressait aussi l'oreille. Guettait-elle un poursuivant ?

— Parfait, dit-elle soudain. Arrêtez-moi.

— Vous voulez que je vous arrête ?

— Oui ! Allez, zou, arrêtez-moi !

Elle se pencha vers moi et son haleine chargée de bière se mêla à son parfum.

— Ah, vous croyez que vous serez plus en sécurité avec moi que libre et vous craignez de le rencontrer.

— Qui ? demanda-t-elle d'une voix altérée par la peur.

— L'homme à qui vous cherchiez à échapper. Qui est-ce ?

Je n'avais aucune envie de l'arrêter. Elle me paraissait très jeune. D'ailleurs, la plupart des filles qui arpentent les trottoirs sont très jeunes, parfois à peine sorties de l'enfance. Toutefois je ne l'avais pas surprise à racoler. J'avais seulement rencontré une jeune fuyarde très effrayée. La traîner jusqu'à un poste de police pour l'inculper me semblait excessif.

— Comment vous appelez-vous ? demandai-je.

— Ah çà, t'aimerais bien le savoir ! rétorqua-t-elle, boudeuse.

— Oui, j'aimerais le savoir. Je vous ai dit mon nom. Allons, parlez-moi, un échange équitable n'est pas un vol.

— Daisy, dit-elle après une hésitation.

— Nom de famille ?

— Euh… Smith.

— Je ne vous crois pas.

— Croyez ce que vous voudrez. Je vous dis que je m'appelle Daisy Smith, vous pouvez toujours essayer de me prouver le contraire.

— Eh bien, Daisy Smith, dites-moi ce qui vous faisait si peur.

— Vous ! riposta-t-elle du tac au tac. Ça va pas la tête de vous agripper comme ça à une jeune fille ! Vous m'avez flanqué une belle frousse !

— Peut-être, mais quelqu'un d'autre vous avait déjà fait bien plus peur.

Il y eut un silence, ponctué par le timbre désolé d'une corne de brume sur le fleuve. Puis un craquement de bois sous nos pieds et une voix d'homme qui lançait un avertissement. Quelqu'un était assez fou pour tenter de naviguer dans ces conditions.

— C'était lui, confia-t-elle d'une voix à peine audible.

— Alors dites-moi qui, Daisy, répliquai-je tout aussi doucement. Et je pourrai vous protéger de lui.

Elle eut un petit rire forcé.

— Personne peut me protéger de lui ! Il est hors de votre portée, inspecteur Benjamin Ross. On peut rien contre lui. Vous pas plus que moi.

— Pourquoi ?

— Parce qu'il est déjà mort, pardi ! C'était le spectre du fleuve. Il sort de la Tamise par les nuits de brouillard et rôde dans les rues. Il est enveloppé d'un linceul et se cache dans les ruelles et sous les portes cochères. On le voit jamais, et on l'entend pas, jusqu'à ce qu'on sente la caresse de sa main et son souffle putride. Il sent la tombe, la mort et le sang. C'est lui qui m'a attrapée là-bas. Ses mains glacées sont sorties du brouillard et m'ont prise à la gorge. Mais j'ai réussi à m'enfuir.

— Comment ? lui demandai-je, sceptique.

J'avais déjà entendu des filles raconter toutes sortes de contes quand elles se faisaient arrêter mais celui-là était nouveau.

D'une voix soudain très terre à terre, elle m'expliqua :

— Je lui ai enfoncé les doigts dans les narines !

En effet, une fille qui travaille dans la rue apprend à se défendre par la force des choses. Elle me fournissait ainsi mon argument suivant.

— Daisy, dis-je, ce n'est ni un fantôme, ni un spectre, comme vous dites. Sans quoi il ne pourrait pas ressentir de douleur. La personne qui vous a attrapée était bien de chair et de sang.

— Alors pourquoi est-ce qu'il sort que quand il y a du brouillard ? demanda-t-elle.

— Pour se dissimuler, tout simplement. Comme la plupart des criminels ou des gens animés de mauvaises intentions.

— Ils se promènent pas tous enveloppés d'un linceul, objecta Daisy.

— Vous l'avez vu, ce linceul ?

Elle hésita, puis retrouva son assurance.

— Moi, non, mais d'autres l'ont vu. Une amie à moi, elle l'a vu de ses yeux. Elle attendait la clientèle, mais la soirée était mauvaise, elle avait rien gagné et elle avait peur de rentrer sans argent.

Voilà qui sonnait vrai. Je sais qu'il y a généralement un voyou qui prend l'argent des filles. Ce même « ami » a souvent la main leste quand elles rentrent les mains vides. Je me demandais si Daisy avait elle aussi un « protecteur » ou si elle s'était débrouillée pour survivre sans tomber dans de mauvaises mains.

— Continuez, dis-je.

— Eh ben, elle a entendu des pas et elle a pensé : « Enfin un client ! » Alors elle est allée à sa rencontre. Le brouillard s'est entrouvert d'un coup et elle s'est retrouvée nez à nez avec lui. Elle m'a tout raconté, le linceul et tout. Tout blanc, il est. Il en est entièrement recouvert, même la tête, à part les yeux. Sauf qu'il n'a pas d'yeux. Seulement de grandes orbites noires vides à la place. Alors vous voyez ! conclut-elle, triomphante.

Je ne croyais pas aux fantômes couverts de suaires quel que soit le temps. Cependant, j'aurais aimé éclaircir ce mystère, si possible dans un cadre plus confortable. Je commençais à avoir froid à force de rester là debout et ma compagne, dans sa robe légère, devait être presque gelée.

— Revenons du côté du Strand, suggérai-je. Nous irons dans un café. Un breuvage chaud vous fera du bien et vous pourrez tout me raconter.

Elle se tortilla pour échapper à mon étreinte. Elle avait changé d'avis et ne souhaitait plus m'accompagner. Peut-être était-elle sûre à présent d'avoir semé son poursuivant ou bien pensait-elle que ma présence avait fait fuir celui-ci.

— J'irai nulle part avec un policier, inspecteur ou pas ! C'est pas à un café qu'on va aller. Je vais finir au poste de police et je vais me retrouver devant le juge demain matin.

— Je ne vous arrête pas, Daisy. Je veux vous aider. Écoutez-moi. Avez-vous été agressée par ce prétendu spectre auparavant ? Quand est-il apparu pour la première fois ?

— Peut-être bien il y a six mois, dit-elle sur un ton hésitant.

Puis elle ajouta avec plus de vigueur :

— Vous pouvez demander aux autres filles. Plus d'une a eu la chance de lui échapper. Je suis pas en train de tout inventer. Vous pouvez demander à n'importe laquelle de celles qui travaillent près de la Tamise, sur la rive nord comme sur la rive sud.

— Et vous dites que certaines filles ont été agressées voilà déjà six mois ?

— Oui. Mais seulement des nuits comme celle-là, quand le brouillard descend et qu'on peut pas le voir. Lui, il vous voit comme en plein jour. C'est bien pour ça qu'il est pas humain comme vous et moi. En ce moment, je suis juste à côté de vous. Pourtant, vous savez pas à quoi je ressemble, et moi je sais pas à quoi vous ressemblez. J'y vois pas clair dans le brouillard. Vous non plus. Mais le *spectre du fleuve*, lui, il y voit.

Sur ce, elle se tordit vivement comme une anguille, son bras m'échappa et, avant que j'aie pu réagir, elle s'était élancée en courant vers la rive nord du pont, du côté du Strand.

— Le spectre du fleuve, marmonnai-je, furieux. Cette fille a le cerveau dérangé.

Cependant, elle avait bien été attaquée. Quelqu'un ou quelque chose l'avait terrorisée.

Je me remis en route. L'odeur des grosses locomotives me parvenait distinctement à présent et je les entendais rugir et cliqueter alors qu'elles pénétraient dans la gare de Waterloo ou en sortaient. Les chauffeurs avançaient lentement et attendaient pour prendre de la vitesse d'avoir quitté le centre de Londres et de bénéficier d'une meilleure visibilité. J'étais presque rendu. Alors que j'atteignais l'extrémité du pont, j'entendis de nouveau un bruit de pas qui arrivait vers moi, mais cette fois, c'était un pas d'homme mesuré. Ce piéton avançait prudemment. Il n'avait pas de canne. Je l'aurais entendue heurter le sol ou le parapet. Peut-être avançait-il comme moi, à tâtons.

La silhouette émergea du brouillard. Un homme plutôt de petite taille, qui portait un long manteau sombre et une sorte de sac. Je supposai qu'il s'agissait d'un voyageur, débarquant tout juste d'un train.

— Sale temps n'est-ce pas ? lançai-je aimablement.

Il ne me répondit que par un grommellement, pressa le pas et s'éloigna. Je vis qu'il collait son mouchoir contre son visage pour se protéger des miasmes, et qu'il n'était manifestement pas disposé à l'ôter pour me retourner mon salut.

Ou bien peut-être qu'avec la meilleure volonté du monde j'avais tout de même l'air d'un policier.

Mais s'il l'avait compris, il savait aussi que je marchais dans la direction opposée à la sienne. À chaque pas, la distance entre nous s'allongeait. Peut-être cela apaisait-il son esprit.

À l'approche de mon domicile, je me hâtai et j'oubliai un instant mes rencontres sur le pont, jusqu'à ce que cela recommence.

Une deuxième silhouette me percuta de plein fouet. De nouveau, une voix de femme laissa échapper un cri de surprise, puis une voix familière surgit du brouillard.

— Excusez-moi, je ne vous avais pas vu.

La femme s'écarta pour me contourner mais je lui attrapai le bras.

— Lizzie ? C'est toi ?

— Oh, Ben ! soupira mon épouse. C'est toi ? Quelle affreuse soirée !

CHAPITRE 2

Elizabeth Martin Ross

La première réaction de Ben, quand il se rendit compte de mon identité, fut de me demander ce que je pouvais bien faire dehors.

Je lui expliquai que j'étais à la recherche de Bessie.

— Et que fait Bessie dehors par ce temps ?

— Je t'expliquerai plus tard, dis-je. C'est à cause des pommes.

J'entendis Ben pousser un profond soupir qui se transforma en toux lorsque le brouillard s'infiltra dans sa gorge.

— Rentrons à la maison, dit-il. Tu ne la trouveras pas dans ces conditions, et elle est peut-être déjà rentrée de son côté.

Cette perspective ne me déplaisait pas ; nous nous mîmes en route vers la maison en trébuchant comme un couple d'aveugles.

Quand nous nous sommes mariés, nous avons investi notre pécule dans une petite maison mitoyenne en brique rouge, non loin de la gare de Waterloo. Si nous avons pu nous le permettre, c'est parce que la précédente propriétaire était mon ancienne employeuse, la veuve de mon parrain, « Tante » Parry. Cette maison était l'une des nombreuses qu'elle possédait, et l'une des meilleures, construite il y avait seulement vingt ans. (D'autres étaient pour ainsi dire des taudis et personne n'aurait choisi d'y vivre, pourtant les loyers assuraient à Tante Parry un revenu confortable[1] !) Quoi qu'il en soit, c'est sa générosité qui nous a permis d'acquérir notre maison à un très bon prix.

Ayant épuisé nos économies, il n'était pas question d'acheter tout le mobilier jusqu'à la dernière marmite ni de payer des domestiques expérimentées. (Bien que Ben perçoive un salaire très honorable et qu'il espère une augmentation prochaine.) De toute façon, la maison n'était pas de taille à nécessiter « des domestiques », mais si je voulais m'épargner les tâches les plus rudes, j'avais besoin d'aide. À Dorset Square, lorsque je vivais chez Tante Parry, Bessie était la domestique tout en bas de l'échelle, la fille de cuisine. Elle avait été ravie d'échapper au regard d'aigle de la cuisinière, Mrs Simms, et de venir chez nous en tant que bonne à tout faire. Nous emménageâmes donc tous les trois.

J'avais toujours trouvé, quand j'habitais Dorset Square, que Mrs Simms se montrait excessivement sévère à l'égard de Bessie. Toutefois, je n'avais jamais été responsable d'une fille de quinze ans ; au bout de peu de temps, je commençai à éprouver une certaine sympathie pour Mrs Simms.

Bessie était travailleuse et loyale et je la savais intelligente et vive. Mais elle était aussi indépendante

1. Voir *Un intérêt particulier pour les morts*, 10/18, n° 4658. (*Toutes les notes sont de la traductrice.*)

d'esprit et n'hésitait jamais à donner son avis. De plus, je ne m'étais pas attendue à ce qu'elle soit si dissimulatrice. Le problème s'était amplifié, peu de temps après notre emménagement, lorsque Bessie avait découvert le mouvement pour la tempérance.

Je m'en rendis compte pour la première fois quand Bessie, alors que nous habitions depuis un mois dans cette maison, me demanda humblement si elle pouvait se rendre à une réunion de prière hebdomadaire le dimanche à cinq heures de l'après-midi.

Je fus surprise par cette soudaine ferveur religieuse, mais cela semblait une requête raisonnable, et même louable. Je lui posai simplement quelques questions. Mrs Simms m'avait bien recommandé, en me confiant la garde de Bessie, de surveiller d'éventuels « prétendants ».

Je dois admettre que Bessie n'est pas la plus jolie des jeunes filles. Elle a une silhouette maigre et nerveuse et, étant donné que la pauvre enfant a été employée à récurer des marmites et à lessiver des planchers depuis l'âge de douze ans, ses mains sont rêches et rougeaudes comme si elle en avait quarante. Si l'on ajoute à cela des cheveux frisés couleur taupe et des dents tordues, je ne m'inquiétai guère des « prétendants » quand elle sollicita cette permission. Je m'enquis néanmoins de quelle sorte de réunion de prière il s'agissait, où elle se tenait et qui la dirigeait.

J'appris qu'elle était dirigée par le révérend Fawcett dans une salle paroissiale toute proche et qu'elle était affiliée au mouvement de tempérance. Je m'en ouvris à Ben.

— J'ai vu assez de violences et de crimes causés par l'ivrognerie, dit Ben. Si Bessie veut signer une promesse de tempérance, cela me va très bien.

Cela ne m'aurait pas dérangée non plus, mais la nouvelle passion de Bessie s'accompagnait d'un désir de « répandre la bonne parole ». Bref, Ben et moi étions nous aussi censés nous tenir à l'écart du démon de la boisson. Non pas que nous buvions beaucoup. Ben prenait parfois une *porter* avec son dîner, une bière brune forte, prisée des porteurs sur les marchés de viande et de poisson, et à laquelle il avait pris goût depuis qu'il vivait à Londres. Une bouteille de *porter* sur la table n'est guère élégante ; et dans les rares occasions où nous avions des invités, j'enlevais la bière et je lui substituais une bouteille de vin bon marché. Nous étions loin d'avoir une cave à vin. Quoi qu'il en soit, il fallait supporter de boire avec Bessie qui se tenait derrière nous comme un chœur grec antique. Elle ne se tordait pas les mains de désespoir mais elle maîtrisait à la perfection le hochement de tête chagriné et le regard réprobateur.

— Ignore-la, dit Ben, qui s'amusait de cette pantomime, elle va vite se lasser.

Emportée par son élan, Bessie passa ensuite à une attitude plus ouvertement critique.

Je la trouvai un jour dans la cuisine, penchée au-dessus de l'évier, regardant deux verres de vin en secouant douloureusement la tête.

— Je ne peux pas le faire, m'dame, dit-elle, dès que j'approchai.

J'aurais aimé qu'elle ne m'appelle pas « m'dame » et j'avais suggéré d'autres possibilités, mais Bessie tenait dur comme fer à ce titre. Quant à Ben, elle le désignait toujours sous le nom de « l'inspecteur » et c'est ainsi qu'elle s'adressait à lui

— Tu ne peux pas faire la vaisselle, Bessie, et pourquoi ?

— Je peux laver les marmites et les plats, dit-elle, mais pas les verres qui ont contenu des boissons fortes. Si je le faisais, je vous encouragerais à commettre une action que je sais mauvaise.

Ma réaction naturelle aurait été de crier : « Sornettes ! Fais cette vaisselle tout de suite. »

Exceptionnellement, je parvins à ne pas dire la première chose qui me passait par la tête. J'avais une meilleure idée.

— Oh, je vois. Oui, en effet, je me disais aussi qu'il serait préférable que tu laisses les verres de côté. Je les laverai moi-même. C'est un cadeau de mariage de Tante Parry et je n'aimerais pas qu'ils soient cassés.

Bessie se retourna vers moi, indignée. Elle ouvrit la bouche, mais, pour une fois, aucune réplique ne sortit. Je ramassai les verres coupables et les mis de côté. Bessie lava les plats à grand bruit et dans un mutisme rebelle. Pendant quelque temps après cela, elle me demanda régulièrement :

— Êtes-vous sûre que vous voulez que je lave ce plat, m'dame ? Je risque de le casser.

Elle me regardait d'un air innocent en posant la question, néanmoins j'avais remporté cette partie-là, et elle le savait.

Ce jour-là, le jour du brouillard, nous devions avoir des côtes de porc pour le dîner, et je découvris en me rendant à la cuisine afin de préparer le repas que nous n'avions plus de pommes pour la sauce d'accompagnement.

— Il y avait deux pommes dans la coupe de fruits, Bessie. Que leur est-il arrivé ?

— L'inspecteur les a mises dans sa poche en partant, m'dame.

— Mais c'était des pommes à cuire, dis-je. Trop acides pour être mangées crues !

— Je lui ai dit, rétorqua-t-elle calmement. Il les a tout de même prises. Il va avoir terriblement mal aux tripes. Voulez-vous que j'aille chez le marchand des quatre-saisons en acheter d'autres ?

— À l'estomac, Bessie, pas aux tripes, corrigeai-je machinalement.

J'hésitai. Le brouillard, qui avait empiré tout l'après-midi, était désormais une vraie purée de pois.

— Ce n'est pas loin, dit Bessie. Je connais le chemin. Je raserai les murs.

J'acceptai à contrecœur. En temps normal, cela lui aurait pris un quart d'heure tout au plus. La boutique était juste au coin de la rue. Même en comptant large à cause du brouillard, elle aurait dû être de retour en une demi-heure. Au bout de trois quarts d'heure, j'avais noué un châle sur mes épaules et j'étais partie à sa recherche. C'est là que j'avais rencontré Ben à sa place.

Nous rentrâmes en hâte à la maison. Une fois à l'intérieur, je tendis l'oreille, puis j'allai voir à la cuisine. Pas de Bessie.

— Personne ? demanda Ben. Je vais aller à sa recherche.

Je le retins par le bras alors qu'il s'apprêtait à ressortir.

— Nous n'avons aucune chance de la trouver par ce temps, Ben. Tu viens juste de rentrer. Assieds-toi et réchauffe-toi près du feu et si elle n'est pas là dans vingt minutes, eh bien, nous aviserons.

Ben semblait particulièrement contrarié.

— Il a fallu qu'elle choisisse ce soir entre tous !

— Pourquoi ? Qu'y a-t-il de particulier ce soir ?

Ben hésita, puis il finit par me raconter sa rencontre avec la fille sur le pont.

— Cela ne veut pas dire qu'il est arrivé malheur à Bessie, mais ça ne me plaît pas qu'elle ne soit pas encore revenue.

— Tu me fais peur. Crois-tu que la fille dise vrai ? À propos de la silhouette portant un linceul…

Ben ne répondit pas tout de suite.

— Je sais que cela paraît farfelu, mais elle jure que les autres filles du quartier le connaissent et que l'une d'elles a vu son visage.

Il poussa un soupir de frustration.

— Si seulement je pouvais lui parler, afin d'obtenir un signalement, n'importe quel détail pourrait m'aider. Pour cela, il faudrait d'abord que je retrouve Daisy Smith, s'il s'agit bien de son vrai nom. Or je ne sais rien d'elle, à part qu'elle fait le trottoir et qu'elle porte un chapeau décoré de plumes.

La lueur de la lampe fit briller quelque chose sur le revers du pardessus de Ben. Je détachai un filament scintillant presque écarlate et je l'examinai.

— Nous savons une chose, dis-je. Elle a les cheveux d'un roux éclatant.

Ben poussa un cri et saisit le cheveu. Il se rendit au bureau dans le salon, prit une feuille de papier blanche et la plia pour y ranger soigneusement le cheveu. Il inscrivit sur le papier « Daisy Smith », avec la date.

— On sauvegarde les preuves, inspecteur Ross ? demandai-je avec un sourire.

— Pour l'instant, il n'y a pas de crime. Mais nous pourrions bien finir par en avoir un…

À ce moment-là, un faible cliquetis au rez-de-chaussée nous avertit que quelqu'un venait de refermer tout doucement la porte de derrière.

Nous descendîmes en hâte à la cuisine où nous trouvâmes Bessie, vêtue de son châle et de son bonnet, et munie d'un panier contenant des pommes.

D'une même voix, nous lui demandâmes la raison d'une aussi longue absence.

— C'est le brouillard, m'dame, fit Bessie, sur la défensive. Cela m'a pris plus de temps que je croyais.

— Une heure, Bessie !

Je lui attrapais le panier des mains. Elle sembla hésiter à le lâcher et je compris vite pourquoi.

— Qu'est-ce que c'est ?

Sous les pommes, je découvris une pile de tracts de piètre qualité.

— *Attention aux dangers des boissons fortes !*, lus-je à haute voix. Qu'est-ce que c'est que ça ? Où les as-tu eus ?

Bessie avait l'air bien embêtée. Mais elle n'était pas menteuse.

— Je suis allée très vite chez le marchand, et je me suis dit que j'avais tout juste le temps de passer à la salle paroissiale chercher des tracts. Mr Fawcett nous a demandé la dernière fois de distribuer des prospectus, quand ils reviendraient de chez l'imprimeur. Il y avait une réunion ce soir à l'église, alors au lieu d'attendre jusqu'à demain, je me suis dit que je pourrais récupérer mes tracts maintenant pour commencer à les distribuer.

— Donne-moi ça ! m'exclamai-je. Mr Fawcett s'attend-il à ce que tu fasses le pied de grue au coin de la rue pour distribuer ces choses ?

— Oh, non, fit Bessie avec sérieux. Je dois simplement en donner aux gens que je connais, pour leur parler de la tempérance.

— Je n'ai rien contre la tempérance, dit Ben, mais s'il y a une bouteille de *porter* dans le garde-manger, j'en prendrais volontiers avec le dîner !

— Oh, Seigneur, le dîner ! Bessie, il faut que nous nous y mettions. Nous reparlerons de cela plus tard.

— Oui, m'dame, dit-elle sur un ton morne.

— Que vas-tu faire ? demanda Ben plus tard, alors que nous étions attablés devant les côtes de porc.

Les flammes dansaient joyeusement dans l'âtre et faisaient luire le pare-feu et les ustensiles de cheminée en cuivre. Cette vision aurait réconforté n'importe qui.

— C'est un peu ma faute, dis-je. J'aurais dû me renseigner davantage sur ces réunions dès le départ. Je croyais qu'ils se contentaient de chanter des cantiques et d'écouter un sermon du révérend Fawcett sur la tempérance. Je crois que demain, je vais accompagner Bessie, afin de faire la connaissance de ce prédicateur et lui dire que je n'autorise pas Bessie à distribuer des tracts.

— Parfait, dit Ben en versant les dernières gouttes de sa bière.

— Ben, dis-je, manges-tu vraiment les pommes à cuire ?

— Certainement, fit mon mari, je les adore depuis que je suis tout petit.

Ben était assoupi devant la cheminée lorsque Bessie et moi quittâmes la maison le lendemain en fin d'après-midi. Il n'y avait plus trace du brouillard de la veille, mais toutes les cheminées crachaient des nuages gris qui restaient suspendus au-dessus des rues. Plus vides qu'en semaine, elles baignaient dans le silence dominical. Le peu de gens que l'on croisait avaient mis leurs plus beaux vêtements, à part, bien sûr, les éternels gamins des rues en haillons. Ils couraient aux côtés des promeneurs du dimanche en leur demandant quelques piécettes, espérant qu'après être allés à l'église ils se montreraient d'humeur charitable.

La salle paroissiale où devait se tenir la réunion était coincée entre deux grands bâtiments et avait dû être autrefois un entrepôt. Ses murs de brique étaient recouverts de l'inévitable couche de suie, cependant ses fenêtres hautes et étroites avaient été nettoyées et un panneau annonçait la réunion du soir, « avec un discours du révérend Joshua Fawcett. La réunion sera suivie d'une collation ».

— Parfois j'aide à servir le thé et les biscuits, annonça fièrement Bessie en me guidant à l'intérieur. Et parfois je m'occupe des enfants.

La salle n'était chauffée que par un minuscule poêle. Il y avait peu de meubles, à l'exception des rangées de chaises et le plancher nu résonna sous nos pas. Au fond, une estrade avait été érigée, avec un pupitre en son milieu.

Sur la droite, près des rideaux usés jusqu'à la trame, se trouvait un piano éraflé qui aurait eu besoin d'être ciré. Sous l'estrade, du côté gauche, une table était dressée avec un samovar fumant, gardé jalousement par deux femmes, l'une petite et replète, l'autre grande et mince.

— La petite grosse, chuchota Bessie impoliment, c'est Mrs Gribble, et la grande, c'est Mrs Scott. Mrs Scott est veuve. Son mari était soldat mais il n'est pas mort au combat. Il a attrapé la fièvre en Inde.

Elle fronça les sourcils.

— On dirait que Miss Marchwood n'est pas là aujourd'hui. Je me demande où elle est. Elle vient toujours, pour aider à servir le thé. Je voulais vous la présenter. Elle fait la même chose que vous avant, m'dame.

— C'est-à-dire ? demandai-je, intriguée.

— Avant que vous épousiez l'inspecteur. Elle est demoiselle de compagnie, expliqua Bessie.

— Ah bon ? murmurai-je tout en scrutant Mrs Scott.

Bien que vêtue sobrement, elle portait une belle cape verte rehaussée de fourrure. Sa robe était coupée dans ce tissu écossais des Highlands que Sa Majesté avait mis à la mode. Je notai que sa crinoline était à la dernière mode, plus arrondie à l'arrière et moins sur les côtés. Un chapeau rond en astrakan, d'inspiration russe, était épinglé sur son chignon, que je soupçonnai d'être postiche. Je lui donnai un peu plus de quarante ans. Je me demandai ce qu'une femme si manifestement aisée et élégante faisait à surveiller la préparation des tasses de thé à une réunion de tempérance.

Mrs Gribble avait une tenue plus colorée : une jupe bordeaux agrémentée de volants tendue sur une crinoline parfaitement ronde, un bustier vert, un châle à motifs cachemire et un bonnet brodé de fleurs en soie. Sous mes yeux, Mrs Scott lui indiqua une irrégularité dans l'alignement des tasses à thé. Mrs Gribble, rouge et agitée, se hâta d'y remédier, de manière que les tasses soient aussi bien rangées que des gardes de la reine.

Je pris place au dernier rang, afin de pouvoir observer la salle.

— Allez vous asseoir plus à l'avant, m'dame ! me suggéra Bessie.

Je la remerciai mais lui dis que je préférais rester là.

Bessie sembla déçue. J'imaginais qu'elle voulait me montrer à ses amies.

La salle se remplit peu à peu. Un groupe d'enfants fut installé devant, sous la houlette d'un petit homme corpulent d'âge moyen, au visage blême. Il était vêtu d'un costume étriqué en tweed pied-de-poule. Je soupçonnai une calvitie naissante car il avait ramené ses cheveux vers l'avant de sa tête. La frange qui en résultait formait une suite de bouclettes bien alignées sur son front. Le tout était maintenu en place par l'application généreuse d'une pommade qui faisait luire toute sa tête.

— Est-ce Mr Fawcett ? demandai-je à Bessie, déconcertée.

— Oh non, répondit-elle avec dédain, ce n'est que Mr Pritchard.

Un gentleman affublé de gros favoris apparut et se mit à distribuer solennellement des recueils de cantiques aux pages cornées. Bessie m'apprit qu'il s'agissait de Mr Walters. Je constatai que les bénévoles ne manquaient pas.

Je sentis autour de moi l'excitation monter et le bourdonnement des conversations se mêler au doux chuintement de l'éclairage au gaz. L'impatience se lisait sur tous les visages. Manifestement, Mr Fawcett était une attraction.

Cependant, nous ne devions pas le voir tout de suite. Mr Walters, l'homme aux favoris, monta sur le podium et nous demanda de nous lever pour chanter un cantique. Tandis que nous nous exécutions, il se dirigea vers le piano et joua quelques notes. L'instrument avait non seulement besoin d'être ciré, mais aussi d'être accordé. Néanmoins, nous donnâmes tous joyeusement de la voix.

Puis nous nous assîmes. Mr Pritchard poussa ses jeunes recrues vers le centre, face à nous, et, avec force gesticulations, il leur fit chanter un petit couplet entraînant promettant qu'elles ne toucheraient jamais ni au vin, ni à la bière, ni même au cidre.

Puis les chanteurs regagnèrent leur siège et Mr Pritchard, les joues roses de triomphe et le front en sueur, se tourna et s'inclina pour recevoir nos applaudissements polis. J'applaudis les efforts des enfants, même si je n'approuvais pas qu'on les utilise ainsi.

Le moment tant attendu arriva enfin. Mr Walters remonta en scène et nous pria d'accueillir chaleureusement Mr Fawcett, l'orateur de la soirée.

L'assistance applaudit à tout rompre, Bessie y mit une grande énergie, et le fameux révérend Joshua parut.

Je ne savais pas à quoi m'attendre. Je n'avais pas voulu interroger Bessie afin d'éviter qu'elle ne me rebatte les oreilles de louanges du pasteur. Il était beaucoup plus jeune que je ne l'avais imaginé. Je doutais qu'il eût plus de trente ans et, s'il était pasteur, ce n'était certainement pas au sein de l'austère Église anglicane. Grand et mince, il était élégamment vêtu d'une redingote bleu sombre bien coupée et d'un pantalon gris perle. Sa chemise était d'un blanc éclatant et le seul accessoire noir qu'il portait était une cravate en soie ornée d'une épingle en diamant. Il était rasé de près, mais arborait des cheveux longs comme un poète, et il ressemblait plus à un dandy qu'à un ecclésiastique. Je comprenais mieux pourquoi l'assemblée était en majorité composée de femmes. D'ailleurs, dès son apparition, un soupir collectif d'admiration s'éleva tout autour de moi.

— Chers amis, commença Fawcett, les deux mains agrippées au pupitre, balayant nos rangs de son regard étincelant. Mes amis, mes chers amis… quel grand plaisir de vous voir tous ici ce soir ! Cela me fait chaud au cœur de savoir que tant d'entre vous ont tenu à soutenir notre noble cause. Je vois sur vos visages que vous êtes dévoués corps et âme à cette tâche.

Sa voix était mélodieuse mais son regard perçant. J'étais sûre qu'il avait remarqué ma présence au fond de la salle.

Soudain, changeant de rythme et de style, il s'envola. Seigneur, il fallait le reconnaître, cet homme était un formidable prédicateur. Sa voix descendait dans le grave puis remontait, s'amplifiait ou chuchotait, selon le contexte. Il nous raconta l'histoire de Noé dans la vigne. Il nous rappela que le vin et toutes les boissons fortes émoussaient les sens, étaient la cause de toutes sortes de dégradations physiques, y compris la perte des dents, et du vieillissement précoce. L'ivrognerie menait à la violence et à de terribles erreurs de jugement. Et surtout, cette dépendance était un premier pas sur la pente glissante du péché, depuis les jurons et un comportement obscène en public jusqu'à des désirs interdits et l'adultère en cachette, depuis l'avarice et l'envie jusqu'au complot, au crime et au meurtre.

Il expliqua ensuite qu'il n'y avait pas un seul des commandements que nous ne serions amenés à enfreindre facilement par la faute de la boisson. Quant aux sept péchés capitaux, nous ne manquerions pas d'y basculer la tête la première.

— La concupiscence ! s'écria Fawcett d'une voix qui résonna dans la salle.

Les dames de l'assistance frissonnèrent. Toutes le regardaient, ensorcelées. Personne ne bougeait, pas une chaise ne grinçait, on n'entendait même pas un toussotement. Je pensais que les enfants au premier rang allaient finir par s'impatienter mais ils semblaient aussi fascinés que tous les autres. Bessie, à côté de moi, avait les yeux qui brillaient. Je commençais à me sentir mal à l'aise.

— Sortez dans les rues ! cria Fawcett en agitant la main en direction du monde extérieur.

Ses cheveux virevoltèrent autour de sa tête. Pendant un court instant, il m'évoqua l'image de l'archange saint Michel que l'on admire sur les vitraux, s'apprêtant à terrasser le dragon.

— Vous trouverez des antres du vice, de toutes sortes de vices, mes amis ! Vous verrez des hommes au plus bas, sans travail, dépourvus de tout amour-propre, qui mendient dans les rues ! Vous verrez des femmes qui font ouvertement commerce de leur corps ! Vous verrez des jeunes oisifs de bonne famille dilapidant leur héritage ! Vous verrez des mères affamées berçant dans leurs bras leurs pauvres nourrissons, devant la porte des tavernes, implorant leur mari de sortir avant d'avoir dépensé tout l'argent du ménage jusqu'au moindre penny. Et qu'est-ce qui a causé tout cela ? La boisson ! tonna-t-il.

Le mot tomba dans le silence. Nous attendîmes. Après une pause, Fawcett reprit sur un ton plus modéré mais non moins expressif, descendant dans le pathos et montant dans l'indignation, pour raconter l'histoire dramatique d'un charretier ivrogne. L'esprit embrumé, distrait, l'individu avait renversé une vertueuse jeune fille alors qu'elle faisait traverser la rue à son vieux père infirme.

Fawcett joignit les mains comme s'il priait.

— Imaginez la scène, chers amis, si vous le voulez bien. « Ma très chère fille ! sanglotait le pauvre vieillard, agenouillé à ses côtés, parle-moi ! » Mais son enfant gisait inerte, sans vie, alors que le charretier ivre restait paralysé, submergé par l'horreur de son acte. Mais trop tard !

Plusieurs dames se mirent à sangloter pieusement dans leurs mouchoirs en dentelle.

Ma réaction, je le crains, fut différente. Bien sûr, cette histoire était épouvantable et je sais que de telles tragédies peuvent parfois se produire. Mon père, en sa qualité de médecin, était parfois appelé en urgence sur les lieux d'un accident dans la rue ou sur un lieu de travail. L'ivrognerie en était souvent la cause. J'ai vu de mes yeux de pauvres femmes et des enfants à demi nus attendre à la porte de pubs et de tavernes, sachant que, lorsque l'homme de la famille en sortirait en titubant, ils recevraient sans doute une volée de coups. Mais je suis au regret de dire que, au moment où l'envolée lyrique de Mr Fawcett prit fin et qu'il repoussa de son front en sueur ses boucles désordonnées, je fus prise d'une subite envie de rire et je dus rapidement baisser les yeux. Mon père aurait expliqué ma réaction par l'émotion, face à un orateur qui jouait sur les sentiments de son public. Je réussis enfin à me reprendre. Quand je relevai les yeux, Mr Fawcett me dévisageait et je fus certaine qu'il avait deviné. Mortifiée, je me sentis rougir.

— Ceux qui sont mieux lotis dans la vie, commença onctueusement Fawcett (et je jurerais qu'il me regardait toujours), ne doivent pas se croire à l'abri. Quel gentleman refuserait un verre de porto après un bon dîner ? Quelle dame respectable ne prendrait-elle pas de temps à autre un verre de sherry ?

Il secoua la tête d'un air chagriné et ses longs cheveux lui couvrirent partiellement le visage. Il repoussa la mèche.

— Et puis, un beau jour, le gentleman boit une carafe entière de porto dans la soirée, et il gît sans connaissance jusque tard dans la nuit. Quant à sa femme, l'éclat de la féminité vertueuse commence à la déserter. Ses joues deviennent marbrées de veines éclatées, sa tenue est négligée et ses cheveux en bataille. Ses domestiques, n'étant plus dirigés, commencent bientôt à abandonner leurs tâches. En peu de temps, toute la maisonnée tourne au chaos et court à sa perte.

Fawcett avait-il regardé dans ma direction ? Bessie lui avait-elle parlé de l'innocent verre de bière de Ben ou de notre occasionnelle bouteille de vin ? Mon malaise se transforma en colère.

Le discours touchait à sa fin. Fawcett revint à des considérations matérielles. Il nous rappela tout le travail qui restait à accomplir auprès des malheureux ivrognes et nous supplia de nous montrer généreux afin de soutenir les nombreux projets dont il s'occupait. Notre argent serait bien employé et nous serions récompensés dans les cieux.

Puis, s'épongeant le front avec un mouchoir blanc amidonné, il descendit de l'estrade, sans doute pour reprendre des forces. Mr Pritchard nous invita d'une voix aiguë à nous avancer et à signer la promesse de ne plus jamais toucher à une goutte d'alcool. Le document était posé sur le pupitre. Trois ou quatre personnes s'y rendirent. Alors qu'elles inscrivaient leurs noms, Mr Walters prit place au piano. Nous nous levâmes pour un dernier cantique, tandis que Mr Pritchard, toujours en sueur, passait dans les rangs pour faire la quête. Lorsqu'il arriva à moi, la corbeille était presque pleine. Émus par l'éloquence de Mr Fawcett et ses supplications finales, les gens s'étaient montrés généreux. Je fis don d'un modeste shilling et, voyant que Bessie s'apprêtait à ajouter deux pence, je repoussai sa main en disant :

— J'ai donné pour nous deux !

Mr Pritchard me jeta un coup d'œil réprobateur, mais je soutins son regard et il détala. J'eus toutefois le temps de remarquer que ce n'était pas une pommade qui maintenait ses cheveux en place : c'était du saindoux. La graisse en train de fondre coulait sur son front et le faisait briller comme s'il avait été enduit de cire.

Les gens se rassemblèrent autour du samovar. Mrs Gribble, dans un tourbillon de châles et de dentelles, se mit en action sous la direction de Mrs Scott.

— Restez assise, m'dame, dit Bessie, je vais vous apporter une tasse de thé et des biscuits.

— Non, non, je veux faire la connaissance de tout le monde !

Et je me mis en route, suivie par une Bessie emplie d'appréhension.

En m'approchant de la table, je découvris à côté des rafraîchissements, pourtant annoncés comme gratuits, un petit bol en bois, dans lequel nous étions invités, si nous le souhaitions, à déposer quelques pence pour notre thé. Bessie m'en avait déjà réservé un dans l'une des tasses en terre épaisses. Elle était en train de chuchoter quelque chose à Mrs Scott. Celle-ci s'approcha, tout en me passant en revue des pieds à la tête, afin d'estimer mon niveau social et le revenu de mon mari.

— Il paraît, dit-elle, que vous êtes l'employeuse de Bessie, Mrs Ross. Soyez la bienvenue.

Elle inclina gracieusement la tête.

— Je suis venue voir par moi-même où Bessie passait ses dimanches, répondis-je fraîchement. Je suis responsable d'elle.

Mrs Scott accueillit cette déclaration avec un bref sourire.

— Je suis ravie de voir que vous prenez votre responsabilité tellement à cœur, Mrs Ross. Bessie est une bonne fille, très serviable lors des réunions. Avez-vous l'impression d'avoir tiré profit de cette soirée ?

— Tiré profit ? répétai-je, déconcertée.

— Avez-vous appris ce que vous souhaitiez apprendre ?

Son ton n'était pas tout à fait sarcastique, tout juste un peu sec.

— Je crois, dis-je. Que Bessie rende service, c'est très bien, mais il y a tout de même la question des tracts.

Mais Mrs Scott ne m'écoutait déjà plus. Elle regardait quelqu'un derrière moi, et une légère rougeur colorait ses joues. Je sentis un souffle sur la joue et humai une odeur de pastilles à la violette. Je me retournai.

— Chère madame, fit Mr Fawcett. Dois-je comprendre que vous êtes l'employeuse de Bessie ?

Il tendit la main et la posa brièvement sur la tête de Bessie, couverte de son plus beau bonnet.

Bessie semblait aux anges. Fawcett me sourit d'une manière paternelle que je trouvai peu adaptée à son âge. Je ne m'étais pas trompée. Il ne pouvait avoir plus de trente ans. Il avait une belle peau, de grands yeux espacés et un nez légèrement aquilin. Il avait pris le temps de recoiffer ses longs cheveux. Une fois encore, il m'évoquait l'image d'un archange sur un vitrail.

— Oui, répondis-je abruptement.

J'ignore pourquoi, j'avais perdu tous mes moyens. Toutes les phrases que j'avais préparées s'étaient envolées. Je fis un effort.

— Vous êtes un orateur éloquent, Mr Fawcett.

Il se pencha en avant et je ne pus détacher mon regard de ses yeux, d'une teinte extraordinaire, presque turquoise.

— C'est un sujet important, Mrs Ross. Un sujet que nous devrions tous prendre au sérieux.

Je fis un effort de concentration.

— Je vais être franche avec vous. Je suis venue aujourd'hui à cause des tracts…

Il fronça les sourcils.

— Bessie est passée les chercher ici hier, ce qui l'a fait rentrer à la maison très tard, par une soirée de brouillard, et nous a causé à mon mari et moi une certaine inquiétude.

Je m'entendais bafouiller, mais je ne pouvais m'en empêcher.

Mr Fawcett secoua tristement la tête et regarda Bessie avec reproche. Celle-ci passa de la félicité à la détresse. Cela me ramena à la raison.

— Ce n'est pas sa faute ! dis-je vivement. Elle était persuadée que c'était son devoir. Mais je n'ai pas l'intention de l'autoriser à distribuer des tracts, quel que soit leur contenu.

— Dans ce cas, elle ne le fera pas, dit Fawcett, impassible. Tu n'as pas besoin de t'occuper des prospectus, Bessie, puisque Mrs Ross ne le souhaite pas. Tu aurais dû d'abord solliciter sa permission.

— Oui, monsieur, fit Bessie, malheureuse comme tout.

— Bessie, peut-être pourrais-tu aider à ramasser les tasses, suggérai-je.

Bessie s'éloigna, les yeux fixés sur nous.

— Je ne reproche rien à Bessie, poursuivis-je à l'intention de Fawcett, que cela soit clair. J'ai été impressionnée par votre discours, néanmoins je n'approuve pas le fait de jouer sur les émotions des gens et encore moins d'impliquer des enfants et des jeunes personnes.

J'entendis un petit cri étouffé de Mrs Scott, mais je ne me laissai pas distraire et gardai les yeux fixés sur Mr Fawcett.

À mon grand étonnement, il me gratifia d'un sourire bienveillant. Puis il eut l'audace de me prendre la main. Il avait de longs doigts effilés aux ongles soignés.

— Chère madame, dit-il en se penchant de nouveau, si bien que je fus encore une fois troublée par son regard quasi hypnotique, vous n'avez pas la foi.

— Je ne suis pas venue ici pour parler de ma foi ! éclatai-je, retirant vivement ma main.

— Bien sûr que non, dit-il. Je voulais dire que vous ne croyez pas en ce que nous faisons ici. J'espère que vous reviendrez et que nous réussirons à vous rallier à notre cause.

Sur ce, il prit congé avec un sourire et un signe de tête et s'en alla vers une admiratrice qui attendait son tour.

Je croisai le regard de Mrs Scott, empli d'animosité.

Quand nous sortîmes, une voiture privée attendait devant la porte. Je supposai que c'était celle de Mrs Scott.

— Alors, il est impressionnant, hein ? me demanda Bessie.

— Certainement, répondis-je.

— Et il est bel homme, ajouta Bessie sur un ton rêveur.

— Oui. Il devra prendre garde de ne pas succomber au péché de vanité, dis-je sèchement.

Bessie sembla surprise mais ne dit plus rien.

À ce moment, dans un clip-clop de sabots et un fracas de roues, la voiture que j'avais vue devant la salle passa à notre hauteur. J'eus tout juste le temps d'apercevoir Mrs Scott et Mr Fawcett à l'intérieur.

Je me demandai si elle le raccompagnait chez lui, par gentillesse, ou bien si elle l'emmenait chez elle, peut-être pour s'y adresser à une audience plus réduite, triée sur le volet. Je soupçonnais que Fawcett, avec son pantalon gris perle, sa crinière bouclée et son épingle de cravate en diamant pourrait remporter un franc succès dans un salon à la mode.

Plus tard, à la maison, je racontai tout à Ben.

— As-tu l'intention de lui interdire d'assister aux réunions ? demanda-t-il après m'avoir écoutée.

J'hésitai.

— Je ne sais pas. Non, pas tout de suite. Elle m'en voudrait et elle serait encore plus encline à admirer Fawcett. Je leur ai dit le fond de ma pensée et je crois qu'ils veilleront à ne pas trop en demander à Bessie, maintenant qu'ils savent que je les surveille.

Ben se laissa aller contre le dossier de sa chaise.

— Allons, Lizzie, qu'est-ce qui te dérange tant chez ce Fawcett ?

— Je suis persuadée, répondis-je lentement, qu'il pourrait se révéler dangereux.

Ben eut l'air surpris.

— Dangereux ?

— Oh, pas dangereux comme les criminels que tu affrontes habituellement. Je ne dis pas qu'il fera preuve de violence envers qui que ce soit. Mais il a une telle emprise sur son public quand il parle ! Crois-moi, Ben, ces femmes, et même les hommes, auraient fait n'importe quoi s'il le leur avait demandé. Cet après-midi, il les incitait à s'abstenir de boire de l'alcool. Il n'y a rien de mal à cela, bien sûr, même si j'ai trouvé ses gesticulations un peu agaçantes. Mon père recommandait toujours à ses invalides de boire un petit peu de porto. Du whisky dans de l'eau chaude, me disait-il, c'est le meilleur remède pour les refroidissements, meilleur qu'aucune poudre médicinale. En tout cas, Fawcett sait encourager les gens à vider leurs poches. Enfin, j'imagine que c'est pour la bonne cause. Ce qui m'inquiète, c'est qu'il serait capable d'emporter l'adhésion de n'importe quelle foule sur presque n'importe quel sujet ; et de faire faire aux gens tout ce qu'il leur ordonnerait.

— Espérons qu'il ne se lancera jamais dans la politique, dit Ben.

CHAPITRE 3

Inspecteur Benjamin Ross

Le lundi matin, le sergent Morris m'attendait. Dès que j'eus franchi le seuil, j'aperçus son imposante silhouette et je devinai immédiatement ce qu'il avait à me dire.

Il porta la main à la bouche, s'éclaircit délicatement la gorge et tonna de sa voix grave :

— Le superintendant voudrait vous voir, inspecteur. Tout de suite.

— Que se passe-t-il ?

— Un cadavre. Un cadavre d'une personne de qualité.

— Où l'a-t-on trouvé ? demandai-je tout en me dirigeant vers le bureau de Dunn, Morris sur mes talons.

— Green Park, m'informa-t-il.

— Oh, un cadre de qualité, fis-je remarquer, surpris.

Les meurtres n'étaient certes pas matière à plaisanterie. Cependant, je ne pouvais m'empêcher de remarquer le côté luxueux de l'endroit. Green Park est une étendue de verdure située entre l'immense

Hyde Park et le très distingué St James's Park. Sans oublier qu'à l'est de ce parc se dresse le palais de Buckingham, avec ses dépendances et ses jardins. Je comprenais la convocation en urgence de Dunn. Ce n'est pas tous les jours que des gens se font assassiner dans un parc royal, et encore moins sur le pas de la porte de Sa Majesté. Je pressai l'allure.

Le superintendant marchait de long en large tout en se frottant la tête, le front plissé. C'était un homme de forte carrure qui ressemblait plus à un gentilhomme campagnard qu'à un policier. Il arrivait toujours le matin avec des cheveux impeccablement plaqués en arrière. Mais au fil de la journée, ceux-ci se hérissaient inexorablement. Dunn me faisait souvent penser à un gros chien. Il s'arrêta à mon arrivée, pivota et fixa sur moi des yeux injectés de sang.

— C'est une drôle d'histoire, dit-il.

— Bien le bonjour, monsieur.

— Non, ce jour n'a rien de bon ! aboya Dunn. On vient de retrouver le cadavre d'une femme élégante dans un buisson de Green Park.

— Où se trouve le corps en ce moment ?

— Oh, à l'hôpital St Thomas. Carmichael va faire le nécessaire.

Le Dr Carmichael menait régulièrement des autopsies pour nous. J'étais content que ce soit lui qui s'en charge car j'avais de l'estime pour lui. Je fus aussi heureux d'apprendre que le corps avait été transporté à la morgue de l'hôpital. Il m'est arrivé d'assister à des autopsies ou de voir des cadavres dans un certain nombre de lieux improvisés, une fois dans un cabanon de jardin et une autre dans l'arrière-salle d'un hôtel de bas étage alors qu'une forte odeur d'oignons émanait de la cuisine au-dessous. Sur le moment, j'avais d'ailleurs apprécié que cette odeur vienne masquer la puanteur du sang séché.

Dunn s'installa lourdement à son bureau et me fit signe de m'asseoir.

— Le cadavre a été retrouvé de bonne heure dimanche matin par l'un des gardiens du parc lors de sa première ronde, poursuivit-il. Il a remarqué des branches cassées et des feuilles éparpillées près d'un bosquet et il s'est approché. Il a cru qu'un malheureux avait peut-être cherché à s'abriter là pour la nuit. Il a découvert le cadavre, déjà rigide.

— Et la cause du décès ?

— La strangulation.

S'il était rigide quand il avait été trouvé, alors le cadavre pouvait se trouver là depuis le samedi soir, sans doute le début de soirée. Carmichael confirmerait l'heure. Samedi… le brouillard… une strangulation… Un frisson d'appréhension me parcourut l'échine. Green Park était plus proche du pont de Westminster que du pont de Waterloo, mais guère loin finalement. Le spectre du fleuve avait-il poussé sa maraude jusque-là ?

— Il faut que je vous dise quelque chose, monsieur.

— Quoi ? En plein milieu de mes explications ? s'exclama Dunn. C'est une affaire sérieuse, Ross ! Cessez de m'interrompre ! Vous pourrez poser des questions après, quand je vous aurai exposé tous les faits.

— Oui, monsieur, mais ce que j'ai à vous dire pourrait avoir un rapport avec cette affaire.

Dunn écouta silencieusement le récit de ma rencontre avec Daisy Smith dans le brouillard et l'histoire du spectre du fleuve. Quand j'eus terminé, il se frotta furieusement le crâne.

— Nous devons éviter que cela ne s'ébruite, Ross, c'est compris ? Au moins pour le moment. Seuls vous, moi et les officiers impliqués dans l'enquête devrons être au courant. La dernière chose que nous souhaitons, c'est de provoquer une panique dans les rues de Londres. Une fois que l'histoire sera ébruitée, un flot de femmes va arriver chez nous pour déclarer qu'elles ont vu ou entendu le « spectre » ou qu'il les a attaquées. La presse va en faire des gorges chaudes. Nous ne pourrons plus avancer d'un pas sans être incommodés par des reporters.

— Vous avez tout à fait raison. Pouvez-vous me dire si elle a été victime d'un voleur ?

Dunn se frotta le menton.

— Il n'y avait ni sac à main ni bourse auprès du corps mais elle portait toujours son alliance, une autre bague en diamant, et des boucles d'oreilles en or et en perles. Il ne semble pas que le vol ait été le mobile. Mais votre spectre du fleuve aurait pu avoir des motivations perverses. Toutefois, elle ne semble pas avoir été une prostituée.

— Certainement pas, monsieur. Le sergent Morris a déclaré qu'il s'agissait d'une personne « de qualité ». Mais si cette femme marchait seule dans le parc, son assaillant a pu se méprendre. Nous pouvons supposer qu'elle s'était perdue dans le brouillard. Elle a pu le héler pour lui demander son chemin, et il aura cru qu'elle s'apprêtait à lui proposer ses services.

Il y eut un silence tandis que Dunn réfléchissait. Je l'incitai à poursuivre.

— Que s'est-il passé ensuite, après la découverte du corps ?

Dunn sursauta.

— Ah oui… Voyons… Le gardien du parc s'est dit que les circonstances dépassaient ses attributions.

Il s'est mis en quête d'un agent de police et il est tombé sur le constable Wooton, de la division C. Celui-ci a utilisé son sifflet pour appeler des renforts. L'inspecteur Watkins de Little Vine Street a été informé et s'est rendu sur place immédiatement. À ce moment-là, un inspecteur de la police des parcs était aussi arrivé sur les lieux et il y a eu une discussion animée pour savoir qui devait prendre l'enquête en charge.

Une dispute à côté du cadavre étendu sur le sol ? J'eus une vision des policiers debout en cercle autour du corps, en train de faire valoir leur préséance. Se seraient-ils tant bousculés si le corps avait été celui d'une prostituée ?

Mon esprit revint à Daisy et une pensée me traversa.

— Nous ne devrions pas tirer de conclusions trop hâtives sur son statut social, simplement parce qu'elle est bien habillée. Les prostituées les plus élégantes pourraient s'aventurer dans le parc. Et pour éviter les gardiens, une belle de nuit qui souhaiterait y travailler devrait prendre soin d'être habillée à la mode et de ne pas afficher son métier.

— Peut-être, mais il n'y a pas de doute que la malheureuse était une femme respectable, grommela Dunn. Nous connaissons son identité.

— Déjà ? m'exclamai-je.

— Oui. Un certain Mr Sebastian Benedict a signalé qu'elle était sa femme ; elle s'appelle Allegra. Les Benedict habitent à l'extérieur de Londres, dans le Surrey, près d'Egham. Le samedi après-midi, Mrs Benedict est venue par le train à Londres avec sa dame de compagnie pour faire une course. Elles ont été surprises par le brouillard et se sont perdues de vue sur Piccadilly. La dame de compagnie a cherché de son mieux sa patronne, avec l'aide d'un certain Mr Angelis, qui travaille pour Mr Benedict dans sa boutique de Piccadilly. Ne l'ayant pas retrouvée, la dame de compagnie est revenue à Waterloo et rentrée en train à Egham pour informer Mr Benedict de ce qui s'était passé. Ils ont attendu en vain le retour de Mrs Benedict. Seul Angelis est arrivé dans le Surrey par le train du soir, pour les prévenir qu'il n'avait pas trouvé trace de la dame et qu'il avait informé la police. Puis il est reparti à Londres, étant donné qu'il ne pouvait rien faire de plus.

» Donc, le dimanche, Benedict s'est rendu en ville de bonne heure et il est allé directement à Little Vine Street. Le hasard a fait que l'inspecteur Watkins est arrivé de Green Park, où il avait vu la victime, au moment où Benedict s'entretenait avec le sergent à l'accueil. Les deux signalements semblaient correspondre. Naturellement, tous se sont mis à craindre le pire. On a emmené Benedict voir le corps et il a immédiatement reconnu sa femme. Il s'est trouvé mal. Ils ont dû lui prêter assistance.

— Que savons-nous de lui ? demandai-je. Dans quel domaine travaille-t-il ? Ses affaires doivent être florissantes s'il possède un établissement dans les environs de Piccadilly.

— Benedict a toutes les caractéristiques d'un homme très riche, répondit Dunn d'un ton quelque peu sévère. Il est marchand d'art et sa boutique, qu'il appelle une « galerie », est située sur l'avenue même de Piccadilly.

— Dans ce cas, il a certainement de l'argent, me murmurai-je à moi-même. Et il connaît beaucoup d'autres hommes fortunés, ses clients et ses relations.

— Certes… Il a été déterminé que bien que le meurtre ait eu lieu dans l'enceinte du parc, l'autorité de la police du parc ne va pas au-delà des grilles ; ils peuvent difficilement enquêter sur quelque chose d'aussi grave… et avec tant de ramifications possibles. De même, la division C n'a pas voulu s'en occuper. Donc l'affaire nous a été transmise.

Et Dunn me la mettait littéralement à son tour entre les mains en me tendant un dossier.

— Voici les coordonnées de Benedict. Il y a aussi une vague déposition, confirmant que le corps est celui de sa femme. Il était trop effondré pour en dire plus. Vous trouverez également la déclaration du gardien du parc, qui insiste sur le fait qu'en l'absence de brouillard le corps aurait été retrouvé plus tôt, le samedi soir. Ils fouillent le parc de fond en comble chaque soir avant de fermer les grilles.

— Je vais m'entretenir avec ce gardien et avec les autres agents concernés. Il faudra aussi que je parle à la dame de compagnie. Connaissons-nous son nom ?

Je passai en revue les papiers tout en parlant, mais Dunn répondit :

— Oui, elle s'appelle Marchwood. Isabella Marchwood.

— J'espère que je peux prendre Morris avec moi ?

Dunn hocha la tête et me congédia d'un revers de main.

— Sale affaire. Comment allons-nous procéder, monsieur ? demanda Morris alors que nous quittions le bâtiment.

— Je vais aller à St Thomas toucher un mot au Dr Carmichael, s'il est libre, et jeter un coup d'œil à la victime. Pendant ce temps, allez à Little Vine Street, et si le constable Wooton s'y trouve, rendez-vous au parc et cherchez le gardien qui a découvert le corps. Je vous retrouverai là-bas.

— Eh bien, inspecteur Ross, quel plaisir de vous revoir !

Ces paroles peu adaptées aux circonstances m'accueillirent dès mon entrée à la morgue. Elles avaient été prononcées par un individu aux cheveux aplatis et au teint terreux portant un tablier en caoutchouc. Il avait les manches retroussées et ses bras nus pendaient mollement le long de son corps.

— Bonjour, Scully, répondis-je gaiement, essayant de dissimuler mon aversion.

C'était l'assistant et homme à tout faire de Carmichael, et je supposais qu'il ne pouvait se passer de lui. Cependant, je me pris à souhaiter – et ce n'était pas la première fois – que Carmichael trouve quelqu'un pour le remplacer. Mais qui aurait été volontaire pour accomplir un travail aussi macabre que celui d'aider Carmichael à découper des cadavres ?

— Je suppose que vous êtes venu voir notre nouvelle pensionnaire, poursuivit Scully de sa voix mielleuse. Si vous voulez bien me suivre ?

— Le Dr Carmichael est-il là ?

Scully s'arrêta et se retourna.

— Il ne saurait tarder.

— Est-ce qu'il a… ?

— Nous n'avons pas encore commencé, inspecteur.

Je remerciai le ciel. Je voulais voir Allegra Benedict pendant qu'elle était encore en un seul morceau.

Je suivis Scully dans la pièce du fond. Alors que je m'approchais de la porte, j'entendis un sifflement et une odeur âcre d'acide phénique assaillit mes narines. À mon grand étonnement, l'air était plein de gouttelettes d'humidité. J'eus l'impression d'être ressorti sous la pluie. Je me trouvais pourtant à l'intérieur ; cette averse émanait d'une machine qui pompait pour vaporiser un jet continu de fines gouttes d'eau sur une table sur laquelle était étendu le corps blanc comme marbre d'une jeune femme. L'eau faisait scintiller la peau du cadavre et l'odeur de goudron s'était intensifiée. Je me faisais mouiller moi aussi, et je sentirais certainement l'acide phénique jusqu'à mon retour chez moi le soir.

— Qu'est-ce que c'est ? demandai-je en désignant le monstrueux vaporisateur en action dans le coin de la pièce.

De mon autre main, j'essayai de me protéger le visage.

— Je vais l'éteindre ! me cria Scully pour couvrir le sifflement et le grondement de la machine infernale.

Il tourna un robinet. Le sifflement s'arrêta et, Dieu merci, le déluge aussi, hormis quelques gouttes obstinées.

— Elle vient juste d'être installée, dit fièrement Scully. Elle vaporise de l'acide phénique, comme vous l'avez vu, ce qui est censé réduire le risque d'infection. Nous faisons un essai.

— Infection ? Cette pauvre femme ne risque plus rien maintenant ! m'exclamai-je, indigné, en passant les mains sur mes cheveux mouillés.

— C'est pour nous protéger le Dr Carmichael et moi, pas la malheureuse décédée.

Je ne comprenais toujours pas pourquoi un médecin de la vieille école comme Carmichael s'amusait à de telles expérimentations, ni quel bénéfice il pouvait en retirer. Heureusement, Carmichael lui-même apparut, très élégant dans sa redingote noire.

Ayant ôté son chapeau en soie, il me serra vigoureusement la main.

— Je pensais bien que vous alliez venir, inspecteur, ou bien un de vos collègues, et j'ai attendu un peu avant de pratiquer l'autopsie.

— Scully m'a expliqué l'utilité du vaporisateur, dis-je.

— Je ne demande qu'à être convaincu de son efficacité, déclara Carmichael avec un signe de tête en direction de la machine. Nous ne devons pas avoir l'esprit fermé, inspecteur. J'ai lu des articles du Dr Lister dans *The Lancet* et ailleurs. Il a utilisé l'acide phénique avec succès dans sa salle d'opération. Je me suis dit que j'allais mener mes propres expériences ici. Vous devez certainement vous demander pourquoi, puisque je ne pratique pas d'opérations sur les vivants. Je vais vous expliquer d'où vient cet intérêt.

» Je me souviens bien de mes années d'études, Ross. J'avais un très bon ami et condisciple qui s'appelait Robert Parkinson. Un type jovial, toujours de bonne compagnie, et enclin à faire des sottises, comme tous les jeunes gens, et peut-être plus particulièrement les carabins.

» Après avoir assisté à une dissection humaine, Robert et moi avons recousu le cadavre. J'ai rangé soigneusement l'aiguille que j'avais utilisée mais Robert, avec sa nonchalance habituelle, a planté la sienne au revers de sa veste. Un peu plus tard, alors qu'il commettait je ne sais quelle ânerie, il a passé sa main contre sa blouse et l'aiguille l'a éraflé, faisant une grande égratignure de la paume jusqu'au poignet. Nous savions tous ce que cela signifiait, bien sûr, et je n'oublierai jamais le regard du malheureux. Je me souviens du silence qui est tombé. Nous avons fait tout notre possible pour guérir la blessure et éviter qu'elle ne s'infecte. Mais quand vous avez recousu un cadavre parmi les miasmes de la putréfaction... La septicémie a emporté le pauvre Robert en quelques jours.

Carmichael conclut son récit tragique par un hochement de tête. Avec l'aide obséquieuse de Scully, il se débarrassa de sa belle redingote qui fut accrochée dans une penderie. Pour la remplacer, Scully lui apporta sa « blouse de dissection », tachée de sang séché et de choses pires encore, qu'il l'aida à enfiler.

— Bon, inspecteur, assez de nostalgie. Concentrons-nous sur cette pauvre jeune femme. Prenez garde de ne pas glisser sur le carrelage mouillé.

Nous nous approchâmes du corps dénudé étendu sur la table. Je poussai malgré moi un soupir. Elle était, ou avait été, très belle. La mort l'avait vidée de toute expression, son visage était tuméfié et ses yeux vitreux et injectés de sang, mais on devinait encore la femme superbe. Ses cheveux humides étaient longs et épais, noirs de jais. Ils étaient ramenés en arrière, en désordre autour de sa tête. Ses lèvres entrouvertes révélaient des dents parfaites.

— Quel âge ?

— Son mari nous a informés qu'elle avait vingt-sept ans. Vous aurez remarqué son cou, inspecteur ?

Carmichael semblait irrité. Trouvait-il que je faisais preuve d'une admiration déplacée ? Je me penchai au-dessus du cadavre et, pour la seconde fois, poussai un cri étouffé.

Il ne s'agissait pas d'une strangulation à mains nues. L'assassin avait utilisé un lacet. Pas étonnant que Dunn se soit montré si catégorique au sujet de la cause du décès. Autour du cou de la femme se trouvait une fine corde qui entaillait cruellement la chair blanche.

— Comment la corde est-elle attachée ? demandai-je à voix basse.

— Grâce à un nœud sur la nuque.

— Pouvez-vous l'enlever sans endommager le nœud ?

— Scully ! ordonna brusquement Carmichael. Les ciseaux, s'il vous plaît !

Scully s'exécuta et Carmichael découpa soigneusement la corde. Scully souleva avec peine la tête de la morte. Des traces de rigidité cadavérique persistaient. Carmichael libéra la corde, révélant une ligne écarlate sur le cou de la jeune femme, et il me la tendit. Je tenais entre mes doigts une cordelette du type qu'on utilise pour tirer les voilages des fenêtres. Celle-ci n'avait pas le gland ni le bouton en bois habituels à son extrémité, mais un simple nœud au milieu.

— C'est un double nœud, dis-je en fronçant les sourcils.

— On peut en conclure, suggéra Carmichael, qu'il voulait être certain qu'elle n'aurait aucune chance de survivre. Je suppose qu'il a fait une boucle lâche avec un seul nœud, puis qu'il l'a passée autour du cou, a serré, et, quand elle s'est effondrée, il a fait le deuxième nœud avant d'abandonner sa victime. Il a peut-être entendu des histoires de personnes étranglées revenant à la vie.

Cela s'était déjà produit en effet. Et même en de rares occasions dans le cas d'individus condamnés à la pendaison. C'était autrefois, bien sûr. Aujourd'hui, nous utilisons des méthodes d'exécution bien plus scientifiques.

— Je m'attends, poursuivit Carmichael, à découvrir l'os hyoïde fracturé, et peut-être le larynx aussi. Il doit y avoir des hématomes internes. Si c'est le cas, cela confirmera mon diagnostic.

— Il est sorti de chez lui dans l'intention de tuer, avec l'équipement adéquat, murmurai-je, plus pour moi-même que pour Carmichael.

Et pourtant Daisy avait déclaré que le spectre du fleuve avait mis *ses mains* sur sa gorge. Elle n'avait pas mentionné de cordelette. Mais Daisy lui avait échappé. Peut-être le spectre avait-il voulu être sûr que sa prochaine victime ne lui échapperait pas. Cette fois, la corde était prête.

— Il est tombé sur cette femme seule, perdue, qui errait dans le brouillard, effrayée. Lui a-t-il proposé de l'aider, de la guider, est-ce ainsi qu'il l'a attirée dans le parc ? me demandai-je à voix haute.

— Mes compétences résident dans l'examen médical des cadavres, inspecteur. Je vous laisse la résolution des crimes, se contenta de répondre Carmichael.

— Alors pouvez-vous me dire depuis combien de temps elle est morte ?

Ceci était important. Un parc est un lieu public, mais, en fin d'après-midi, il devait être vide à cause du brouillard.

Il pinça les lèvres.

— Je ne pratique pas une science exacte, inspecteur, comme vous le savez. On m'a informé qu'elle avait été retrouvée de bonne heure le dimanche matin. Je dirais qu'elle est morte en fin d'après-midi ou en début de soirée le samedi. Disons entre quatre heures et six heures du soir.

Voilà qui mettait l'heure du décès en plein milieu du brouillard.

— Il y a encore une chose que je dois vous demander, docteur. Étiez-vous présent quand Mr Benedict a vu le corps ?

— Non, répondit Carmichael en tournant les yeux vers un plateau contenant des instruments. Mais Scully était là.

Il me fallait donc encore parler à Scully. Je dus aller dans la pièce voisine pour le trouver.

— Oh oui, inspecteur, je me souviens très bien de Mr Benedict. C'est moi qui l'ai conduit au corps.

Scully eut un sourire déplaisant et il se frotta les mains.

J'eus un tressaillement involontaire. Scully me donnait littéralement la chair de poule. Comment Carmichael pouvait-il travailler quotidiennement avec cet odieux personnage ? J'imagine que Carmichael était complètement absorbé par ses dissections.

— J'espère, ne pus-je m'empêcher de déclarer, que ce satané vaporisateur n'était pas en marche quand vous l'avez amené ici.

— Non, monsieur, j'avais disposé la dame joliment, tout son corps à part le visage était couvert d'un drap. Je ne voulais pas le bouleverser plus que nécessaire, dit Scully, remplaçant son expression morbide par un air grave et poli.

— Ne pas le bouleverser ? Bon Dieu, vous vous apprêtiez à lui montrer le cadavre de sa femme ! m'exclamai-je.

— Oh oui, bien sûr, mais je voulais qu'il voie que nous la traitions avec respect, dit Scully sur un ton de reproche.

Il semblait m'en vouloir d'avoir mis en doute ses compétences professionnelles.

— Très bien, parfait, mais il était complètement bouleversé de toute façon, n'est-ce pas ? On m'a dit qu'il s'était effondré.

— Il s'est évanoui, dit Scully en haussant les épaules. D'un coup, il est tombé comme une quille, à plat sur le sol. Je l'ai ranimé en lui faisant respirer des sels. J'ai toujours une petite bouteille pour les proches qui s'évanouissent. Quoique, en général, ce sont plutôt les dames. Je les ranime et je leur dis quelques mots pour les consoler.

Il m'adressa un sourire modeste.

Je dus de nouveau prendre sur moi pour dissimuler la répulsion que m'inspirait cet individu.

— Comment était-il quand il est revenu à lui ?

— Désorienté, bien sûr, de se retrouver assis par terre. C'est toujours le cas. Comme la plupart des gens, il a demandé ce qui s'était passé, et je lui ai expliqué qu'il s'était évanoui.

— A-t-il dit autre chose ?

Scully fronça les sourcils, ce qui l'enlaidit encore davantage, et réfléchit un moment.

— Il a marmonné un peu, répondit-il enfin, mais il était très embrouillé. Cela n'avait ni queue ni tête.

— D'accord, mais répétez-moi quand même ce qu'il a dit, avec exactitude si possible.

— Il a dit que la mort était de nouveau passée au galop devant les vieillards et qu'elle pourchassait les jeunes. Qu'ils voulaient fermer les portes, mais que cela ne servirait à rien.

— Les portes, quelles portes ? Celles du parc ?

— Ça, je n'en sais rien, rétorqua Scully, sur la défensive. Je vous répète simplement ses paroles. Je vous ai prévenu que ça n'avait aucun sens. Ce n'est pas ma faute, ajouta-t-il, vexé.

Je lui présentai mes excuses.

— Vous m'avez apporté une aide précieuse, Scully. Il est très important pour l'enquête de connaître la première réaction du conjoint.

— Vous croyez que c'est lui ? demanda Scully avec une lueur dans le regard. Vous croyez que le mari l'a étranglée ? Pourquoi aurait-il fait ça au beau milieu d'un parc ? Il aurait été aussi bien chez lui.

— Je ne suggère pas qu'il est coupable, déclarai-je d'un ton cassant.

— Oh, fit Scully, déçu.

— Est-ce que ce sont les siens ? demandai-je.

— Oui, Mr Ross, répondit Scully en me conduisant vers la table sur laquelle étaient posés des vêtements soigneusement pliés. Un peu déchirée, fit-il en soulevant la jupe. Là, vous voyez ? demanda-t-il en me montrant un endroit en plein milieu du tissu.

La jupe en laine marron était bien déchirée. Je l'étendis à plat, faisant apparaître un accroc d'une dizaine de centimètres de long et de deux centimètres de large.

— Est-ce que cela révèle quelque chose ? demanda Scully en me dévisageant de ses yeux pâles.

— Peut-être. Si je retrouve le morceau manquant. Où sont les bijoux ?

On me tendit un vieux carton. À l'intérieur, se trouvaient les objets décrits par Dunn, qui formaient un petit tas triste.

— Je vais les emporter. Attendez, je vais vous signer un reçu.

Je griffonnai sur une feuille que j'avais bien emporté deux bagues, une en « métal jaune », l'autre en « métal argenté » avec une pierre blanche, et une paire de boucles d'oreilles en « métal jaune et perles ». Mieux valait se montrer prudent dans la description de ces articles. Les bijoux en pâte de verre et plaqué or sont convaincants aux yeux du profane. De plus, je ne voulais pas que Benedict puisse prétendre que nous avions remplacé des bijoux de valeur par des imitations.

— Merci, Scully.

Il comprit que je le congédiais et fourra le reçu dans la poche de son gilet.

— Oh, eh bien, si vous n'avez plus besoin de mon aide, inspecteur, je ferais bien d'aller aider le Dr Carmichael, n'est-ce pas ?

Comme prévu, je me rendis ensuite à Green Park, où je trouvai Morris qui m'attendait avec le constable Wooton et celui qui avait découvert le corps, William Hopkins, gardien du parc. Nous avions également avec nous un inspecteur de la police du parc qui s'appelait Pickles[1]. Il était regrettable qu'il porte un tel nom car il arborait une expression particulièrement aigre et semblait au bord de l'apoplexie. Même sa moustache effilée tombait de manière tristounette. Le gardien Hopkins, qui avait quelque chose d'un ancien militaire, était bien différent. Il se tenait très droit, comme s'il s'apprêtait à défiler, et sa luxuriante moustache cirée ridiculisait les maigres poils de l'inspecteur Pickles.

Green Park est une étendue de pelouses ouvertes, d'avenues arborées et de larges sentiers. Un peu plus d'un siècle auparavant, alors qu'il s'agissait encore d'un petit bout de campagne, il était célèbre pour ses voleurs et même ses bandits de grand chemin. À présent, il s'agissait d'un lieu de promenade au calme, avec ses propres constables chargés de maintenir l'ordre, un cadre où on ne s'attendait pas à un assassinat. Plus je regardais autour de moi, plus cela me paraissait extraordinaire. Comment donc Allegra Benedict s'était-elle retrouvée là ? J'aurais pu comprendre qu'elle ait envie de traverser le parc

1. Cornichons ou autres légumes conservés dans une sauce vinaigrée pour servir de condiments.

par beau temps. Je ne m'expliquais pas ce qui avait pu l'y attirer par une soirée si affreuse. On pouvait supposer qu'elle s'était perdue. Après tout, le parc longeait Piccadilly. Mais tout de même…

Nous nous étions rassemblés à l'endroit où Hopkins avait fait sa découverte macabre. Cet endroit, à l'est du parc, était un peu moins soigné que le reste des lieux. Il y avait des buissons. Un vieux chêne étendait sa vénérable ramure au-dessus de nous. Morris leva les yeux sur la masse de branches enchevêtrées.

— Très bel arbre, dit-il.

— Cet arbre, nous expliqua fièrement Hopkins, a été planté à l'époque de Charles II. Il s'intéressait beaucoup au parc, le roi Charles. Il y venait avec sa cour, et il se promenait, en adressant la parole aux gens du peuple. C'était après sa restauration sur le trône, bien sûr. Auparavant, au moment de la guerre civile, alors que le roi cherchait à échapper à ses ennemis, il s'était caché dans les branches d'un grand chêne. Les soldats du camp de Cromwell qui le pourchassaient ont cherché partout, mais ils n'ont jamais regardé en l'air. On suppose qu'après cet épisode le roi aimait particulièrement les chênes et qu'il a pu donner l'ordre que l'on plante celui-là pour rappeler la source de son salut.

J'avais entendu cette histoire du jeune roi caché dans un chêne. Mais on ne m'avait jamais dit qu'après cela il avait passé le reste de sa vie à faire planter des arbres en souvenir. Je soupçonnais Hopkins de raconter cela aux visiteurs du parc afin de les impressionner. Ceux-ci devaient le remercier pour cette information et lui donner un pourboire.

— Allons, Hopkins ! s'exclama l'inspecteur Pickles, agacé par la volubilité de son subalterne.

Nous nous tournâmes vers les buissons endommagés. Une corde les encerclait et un panneau improvisé planté dans la pelouse annonçait ACCÈS INTERDIT.

Je déclarai à l'inspecteur Pickles que j'étais ravi de voir la scène du crime aussi bien protégée.

Pickles sembla, si c'était possible, encore plus déprimé.

— Nous avons fait le nécessaire. J'ai envoyé deux hommes immédiatement pour m'assurer que les promeneurs ne s'approchaient pas.

— Oui, monsieur, tout à fait, monsieur, appuya le gardien du parc.

Son importance en tant que découvreur du cadavre avait donné à Hopkins l'envie de nous parler et il décida, au risque d'encourir le déplaisir de Pickles, de développer ce que son supérieur venait de dire.

— Une fois que la nouvelle se sera répandue, et, croyez-moi, cela ne va pas tarder, qu'un cadavre a été découvert dans ces buissons, la terre entière va venir piétiner les environs, pour voir l'endroit. Ils vont sans doute endommager l'herbe encore davantage, poursuivit-il avec rage, peut-être même graver leurs initiales sur ce chêne qui n'était qu'un arbrisseau à l'époque du roi Charles, parce qu'ils n'ont aucun respect. Nous avons été obligés de délimiter la zone et de mettre ce panneau. Mais ça ne sert pas à grand-chose, ajouta-t-il en poussant un soupir résigné.

— C'est bon, Hopkins ! fit Pickles, agacé.

Je les remerciai tous deux à nouveau, même si je soupçonnais que leurs motivations n'aient été de préserver la végétation plutôt que la scène du crime. Hopkins avait sans doute raison au sujet des badauds qui ne manqueraient pas de venir sur les lieux. Comme toujours, je m'étonnais de ce goût de la population pour le macabre. J'enjambai la corde sous le regard méfiant de Pickles et examinai le sol et les buissons. Les brindilles et les branches cassées étaient visibles à l'œil nu et je ne fus pas surpris que Hopkins les ait repérées lors de sa ronde.

— Avez-vous aperçu la morte, ou une partie de ses vêtements depuis le sentier ? demandai-je. Ou bien avez-vous observé uniquement les dégâts ?

Hopkins fit non de la tête.

— Non, pas tout de suite. J'ai vu que quelqu'un avait piétiné le sol et s'était frayé un passage parmi les buissons. Puis j'ai remarqué un morceau de tissu marron, accroché dans les branches.

— Où ? demandai-je vivement.

— Je l'ai avec moi, monsieur, dit Hopkins en le sortant de sa poche. Je peux vous montrer exactement où je l'ai trouvé.

Je pris le bout de tissu et fus tout de suite certain qu'il provenait bien de la robe déchirée de Mrs Benedict que j'avais vue à la morgue. J'aurais préféré que Hopkins l'ait laissé en place, mais au moins, il l'avait gardé.

— Ni réticule, ni bourse ? demandai-je.

— Non, monsieur, j'ai fouillé consciencieusement. Le criminel a dû l'emporter.

— Une agression dans ce parc, c'est du jamais vu ! s'indigna Pickles. Ceci est absolument inouï.

— Tout à fait, inspecteur. Continuez, Hopkins.

Hopkins redressa les épaules, inspira profondément et reprit son récit.

— J'ai suivi le chemin qu'il avait pratiqué. J'espérais qu'il serait toujours là, peut-être allongé ivre mort, et que je pourrais l'appréhender.

La moustache cirée de Hopkins frémit et ses yeux brillèrent à la pensée de ce qu'il aurait pu faire à ce scélérat si seulement il avait pu lui mettre la main dessus.

— Malheureusement, monsieur, il n'était pas là. Mais elle était étendue, en plein milieu, raide morte. L'inspecteur Pickles n'étant pas disponible dans l'immédiat, je suis sorti du parc en courant et j'ai trouvé le constable Wooton.

Wooton s'éclaircit la gorge.

— C'est exact, monsieur.

— J'étais dans mon bureau à Marble Arch à ce moment-là, intervint Pickles. Je suis venu dès que j'ai pris connaissance des faits.

— Et l'inspecteur Watkins est venu lui aussi, du poste de Little Vine Street, ajouta l'homme de la division C.

Pas étonnant qu'il y ait eu quelque confusion, avec deux gradés arrivés sur les lieux à peu près en même temps.

Je regardai de nouveau les traces de passage en force dans les buissons, manifestement laissées par l'assassin, alors qu'il traînait le corps de sa victime à l'abri des regards.

Une pensée me vint et je me tournai vers les autres.

— A-t-on entrepris des recherches dans les environs, afin de voir si des dégâts ont été faits sur d'autres arbres, d'autres plantes, ou bien si le sol a été labouré par des bottes ? N'importe quel objet tombé par terre ? J'ai compris qu'il n'y avait pas de sac à main mais la victime ou l'assassin ont pu l'un ou l'autre laisser tomber quelque chose, et, pendant qu'il patientait, l'assassin a pu fumer une cigarette. Même quelque chose d'aussi banal qu'une allumette pourrait nous indiquer que le meurtre a eu lieu plus loin.

Il y avait peut-être eu une lutte, songeai-je. Il avait pu l'attirer à un autre endroit et la tuer, puis la traîner jusque-là.

Pickles me regarda en fronçant les sourcils.

— Hopkins et un autre constable ont effectué des fouilles que j'ai moi-même dirigées. Je puis vous assurer que nous avons été méticuleux.

— Oui, monsieur, confirma Hopkins. Le constable Jasper Billings et moi-même, nous avons cherché partout, comme nous l'a ordonné l'inspecteur Pickles. Nous avions peur de découvrir d'autres dégâts, mais heureusement, quel qu'il soit, il n'a causé des dégâts que par ici. (Hopkins tendit la main vers le passage forcé dans le bosquet.) Sans se soucier de tout abîmer !

Les priorités de Hopkins étaient manifestement divisées. Je le comprenais. Ses collègues et lui étaient censés interdire l'accès du parc aux visiteurs indésirables, prévenir tout comportement indécent et protéger la végétation. Ils étaient tenus pour responsables des dommages occasionnés aux plantes et de tout ce qui pourrait nuire au bon fonctionnement du parc, de même qu'ils étaient normalement censés ouvrir l'œil pour surveiller les nombreux pickpockets qui trouvaient dans les promeneurs des cibles faciles. Mais un meurtre ? Ah, Seigneur, non ! Voilà qui était impensable. Pas dans un parc royal. Il y aurait des questions d'en haut, on leur demanderait de justifier comment un assassin avait pu opérer dans le parc et cacher le corps de sa victime sans qu'on le découvre avant le lendemain. La hiérarchie pourrait accepter l'explication du brouillard, ou bien chercher à blâmer la police du parc.

Toutefois, celle-ci avait rempli ses obligations et rendu un service précieux à notre enquête. J'étais certain dorénavant que le corps n'avait pas été traîné depuis un autre endroit du parc. Allegra Benedict était bien morte là, ou tout près.

Je fis un petit discours pour exprimer ma gratitude, remerciai Pickles, Hopkins et Wooton pour la dernière fois, et leur dis que nous n'aurions plus besoin d'abuser de leur temps. Je serrai la main de Pickles.

Toujours maussade, Pickles renifla et s'éloigna immédiatement, l'air vaguement vexé.

— Le sale type qui a fait cela devra payer ! grommela Hopkins en s'attardant un peu pour observer le bosquet ravagé.

— Il paiera pour son crime, ne craignez rien, dis-je.

— Cela va coûter cher de replanter ça, vous savez ! fit Hopkins.

— Et maintenant, monsieur, que faisons-nous ? demanda Morris.

— Nous rentrons au Yard pour expliquer que nous devons quitter Londres et poursuivre notre enquête à Egham. Il doit y avoir plusieurs trains par jour.

Morris eut l'air dépité.

— J'espère que le Yard nous remboursera nos frais. Vous êtes au courant que les défraiements journaliers d'un sergent ne sont guère élevés.

— C'est pourquoi je préfère obtenir l'autorisation préalable du superintendant. Je vais aussi lui demander de télégraphier à la police du Surrey pour la prévenir de notre venue. À Egham, j'interrogerai Miss Isabella Marchwood et Mr Sebastian Benedict. Vous, Morris, vous irez à la cuisine demander une tasse de thé. Il existe souvent une relation privilégiée entre une maîtresse de maison et sa cuisinière. Essayez de savoir ce qu'elle pensait de l'entente du couple. Cela ne devrait pas être difficile.

CHAPITRE 4

Inspecteur Benjamin Ross

Morris et moi obtînmes sans difficulté des indications pour nous rendre aux Cèdres, la demeure des Benedict. Le chef de gare d'Egham connaissait le nom de la propriété et se fit un plaisir de nous indiquer le chemin à suivre, mais il nous précisa que la maison ne se situait pas dans la ville.

— Elle est tout en haut de la colline, juste avant le village d'Englefield Green. C'est une montée raide qui vous prendra presque une demi-heure, messieurs. Vous feriez bien de trouver un moyen de transport.

— Et où cela ? grommela Morris.

— Billy Cooper devrait être sur le parvis avec sa charrette, dit le chef de gare, si vous vous dépêchez bien sûr. Il est très demandé.

Nous eûmes de la chance. Devant la gare, nous trouvâmes un poney et une charrette qui attendaient le chaland. Nous hélâmes le cocher quelques secondes avant un monsieur corpulent chargé d'une lourde valise. Celui-ci ne cacha pas son mécontentement, mais je lui expliquai que nous étions en mission et Mr Cooper promit qu'il serait de retour dans vingt minutes.

Cette promesse était sans doute optimiste, si le chef de gare avait dit vrai à propos de la côte à gravir, mais elle ne consola pas le gros monsieur, qui continua à vociférer après notre départ.

— C'est scandaleux ! Je vais écrire à mon représentant au Parlement, monsieur ! La police est censée servir la population, et non pas abuser de son autorité pour réquisitionner tous les véhicules disponibles !

Je ne doutais pas qu'il écrirait à son député, mais j'étais satisfait qu'une enquête sur un meurtre eût la préséance sur une lourde valise.

Nous traversâmes rapidement une petite ville proprette dans un cliquetis de sabots et arrivâmes dans la campagne où un panneau nous indiqua que nous nous dirigions vers Englefield Green. Les environs étaient verts et arborés et Morris fit observer que cela devait être un endroit très agréable à vivre. Le chef de gare avait eu raison quant à la difficulté du raidillon et il était heureux que Les Cèdres ne se trouvent qu'à mi-pente, sans quoi je doute que le poney eût été capable de nous tirer jusqu'au bout. Le cocher nous déposa devant les grilles, avant de redescendre chercher le gros monsieur (s'il était encore là). Nous observâmes la scène devant nous.

La maison était grande, sans doute construite aux alentours de 1800. L'extérieur était décoré en stuc blanc, ce qui lui donnait un petit air italien. Elle était entourée de pelouses impeccables et il y avait en effet deux grands cèdres magnifiques de part et d'autre de l'édifice.

— Très joli, fit Morris, de plus en plus convaincu que la région était particulièrement plaisante.

Nous nous approchâmes en faisant crisser le gravier sous nos pas et découvrîmes que la maison était en grand deuil. Tous les rideaux étaient tirés et un large ruban de soie noire était noué sur le heurtoir de la porte d'entrée. Rendre visite aux proches en deuil est la partie la plus difficile de mon métier. Il est déjà assez pénible de perdre un être cher mais savoir que cette personne a trouvé la mort lors d'une agression inexpliquée doit être pire encore. Benedict devait être sous le choc, en proie au chagrin, et je venais l'interroger sur sa femme et sur l'état de leurs relations. Je devais toutefois oublier mes scrupules. Après tout, comme je l'avais dit au gros monsieur, j'étais en mission officielle.

— Allez voir la cuisinière, Morris !

— Oui, monsieur ! s'écria Morris en s'élançant vers l'arrière du bâtiment.

Je levai la main vers le nœud de soie noire et tapai vivement.

Au bout de quelques instants, j'entendis un bruit de l'autre côté de la porte et une bonne aux yeux rougis m'ouvrit.

— Le maître ne reçoit pas, monsieur, déclara-t-elle avant que j'aie pu parler.

Je fis un hochement de tête compréhensif, mais insistai :

— Je suis désolé, je dois néanmoins lui parler. Voyez-vous, je suis l'inspecteur Ross de Scotland Yard et c'est à moi qu'incombe la triste tâche de découvrir ce qui est arrivé à votre maîtresse.

Je pouvais difficilement dire « découvrir qui l'a tuée » mais elle m'avait compris.

Elle éclata en sanglots et s'essuya les yeux avec le coin de son tablier amidonné.

— Oh, inspecteur ! Comme c'est affreux ! Je suis sûre qu'aucun d'entre nous ne pourra s'en remettre ! Mrs Benedict était une femme adorable. Tout le personnel l'aimait, moi, la cuisinière, Milly…

— Milly ? demandai-je.

— La bonne, monsieur.

— Est-ce là tout le personnel ? Une cuisinière et deux bonnes ?

— Oh non, monsieur, il y a le valet de Mr Benedict et la femme de chambre de Madame, Henderson. Et puis le cireur de chaussures, bien sûr, et la fille de cuisine.

— Et le personnel du reste de la propriété ?

— Le jardinier et son apprenti, et le valet d'écurie… Oh, monsieur, vous pouvez interroger n'importe lequel, ils vous diront tous qu'ils n'arrivent pas à croire ce qui est arrivé.

— Qui est-ce, Parker ? lança une voix féminine depuis le vestibule. Que faites-vous là à bavarder ?

Parker vira au rouge écarlate.

— Je vous demande pardon, Miss Marchwood, mais c'est un inspecteur de la police, qui est venu de Londres, de Scotland Yard, pour parler à Monsieur.

— Mr Benedict ne reçoit pas de visiteur, dit la femme dont la silhouette était indistincte dans la pénombre.

— J'ai dit à ce monsieur… commença Parker.

— Je suis désolé de vous importuner en ce moment difficile pour toute la maisonnée, Miss Marchwood, mais je suis obligé d'insister, je le crains. J'enquête sur un assassinat.

— Oh, oh, oh, gémit Parker qui nous abandonna et rentra en courant dans la maison.

Resté seul avec Miss Marchwood, je la dévisageai attentivement. C'était donc elle la demoiselle de compagnie qui s'était rendue avec Allegra Benedict à Londres pour y faire une course et était rentrée seule.

La quarantaine, dotée d'un physique ingrat, elle portait une robe de deuil en soie noire et une mantille noire, comme les veuves espagnoles, sur ses cheveux bruns ternes. Elle n'avait pas de bijoux à l'exception d'un collier en perles de jais. La seule touche de couleur dans toute sa tenue était la monture dorée de son pince-nez. Derrière les verres de celui-ci, des yeux marron me scrutaient. Nous nous dévisageâmes mutuellement, puis Miss Marchwood reprit la parole d'une voix saccadée.

— Dans ce cas, vous pouvez entrer. Mr Benedict est dans son bureau. Je vais le prévenir que vous êtes là. Mais je vous avertis qu'il est très affaibli. Si vous pouviez écourter votre visite, ce serait préférable. À moins que vous ne puissiez revenir un autre jour ?

Si Miss Marchwood croyait que les frais alloués par Scotland Yard me permettaient de faire plusieurs trajets Londres-Egham de suite, elle se trompait.

— Je comprends et je ferai preuve de tact, dis-je (même si les circonstances ne laissaient guère de place au tact), mais il est important de lancer notre enquête le plus vite possible. J'aimerais aussi m'entretenir avec vous, Miss Marchwood. On m'a dit que vous étiez la dame de compagnie de Mrs Benedict et que vous vous trouviez avec elle samedi dernier.

Derrière le pince-nez, je la vis ciller rapidement. Cependant Miss Marchwood n'était pas du genre à s'effondrer en larmes comme la bonne. Comme toutes les dames de compagnie, elle avait de nombreuses occasions d'apprendre à contrôler ses sentiments. Exception confirmant la règle, ma femme, Lizzie, bien qu'elle l'ait été avant notre mariage, ne se serait jamais transformée en une Miss Marchwood. Lizzie a bien du mal à dissimuler ses sentiments et ses opinions.

Quant à Isabella Marchwood, la mort d'Allegra Benedict devait la priver de son emploi. Je me demandai si Benedict accepterait qu'elle reste chez lui le temps qu'elle trouve un autre poste. Il devait être douloureux pour lui de la voir, sachant que si elle était restée avec son employeuse, si le brouillard ne les avait pas séparées… Rendait-il Miss Marchwood responsable de ce qui s'était passé ?

— Oui, en effet, dit-elle en réponse à ma question. Souhaitez-vous me parler maintenant ou après avoir vu Mr Benedict ?

— Je devrais peut-être commencer par le maître de maison.

— Dans ce cas, veuillez attendre ici un instant.

Elle se retourna dans un froufrou de soie et se mit à monter l'escalier. Le bureau de Mr Benedict se trouvait donc à l'étage, à l'écart des visiteurs et des allées et venues du personnel.

J'attendis en bas, profitant de cette occasion pour regarder autour de moi. Partout, je voyais des signes de deuil. Tous les tableaux sur les murs, ainsi que le grand miroir, étaient recouverts d'un voile noir. J'eus l'audace d'ouvrir une porte et de jeter un coup d'œil dans la pièce, un salon. De nouveau, rideaux tirés, tableaux et miroirs voilés… même les pieds du piano à queue avaient été cérémonieusement masqués de longues jupes noires. Pas étonnant que la maison soit si sombre.

Soudain, je repérai sur le piano un cadre qui n'était pas couvert et je m'approchai. Il s'agissait du portrait de la défunte. Très jeune, elle était vêtue de blanc et posait devant une colonne classique et des draperies ; je fus frappé de nouveau par sa beauté. Près de cette photographie avait été placée une seule rose dans un vase couleur rubis. Je saisis le lourd cadre en argent pour l'observer de plus près et vis, gravées en lettres dorées dans un coin, l'inscription *Studio Podestà*, et au-dessous, la mention *Venezia*.

— Inspecteur ?

Miss Marchwood, debout près de la porte, m'observait avec réprobation. Eh oui, les policiers fouinent. C'est à cela que nous sommes bons. Personne dans la maison n'apprécierait mais ils allaient devoir s'y faire.

— Mr Benedict va vous recevoir. Veuillez me suivre.

Benedict se leva de sa bergère en cuir pour me saluer. La pièce, comme le reste de la maison, portait les marques du deuil, mais les rideaux avaient été entrouverts pour laisser entrer un mince rai de lumière qui la divisait en deux. Comme ailleurs, miroirs et tableaux étaient voilés, à une exception près, qui faisait écho au salon du rez-de-chaussée. Un imposant portrait à l'huile d'Allegra, assise dans un jardin, était accroché au-dessus de la cheminée. Comme sur la photographie posée sur le piano, elle paraissait très jeune. L'arrière-plan était un ciel bleu, un soleil éclatant et une vigne grimpant sur une pergola. Sur ce tableau, elle portait aussi une robe blanche et, égaillées sur ses genoux, se trouvaient des fleurs de la même couleur. Je suppose que l'artiste avait voulu suggérer que la jeune fille venait tout juste de les cueillir.

— Ma femme était une grande beauté, dit doucement Benedict.

Je fus gêné.

— Pardonnez-moi, dis-je. Je ne voulais pas vous ignorer, ni observer ce portrait si franchement. Mrs Benedict était comme vous dites une très belle femme… et tous les autres tableaux de la maison sont recouverts.

— Je n'ai pas pu me résoudre à faire recouvrir celui-là, dit Benedict de cette même voix calme, ce serait comme de l'enterrer. Or cela viendra bien assez tôt. Voulez-vous vous asseoir, inspecteur ?

Il désigna un fauteuil et se rassit dans sa bergère. Il tournait le dos à la fenêtre et au rayon de lumière, si bien que je ne le voyais pas clairement. Le peu de clarté qu'il y avait tombait sur moi, lui donnant l'avantage. Je me demandai si c'était prémédité. Il semblait plutôt frêle, et manifestement plus vieux que sa femme. Une fois mes yeux accoutumés à la pénombre, je remarquai que ses cheveux étaient clairsemés. Il était de taille moyenne, je l'avais constaté à mon entrée. Je songeai à la femme que j'avais vue à la morgue, encore magnifique même morte.

J'ouvris la conversation en présentant mes condoléances. Il les reçut sans effusion. Il se moquait bien que j'aie ou non de la compassion pour lui. Il était muré dans son chagrin.

— Mrs Benedict était-elle italienne ? risquai-je.

Il inclina la tête.

— Oui. Si vous estimez qu'il y a un grand nombre de tableaux dans cette maison, c'est parce que je suis marchand d'art, inspecteur, comme vous le savez peut-être déjà. Je possède une galerie à Piccadilly, sur la partie sud, près de…

Sa voix se brisa. Il s'interrompit, puis reprit.

— Près de Green Park.

— Vous trouviez-vous à votre galerie samedi dernier ?

Il fit non de la tête.

— Je ne me rends jamais en ville en fin de semaine. La plupart de mes clients, vous savez, quittent Londres le vendredi soir.

— Pour leurs maisons de campagne ?

— Oui.

— Mais la galerie est ouverte le samedi ?

— Oui, j'ai un excellent gérant, George Angelis. Il y est le samedi jusqu'à six heures du soir. Après quoi elle ferme jusqu'au mardi matin.

Elle ne faisait donc pas d'affaires le lundi, jour où ses clients rentraient en ville. Je pris mon carnet dans la poche de mon manteau pour y inscrire que la galerie fermait à six heures le samedi.

— Puis-je vous demander comment vous avez fait la connaissance de votre défunte épouse, monsieur ?

Il fronça les sourcils, visiblement surpris par ma question. Mais il répondit sans trop de difficulté.

— Bien sûr. Nous nous sommes rencontrés en Italie. Je visite le continent chaque année, à la recherche d'objets intéressants pour la galerie. J'ai aussi un grand amour pour ce pays. J'y ai séjourné dans ma jeunesse. Je faisais le tour d'Europe habituel, vous savez.

C'était une habitude des classes privilégiées. On envoyait les jeunes gens à l'étranger pour y parachever leur éducation, parfois avec un tuteur chargé de les garder à l'œil. Toutefois, pendant ce temps, les jeunes gens de ma classe sociale étaient occupés à gagner leur vie, comme ils le faisaient depuis l'enfance.

— Le père de mon épouse, hélas aujourd'hui défunt, était aussi dans le domaine de l'art, dit Benedict. Je lui rendais visite régulièrement quand j'étais en Italie et je suis devenu un ami de la famille. Quand j'ai rencontré ma femme pour la première fois, elle n'était encore qu'une enfant, une fillette de quatorze ans. Elle était exquise… charmante et vive, pleine de vie, espiègle, intelligente… quand on la connaissait, on ne pouvait que l'admirer.

Il regarda le portrait et se tut.

— Avait-elle cet âge-là quand ce portrait a été exécuté ? demandai-je.

Benedict tourna la tête et me regarda comme s'il avait complètement oublié qui j'étais.

— Oh, dit-il enfin. Non, elle a posé pour celui-ci à quinze ans je pense.

— Et, pardonnez-moi, monsieur, mais je suis obligé de poser des questions indiscrètes. Quel âge avait Mrs Benedict quand vous vous êtes mariés ?

— Dix-huit ans, fit Benedict avec un sourire amer. Je vous suis, inspecteur. Oui, je suis… j'étais plus vieux qu'Allegra. J'avais quinze ans de plus, pour être précis.

Donc quand le portrait de la jeune fille de quinze ans avait été peint, son futur mari en avait déjà trente. Le portrait avait-il été exécuté à sa demande ?

— Quand, s'il vous plaît, avez-vous fait l'acquisition de ce tableau ?

Il fronça de nouveau les sourcils et cette fois répondit avec un brin d'impatience.

— Il a été peint pour moi. J'avais déjà parlé à son père. Il avait consenti à notre mariage quand sa fille aurait atteint l'âge de dix-huit ans. En attendant, je devais me contenter de la possession de ce tableau en lieu et place du modèle.

À quinze ans, Allegra avait-elle été si enthousiasmée par la perspective d'un mariage avec un homme plus mûr ? Je commençai à me sentir un peu gêné par certains mots utilisés par Benedict. « Admirer » et non « aimer », par exemple. « Possession de ce tableau en lieu et place du modèle »… cela aussi me troublait.

— Puis-je à mon tour vous poser une question, inspecteur ? demanda Benedict, interrompant mes réflexions.

Je me rendis compte que je n'avais rien dit depuis quelques instants.

— Certainement, monsieur.

— Quel est le rapport de tout ceci avec la recherche du misérable qui a assassiné ma femme ?

— Sans doute aucun, monsieur, mais nous devons nous faire une idée de la personnalité de la victime.

— Alors maintenant vous savez, dit-il simplement.

— Vous n'avez pas d'enfants ? demandai-je enfin pour clore le chapitre des questions personnelles.

— Non, dit-il froidement.

J'étais allé trop loin.

— Tout cela est très éprouvant, inspecteur ; peut-être pourriez-vous revenir une autre fois ? Je me rendrai volontiers à Scotland Yard pour poursuivre notre discussion. Je me sens vraiment… mon médecin m'a donné des remèdes pour calmer mes nerfs. J'ai besoin de prendre quelque chose maintenant.

Cela me fournissait une transition pour ma dernière question.

— Je comprends, monsieur. On m'a dit que vous vous étiez évanoui après avoir identifié le corps.

Son visage se tordit de douleur à ce souvenir. Il hocha la tête.

— L'assistant, Scully, qui vous a montré la dépouille de votre femme, dit qu'une fois remis vous avez parlé de « portes ». J'ai cru comprendre que vous avez dit quelque chose comme « Ils veulent fermer les portes mais cela ne servira à rien ». Cela n'est peut-être pas exact, Scully a pu se tromper.

— Oh, il ne s'est pas trompé, répliqua Benedict avec brusquerie. Vous voulez savoir ce que je voulais dire ? Je vais vous montrer.

Il se leva et se dirigea vers une table sur laquelle étaient posés de lourds albums en cuir. Il en choisit un, revint s'asseoir, l'ouvrit et, ayant trouvé ce qu'il cherchait, tourna le livre vers moi.

C'était une aquarelle, signée S. B. Sans doute la copie d'un original qu'il avait vu, lors de son premier voyage en Italie, ou plus tard. La scène était de style médiéval, assez terrifiante. Sur un fond de paysage, une lugubre silhouette galopait sur un cheval fantomatique à la poursuite d'un groupe de jeunes gens en fuite, également à cheval. La silhouette, qui ne pouvait être que la Mort, était passée devant un couple de vieillards et l'avait ignoré. La vieille femme décharnée tendait la main vers elle, stupéfaite de ne pas avoir été choisie. Mais la Mort avait élu d'autres proies. Elle voulait les jeunes gens, bien habillés, coiffés de boucles blondes. Leurs compagnons, à l'arrière du groupe, étaient déjà tombés et gisaient sans vie sur leurs selles, emportés vainement par leurs destriers affolés. Les jeunes cavaliers de devant regardaient derrière eux, horrifiés et désespérés. Leur intention était manifestement de franchir les portes ouvertes d'une ville fortifiée, comme si, une fois à l'intérieur, ils pouvaient les refermer pour se protéger de la silhouette apocalyptique et lui échapper. Toutefois ils étaient perdus et ils le savaient. C'était écrit sur leurs visages. Même leurs chevaux le savaient, yeux exorbités et narines dilatées. Ils avaient atteint les portes, mais ce refuge terrestre ne sauverait aucun d'eux. La jeunesse, la beauté, la richesse… rien n'arrêterait leur poursuivante.

— J'ai copié ceci, dit Benedict, sur une fresque dans la chapelle d'un monastère dominicain à Bozen comme disent les Autrichiens, dans le Haut-Adige. Le nom italien de la ville est Bolzano. La fresque s'appelle *Le Triomphe de la Mort*. La Mort prend plaisir à faucher la jeunesse et la beauté voyez-vous. Elle devrait prendre les vieux, mais…

Benedict referma le livre.

— Et donc elle a emporté ma femme, inspecteur. J'ai quinze ans de plus, pourtant elle a enlevé ma femme en premier. Personne ne peut l'arrêter. Les portes et les remparts ne suffiront pas.

— Votre femme n'est pas morte de manière naturelle… dis-je avec une certaine gêne.

— La mort est la mort. Aucun de nous ne peut y échapper et se débattre est inutile. Néanmoins, la destruction si brutale et si vaine de quelque chose, de quelqu'un de si beau, c'est impardonnable.

Je fis de nouveau part de mes regrets, et pour la perte qui l'accablait, et pour mon intrusion. Je doute qu'il les ait entendus.

Miss Marchwood m'attendait dans le vestibule. Lorsque j'atteignis le bas de l'escalier, elle fit volte-face sans un mot et me précéda jusqu'au salon où j'avais vu le piano à queue. Je refermai la porte derrière nous et m'approchai de la fenêtre la plus proche pour ouvrir les rideaux. J'aime voir le visage d'un témoin et je n'allais pas me laisser manipuler comme cela s'était passé avec Benedict. Je notai qu'elle désapprouvait mon geste tout en le comprenant sans doute. Nous nous assîmes l'un en face de l'autre, toujours en silence.

Le tic-tac d'une horloge en porcelaine sur le manteau de la cheminée semblait terriblement bruyant.

Je me rendis compte qu'elle attendait que j'entame la conversation et, pour briser la glace, je déclarai :

— C'est une jolie pendule.

— Elle vient de la manufacture de Meissen, dit-elle. Mr Benedict l'a acquise au cours d'un de ses voyages.

Tout comme il avait acquis Mrs Benedict, une autre possession magnifique.

Je demandai à Miss Marchwood depuis combien de temps elle tenait compagnie à Mrs Benedict.

— Depuis que Mr Benedict a ramené son épouse en Angleterre, il y a presque neuf ans, dit-elle.

Derrière son pince-nez, ses yeux cillèrent rapidement. Elle ne voulait pas verser de larmes devant moi.

— Dans ce cas, Mrs Benedict et vous deviez être très proches. Ceci est une épreuve difficile pour vous, sympathisai-je.

Elle inclina la tête mais ne dit rien. J'avais l'impression qu'il allait être aussi pénible d'obtenir des informations d'Isabella Marchwood que de lui arracher une dent. Par loyauté envers la morte ? Ou bien à cause d'une possessivité mal placée, du sentiment que ma présence souillait cette maison ? Attendait-on de moi que je mène mon enquête sordide loin de ce salon bourgeois avec son piano à queue bien ciré, ses photographies aux cadres en argent et sa pendule en porcelaine de Saxe ?

— Avant cette tragédie, Miss Marchwood, étiez-vous heureuse ici ?

— Très heureuse ! répondit-elle sur un ton cassant.

Puis elle joignit les mains, les posa sur ses genoux et pinça les lèvres.

— Très bien, racontez-moi ce qui s'est passé samedi dernier.

Je pensais rencontrer quelque réticence mais elle se mit à parler assez vite. S'était-elle préparée à cet interrogatoire ? Je ne pouvais m'empêcher de remarquer ses mains jointes, qui ne cessaient de se resserrer et se relâcher tandis qu'elle parlait.

— Mrs Benedict souhaitait apporter une broche chez un bijoutier de la Burlington Arcade. Elle le connaissait bien. Il s'appelle Tedeschi et je suppose qu'il est d'origine italienne, donc elle aimait bien se rendre à sa boutique. Elle et Mr Benedict avaient acheté plusieurs articles à Mr Tedeschi par le passé.

— Pourquoi lui apporter cette broche ? Avait-elle un défaut ?

— Non, seulement elle ne l'aimait pas beaucoup, et donc elle ne la portait jamais. Elle voulait savoir si l'or et les pierres auraient pu être réutilisés pour faire une bague. On lui a dit que c'était possible. Nous avons… elle a laissé la broche là-bas.

— Vous ne vous étiez pas doutées, en quittant la maison, que le temps à Londres serait si mauvais ?

Miss Marchwood ôta son pince-nez et frotta l'arête de son nez là où une petite marque rouge s'était formée.

— Non, même si le temps était couvert. Il arrive parfois que le brouillard londonien s'étende jusqu'ici, mais rien ne laissait présager que nous aurions dû annuler notre expédition.

Elle replaça son pince-nez et continua plus vivement.

— Nous sommes parties après le déjeuner, par le train de deux heures et demie. En nous approchant de Londres, nous nous sommes rendu compte qu'un épais brouillard jaune se levait. Il avait déjà atteint les faubourgs de la ville. À notre arrivée à Waterloo, c'était très désagréable. Lorsque nous sommes descendues du train, le brouillard tourbillonnait autour de nous. J'ai suggéré à Mrs Benedict de faire demi-tour. Nous n'aurions eu qu'à nous rendre sur le quai voisin et attendre le train suivant. Mais elle a dit que cela ne prendrait pas très longtemps de nous rendre à la Burlington Arcade si nous dénichions une voiture de louage. C'est ce que nous avons fait.

— Vous n'avez pas eu de difficulté à trouver de fiacre ?

— À la gare ? Non. Nous avons pris une voiture fermée, ajouta-t-elle.

Je manifestai mon approbation par un hochement de tête. Que deux personnes de qualité traversent Londres dans un cab à ciel ouvert aurait semblé tout à fait inconvenant.

— Mais il nous a fallu un certain temps pour arriver à Piccadilly, car le cocher ne pouvait avancer que très lentement. La circulation était impossible… Certains cochers en venaient presque aux mains. On ne voyait les piétons qu'à la dernière minute et plusieurs ont failli être renversés par des véhicules. Mrs Benedict et moi n'en menions pas large. Enfin nous sommes arrivées. Nous étions toutes deux très soulagées, je dois dire, de descendre du fiacre et de pénétrer dans Burlington Arcade.

— J'en suis sûr. J'étais moi aussi dehors dans le brouillard. Je sais combien il était difficile de progresser. Il ne devait pas y avoir beaucoup de visiteurs dans le passage couvert.

— Il y en avait quelques-uns, mais personne ne s'attardait. Tous étaient impatients de rentrer chez eux, j'imagine. Je commençais à m'inquiéter moi aussi. Nous avons rendu visite au bijoutier et nous avons passé quelque temps dans sa boutique, à discuter de la conception de la bague. Nous avons regardé un ou deux autres bijoux exposés. Quand nous sommes ressorties à l'air libre, nous avons été horrifiées, vraiment horrifiées.

Elle se pencha en avant pour souligner ses paroles.

— Le brouillard était tellement épais ! Nous étions toutes deux inquiètes et nous avons demandé à un garde de héler un fiacre pour nous.

Burlington Arcade, je le savais, était surveillée par ses propres agents en uniforme.

— Mais il n'a pas réussi. Plus aucun fiacre ne prenait de clients et il était même difficile de voir s'il y en avait dans les environs. Nous avons discuté de ce que nous devions faire…

— Quelle heure était-il ? l'interrompis-je.

— Bien plus de quatre heures. Sans doute presque cinq heures. Je ne peux pas être plus exacte. Nous avons décidé de traverser la rue et de parcourir à pied la petite distance qui nous séparait de la galerie. Nous avions prévu d'y patienter en espérant que le brouillard se lèverait.

— Ah oui, bien sûr, l'entrée principale de Burlington Arcade se trouve sur Piccadilly et Mr Benedict possède une boutique dans cette rue !

Elle s'empourpra violemment.

— Une galerie, inspecteur ! Mr Benedict n'est pas un boutiquier !

— Excusez-moi, veuillez poursuivre.

— Nous redoutions toutefois de nous faire renverser, en traversant la rue, par un véhicule qui ne nous aurait pas vues. Alors que nous discutions de la meilleure marche à suivre, un petit garçon a surgi du brouillard comme par magie. Il m'a fait sursauter.

— Un garçon ? Quel genre de garçon ?

— Un gamin des rues, de ceux qui nettoient les rues devant vous. Il tenait son balai à la main. Il nous avait entendues parler. Il a proposé de nous aider à traverser. Il nous a assurées qu'il entendrait si quelqu'un approchait. Nous avons acquiescé et il nous a fait traverser. Et là…

Pour la première fois, Isabella Marchwood hésita dans son récit.

— Nous nous trouvions sur le trottoir sud de Piccadilly et j'ai dit au garçon d'attendre, que j'allais lui donner quelque chose pour sa peine. J'ai cherché une pièce dans mon porte-monnaie. Je l'ai tendue au garçon et il s'est évanoui dans le brouillard comme il était venu. Je me suis retournée pour parler à Mrs Benedict et elle n'était plus là.

Elle resta muette et, au bout d'un moment, je l'encourageai à poursuivre.

— Vous l'avez appelée ?

— À maintes reprises !

Elle se pencha de nouveau.

— J'ai cru qu'elle était déjà en route vers la galerie.

— La galerie ferme à six heures le samedi, c'est bien cela ?

— Oui, mais je ne pensais pas qu'il était si tard. Je me suis donc dépêchée comme je pouvais, en avançant à tâtons contre le mur, jusqu'à ce que j'arrive à la galerie. Même une fois sur place, je n'étais pas sûre d'être au bon endroit. Je suis entrée et j'ai vu le jeune vendeur. Il est relativement nouveau mais il m'a reconnue. Il était surpris de me voir entrer par un tel après-midi, et surtout toute seule. Il n'avait pas vu Mrs Benedict. Nous ne comprenions pas. Elle ne pouvait tout de même pas avoir manqué l'entrée ?

Si c'était le cas, elle s'en serait vite rendu compte et aurait fait demi-tour. Le vendeur, qui s'appelle je crois Mr Gray, est allé prévenir Mr Angelis, le directeur. Celui-ci est sorti de son bureau en courant, un crayon à la main. J'ai encore demandé s'il avait vu Mrs Benedict. Mr Angelis a confirmé la déclaration de son assistant. Elle n'était pas venue. Il ne l'avait pas vue.

Miss Marchwood continuait à joindre et disjoindre les mains tout en parlant.

— Nous étions tous trois très inquiets. Nous ne savions pas quoi faire. Mr Angelis m'a proposé d'attendre à la galerie. Il était presque six heures et il n'y aurait certainement plus de clients par ce temps. Lui et son assistant sont sortis à sa recherche, en fermant la porte derrière eux. Ils ont été partis un bon moment, au moins une demi-heure. Impossible de la retrouver. Toutefois Mr Angelis avait arrêté un fiacre qui acceptait de faire une course. Il a insisté pour que je me rende à Waterloo et que je reprenne le train pour Egham tandis que son assistant et lui continuaient à chercher Mrs Benedict.

Elle se tut. La pendule Meissen émettait son bruyant tic-tac.

— Je ne voulais pas rentrer sans elle, dit-elle doucement. Mais je ne pouvais pas la retrouver. Mr Angelis a dit qu'il était hors de question que je me promène toute seule dans le brouillard. Je risquerais de me perdre moi aussi ; Gray et lui devraient nous chercher toutes les deux. Je suis donc rentrée en le laissant faire au mieux.

» Quand je suis arrivée aux Cèdres et que j'ai dit à Mr Benedict ce qui était arrivé, il a été très inquiet, comme vous pouvez l'imaginer. Nous avons attendu d'avoir des nouvelles, espérant sans cesse la voir arriver. Nous étions tous deux dans un triste état et ne pouvions rien avaler. Nous avons pris un peu de soupe et du café. Le dîner préparé par la cuisinière a été perdu. Bien sûr, elle a compris. Les domestiques aussi étaient bouleversés et inquiets. Ils aimaient beaucoup Mrs Benedict.

» Puis, après neuf heures du soir, Mr Angelis s'est présenté aux Cèdres. Il était très agité. Il n'avait pas réussi à la retrouver. Mr Benedict et moi étions assis dans ce salon, à attendre. Quand nous avons entendu un visiteur arriver si tard, nous avons bien sûr espéré que c'était Mrs Benedict qui rentrait enfin. Mr Benedict a bondi de son siège et s'est élancé dans le vestibule. Je l'ai suivi, priant pour que ce soit Allegra. Mais ce n'était que Mr Angelis. Il n'y avait pas d'Allegra et le visage d'Angelis était éloquent.

Elle s'interrompit et baissa les yeux. J'attendis qu'elle poursuive. J'imaginais très bien la scène. Je savais comment je me sentirais si c'était Lizzie qui avait disparu de cette manière.

— Mr Benedict a fait preuve d'un grand courage, dit Miss Marchwood. Il s'est repris, il a amené Angelis dans ce salon et il lui a servi un verre de brandy pour l'aider à se calmer.

— Angelis avait-il informé la police ?

— Oui, il était passé au commissariat de Little Vine Street. Il ne savait pas quoi faire d'autre. Mr Benedict l'a remercié pour sa peine. Il lui a dit qu'il avait bien fait de prévenir la police. Je pense que Mr Angelis était un peu inquiet…

Elle s'interrompit et me jeta un regard gêné.

— Je comprends. Tout le monde n'apprécie pas que la police vienne mettre le nez dans sa vie privée.

Miss Marchwood m'adressa un regard soulagé.

— Oui, c'est cela. Les gens parlent, vous savez. Mr Angelis avait pris sur lui de les informer, enfin de vous informer. Puis, après nous avoir dit tout cela, il s'est hâté de repartir pour Egham afin d'attraper le dernier train pour Londres. Le cocher qui l'avait amené depuis la gare l'attendait dehors devant la maison. Cela a dû être une grosse dépense. Mais j'ai cru entendre Mr Benedict sortir demander le prix de la course, donc il a dû la régler. Je n'ai jamais passé une si mauvaise nuit de toute ma vie. Je n'ai pas fermé l'œil et je sais que Mr Benedict est resté éveillé dans son bureau, à attendre. Le dimanche matin, il s'est rendu à Londres à la première heure, au commissariat de Little Vine Street… Et vous connaissez la suite.

Elle perdait son calme et commençait à trembler.

— Je sais combien c'est difficile pour vous, lui dis-je avec autant de compassion que possible. Mais bien que nous soyons certains qu'elle n'a pas été attaquée par un voleur…

Elle sursauta et posa sur moi de grands yeux écarquillés.

— Mrs Benedict portait encore ses bijoux, expliquai-je. Et pourtant, aucun sac à main n'a été retrouvé. En portait-elle un ce jour-là ?

— Un sac ?

Elle secoua frénétiquement la tête comme si elle avait quelque chose de coincé dans l'oreille.

— Pas de sac ? Mais il aurait dû y en avoir un…

Ma question semblait la décontenancer. Enfin, avec un effort, elle déclara :

— Oui, elle portait une petite aumônière en daim rose, attachée à son poignet par un ruban en soie. Elle contenait un peu d'argent, un mouchoir, un flacon de sels et puis la broche ; enfin elle avait contenu la broche avant qu'elle la laisse à la bijouterie. Je ne sais pas pourquoi vous n'avez pas retrouvé l'aumônière, inspecteur. Vous auriez dû…

Elle recommençait à trembler.

— Elle aurait dû être à son poignet… Je ne sais pas… tout cela est si terrible…

Ce dernier détail avait fait tomber ses défenses. Je décidai de couper court à mes questions pour l'instant et lui demandai d'avoir l'obligeance de m'envoyer Henderson, la femme de chambre personnelle de Mrs Benedict, afin que je m'entretienne avec elle.

Henderson était une femme courtaude d'âge moyen, aux yeux rouges et larmoyants.

— C'est terrible, c'est affreux, monsieur ! Je vous jure que je n'ai pas fermé l'œil depuis que c'est arrivé ! Qui aurait pu imaginer cela ? Pauvre Mrs Benedict. C'était une femme si gentille.

— Était-elle d'humeur normale ce matin-là, quand vous l'avez aidée à s'habiller ?

— Oh oui, inspecteur ! Elle était même de très bonne humeur. Elle était ravie de cette petite excursion à Londres, je suppose. Elle a attaché son chignon avec plus d'épingles que d'habitude, sans doute pour qu'il ne tombe pas alors qu'elle était loin de la maison.

— Diriez-vous que Mrs Benedict était heureuse ?

Henderson sembla stupéfaite.

— Pourquoi n'aurait-elle pas été heureuse ? Elle avait des vêtements magnifiques. C'était un vrai plaisir de s'en occuper.

— Mr Benedict était-il un mari généreux ?

— Oh oui, monsieur. Elle avait tout ce qu'elle désirait. Elle n'avait qu'à exprimer le moindre souhait… et il l'exauçait.

— Elle n'avait pas d'argent en propre ?

Henderson sembla troublée par cette question.

— Eh bien, si, monsieur. Elle avait un peu d'argent pour ses robes, bien sûr. Je ne saurais vous en dire plus.

Son visage rond s'affaissa et les larmes se mirent à rouler sur ses joues rebondies.

— Oh, qu'est-ce que je vais bien pouvoir faire maintenant ?

Comme Miss Marchwood, elle avait perdu une bonne place et elle allait devoir en chercher une autre alors qu'elle n'était plus très jeune.

Morris et moi regagnâmes la gare à pied, en descendant la colline et traversant la ville. C'était une marche agréable, qui nous donna l'occasion d'échanger les informations que nous avions recueillies.

— Tous les domestiques ont affirmé qu'ils étaient très contents de travailler aux Cèdres, me dit Morris. Ils sont très affectés. Ils aimaient bien Mrs Benedict, apparemment.

— J'ai entendu le même son de cloche. Je me demande ce qu'il en est de Benedict lui-même. Est-ce qu'ils compatissent à son deuil ? Avez-vous eu l'impression qu'il était aussi apprécié que sa femme ?

— Oui, ils compatissent, monsieur. Mais peut-être pas de…

Morris hésita et chercha vainement un mot.

— J'ai eu l'impression qu'ils avaient beaucoup de respect pour lui, mais qu'ils avaient un peu peur de lui, pourrait-on dire. Ils n'ont peut-être pas autant d'affection pour lui que pour elle.

— Le personnel pense-t-il que les Benedict étaient heureux en ménage ?

Morris hésita.

— La cuisinière a parlé d'un « bon mariage ». Ce sont les mots qu'elle a employés. Les autres ont dit que Mr Benedict était en adoration devant sa femme.

Cela recoupait bien ce que Henderson m'avait dit.

— Était-elle aussi admirative de lui ? Semblait-elle aimer son mari ?

Morris rougit.

— Pour ce qui est de l'amour, je ne sais pas, monsieur. Comment le deviner ? Je veux dire, les gens comme eux, ils sont très guindés, n'est-ce pas, dans leur manière de s'adresser l'un à l'autre ? Ils ne vont pas s'embrasser et se cajoler devant leurs domestiques !

Certes, et je n'imaginais pas Sebastian Benedict se livrer à de telles gamineries en privé ou en public. Toutefois un étranger ne sait jamais ce qui se passe dans l'intimité d'un couple. Henderson, la femme de chambre, ne doutait pas de l'affection de Benedict pour sa femme. Le caractère de la victime commençait à me fasciner.

— Comment les membres du personnel ont-ils décrit la défunte ? demandai-je ensuite.

— Une femme très posée, très digne, ils ont tous dit. Elle était musicienne ; elle jouait très bien du piano. Elle restait des heures à jouer, juste pour elle-même.

Cette description me troubla. Qu'était-il arrivé à l'espiègle et vive Italienne de dix-huit ans ? Neuf années de mariage avec Benedict l'avaient-elles transformée en une placide bourgeoise anglaise, jouant du piano seule dans son petit salon ? Qu'est-ce qui avait éteint le feu de sa personnalité ?

— Et vous, qu'avez-vous pensé du mari ? me demanda Morris.

— Un personnage un peu étrange, confessai-je. Je ne doute pas qu'il ait aimé sa femme. Il est sincèrement affligé. Mais il semble avoir été obsédé par sa beauté. Je ne peux m'empêcher de songer qu'il aurait été presque aussi affecté par la perte d'un tableau ou d'une sculpture de prix. J'imagine, Morris, que du point de vue de Mrs Benedict, cela devait être assez fastidieux, pour ne pas dire déprimant, d'avoir un mari qui semblait ne l'aimer que pour sa beauté, ne la voir que comme un *objet d'art**[1] et non pour elle-même avec ses éventuelles imperfections. Elle était très jeune quand ils se sont mariés : dix-huit ans. Ils se connaissaient depuis qu'elle en avait quatorze. Il avait quinze ans de plus qu'elle. J'ai l'impression que le mariage a été conclu par Benedict et le père d'Allegra. Benedict lui-même ne me paraît pas du genre à inspirer la passion chez une jeune fille.

— Vous pensez qu'elle pouvait avoir un bon ami ? suggéra Morris.

J'ai bien peur que nous autres officiers de police n'ayons l'esprit mal tourné. Nous sommes trop souvent témoins des faiblesses et des vices cachés de la nature humaine. Je ne pouvais pas nier que cette pensée m'avait traversé l'esprit lorsque j'avais vu le mari. Mais je tâchai de m'exprimer avec précaution.

— Elle devait beaucoup s'ennuyer et se sentir seule en Angleterre. Son unique compagnie était celle de Miss Marchwood, qui ne m'a pas fait l'effet d'une personne très enjouée. Il n'y a pas d'enfants. Miss Marchwood est ici depuis neuf ans et elle était la seule confidente de Mrs Benedict. S'il y avait quelque chose de scandaleux dans sa vie privée, la dame de

1. Tous les mots en italique suivis d'un astérisque sont en français dans le texte.

compagnie devait le savoir et fermer les yeux. Elle ne nous avouera jamais sa complicité dans une relation amoureuse. Elle ne nous dira rien qui puisse donner une mauvaise image d'elle. Elle a été engagée pour s'occuper de Mrs Benedict, mais c'était son mari qui payait ses gages, et qui les paie toujours, semble-t-il.

Je m'autorisai une grimace ironique.

— Elle a été prompte à m'expliquer comment elle avait perdu Mrs Benedict dans le brouillard. Cependant, elle ne répondra pas si facilement aux autres questions.

— En effet, monsieur, c'est probable, grommela Morris. C'est triste, ça, que Mr Benedict ait dû engager une amie pour sa femme. Le personnel n'a pas fait de commentaires sur Miss Marchwood, à part qu'elle se montre un peu guindée avec eux. Je crois que c'est la cuisinière qui s'entend le mieux avec elle.

— Cette histoire ne me plaît guère, pour être franc avec vous, Morris, marmonnai-je, mécontent, alors que nous arrivions à la gare. Miss Marchwood était trop volubile sur certaines choses et trop réticente sur d'autres points. Elle avait bien préparé l'explication de leur voyage et le moment où elles se sont perdues de vue. Mais elle est très vague sur les horaires. Elles ont quitté la bijouterie de Burlington Arcade après quatre heures. Elle s'est tout de suite reprise en disant presque cinq. Cela fait tout de même près d'une heure de différence.

» Et il y a autre chose. Je ne peux m'empêcher de songer à ce chêne, qui se dresse seul au milieu du parc.

— Le chêne ? fit Morris, interloqué. Vous voulez dire celui que le roi Charles II a fait planter ?

— Il n'a pas plus été planté par le roi Charles que par ma grand-mère, mais oui, je parle de cet arbre dans Green Park. La plupart des autres arbres sont alignés. Disons que vous avez raison et que Mrs Benedict avait… un intérêt amoureux. Eh bien, à sa place, si je voulais convenir d'un rendez-vous discret dans le parc, je pourrais suggérer le chêne, qui est à l'écart du reste du parc et que l'on ne peut pas confondre avec un autre.

Morris émit un léger sifflement et finit par déclarer :

— Il y a bien ce type, Angelis…

— En effet, et j'irai le voir demain. Vous, Morris, vous vous rendrez à la Burlington Arcade pour voir le bijoutier nommé Tedeschi. Il faut que vous obteniez confirmation que Mrs Benedict est passée samedi après-midi, mais essayez d'obtenir de lui l'heure à laquelle elle et Miss Marchwood ont quitté la boutique. Essayez également de trouver le garde à qui elles ont demandé de héler un fiacre, et un petit balayeur de rue qui les a fait traverser. Miss Marchwood dit que le gamin les avait entendues discuter dans le brouillard. J'aimerais beaucoup savoir ce qu'elles disaient exactement. Les balayeurs de rue travaillent souvent au même endroit dans l'attente de clients. Ils ne s'aventurent pas sur le territoire d'un autre. Vous devriez le retrouver.

Plusieurs choses me troublaient.

— Qu'est-il arrivé à l'aumônière en daim rose que portait la victime, selon Miss Marchwood ?

— N'importe qui a pu la ramasser, dit Morris. Elle a pu la faire tomber dans la rue, ou n'importe où dans le parc, et ne pas la retrouver à cause du brouillard. Plus tard, quand la brume s'est dissipée, quelqu'un l'aura ramassée avant que le gardien Hopkins découvre la morte.

C'était possible. Une aumônière de prix, comme celle que m'avait décrite Miss Marchwood, ne serait pas restée longtemps abandonnée dans une rue ou un parc de Londres.

— Voici notre train, monsieur, annonça Morris alors que celui-ci arrivait en crachant des nuages de vapeur soufrée.

Nous montâmes à bord et eûmes la bonne fortune de nous trouver seuls dans notre compartiment. Le chef de gare siffla. Il y eut un cahot, puis, dans un grincement de métal et un crachotement essoufflé, nous partîmes.

— Pourquoi n'y avait-il pas de majordome ? demandai-je, alors qu'une autre pensée troublante me venait à l'esprit.

— Comment cela, monsieur ?

Morris, bercé par le bringuebalement du train, gardait à grand-peine les yeux ouverts.

— En tout, il y a sept domestiques aux Cèdres, y compris un valet et une femme de chambre. Je ne compte pas la dame de compagnie, qui occupe une place plus élevée, même si elle perçoit un salaire. Cependant, il n'y a pas de majordome. Dans une maison si riche, je me serais attendu à ce qu'il y en ait un pour superviser le personnel, arbitrer leurs disputes et juger leur comportement. Il ferait le lien entre les domestiques et le maître de maison, et il ouvrirait la porte aux visiteurs. C'est une petite bonne larmoyante qui m'a ouvert. Une gentille fille, sans aucun doute, mais, selon mon expérience, les maisons de la taille des Cèdres possèdent habituellement un majordome.

— Ah oui, marmonna Morris… il y en avait un, mais il est parti.

— Vous ne m'en avez pas parlé ! déclarai-je, surpris.

Il sembla gêné.

— Cela n'est pas récent, monsieur. Quand j'ai demandé à la cuisinière si j'avais vu tous les domestiques, elle m'a dit que oui. Elle a ajouté qu'ils se débrouillaient très bien sans majordome depuis que Mr Seymour était parti six mois plus tôt. Mr Benedict avait été très contrarié. Il n'a pris personne d'autre pour le remplacer.

— Si Mr Benedict était très contrarié par le départ de Seymour, je suppose que celui-ci a démissionné. Il n'a pas été renvoyé. Pourquoi, je me le demande, alors que la charge de travail ne semblait guère lourde et que les autres domestiques étaient tous si contents ? Morris ! Une fois que vous serez allé à la Burlington Arcade demain, et quand vous aurez trouvé le petit balayeur, j'ai une autre tâche pour vous. Vous pourrez faire le tour des agences qui placent des domestiques de rang supérieur. Seymour a eu amplement le temps de retrouver une place. J'aimerais savoir où il est employé maintenant et, si possible, lui parler.

— Oui, monsieur, soupira Morris. Puis-je suggérer d'envoyer le constable Biddle à la recherche du balayeur ? Cela ferait avancer les choses un peu plus vite. Biddle apprécierait cette opportunité. Il est très ambitieux.

— D'accord, envoyez Biddle. Avec un peu de chance, il va y arriver sans trop faire de dégâts.

Je savais que le constable Biddle était plein d'enthousiasme et voulait bien faire, mais son zèle lui valait parfois des mésaventures.

À la maison ce soir-là, alors que j'étais attablé avec Lizzie devant notre modeste dîner, je lui racontai que nous avions un nouveau meurtre sur les bras à Scotland Yard. Je lui décrivis Allegra Benedict telle qu'elle avait dû être avant sa mort ; et je lui racontai que je m'étais rendu jusqu'à Egham pour interroger le mari endeuillé. Je lui parlai même de la vaporisation d'acide phénique de Carmichael, sachant que cela pouvait l'intéresser, en tant que fille de médecin.

— Seigneur, fit Lizzie, je ne pensais pas que Carmichael serait aussi ouvert aux idées nouvelles. Quelle chose affreuse ! Cette pauvre femme. Je me demande si elle était heureuse en Angleterre, si loin de son pays. Avait-elle beaucoup d'amis ?

— Elle avait une dame de compagnie qui était à ses côtés depuis son arrivée en Angleterre et qui l'accompagnait à Londres ce jour-là. Miss Marchwood, une femme un peu étrange. Lizzie, qu'y a-t-il ?

Lizzie avait posé ses couverts et me regardait.

— Marchwood, as-tu dit ? Ça ne peut pas être la même… mais tu dis qu'elle était la dame de compagnie de Mrs Benedict ? Si, ça doit bien être la même…

— Tu la connais ? fis-je, stupéfait.

— Non, pas du tout. Mais j'ai entendu parler d'elle et Bessie la connaît.

— Bessie ! m'exclamai-je, si bruyamment que Bessie apparut et me demanda ce que je voulais.

— Bessie, lui demanda Lizzie, la dame qui vient d'habitude à la salle paroissiale pour aider à servir le thé le dimanche, tu m'as bien dit qu'elle s'appelait Miss Marchwood, n'est-ce pas ?

— C'est ça, m'dame, dit Bessie. Sauf qu'elle était pas là hier quand vous êtes venue avec moi. C'est bien dommage. Elle est toujours là, aux côtés de Mrs Gribble et Mrs Scott. Miss Marchwood apporte des sablés. Je ne crois pas qu'elle les prépare elle-même. Elle doit demander à la cuisinière de sa maison de les faire. Ils sont très bons, ces biscuits.

— Peu importe les biscuits ! interrompis-je. Connaissez-vous le nom de l'employeur de Miss Marchwood ? La dame venait-elle parfois avec elle ? Savez-vous où elles habitent ?

— Elle habite pas à Londres, dit Bessie. Elle vient en train. Miss Marchwood, je veux dire. La dame pour qui elle travaille ne vient pas.

— Si c'est la même, c'est une très belle Italienne, lui dis-je.

Bessie sembla impressionnée.

— Oh, si je m'imaginais, alors que Miss Marchwood est si laide.

J'étais sûr à présent que nous parlions de la même personne. Parmi le personnel des Cèdres, nous savions que Miss Marchwood s'entendait particulièrement bien avec la cuisinière. Cette même cuisinière qui préparait volontiers des sablés pour les réunions de promotion de la tempérance.

— Est-ce que le nom de Benedict te dit quelque chose, Bessie ?

Celle-ci fit non de la tête.

— Je connais personne de ce nom, dit-elle. Vous voulez que je débarrasse les légumes ?

Une fois Bessie partie, j'observai Lizzie.

— On dirait que la raison pour laquelle tu n'as pas fait la connaissance de Miss Marchwood dimanche, c'est parce que Mrs Benedict venait d'être retrouvée morte le matin même.

— Peut-être viendra-t-elle dimanche prochain, dit Lizzie en ajoutant nonchalamment : Je pensais y retourner avec Bessie, pour entendre prêcher Mr Fawcett. C'était tout à fait distrayant.

— Lizzie ! fis-je aussi sévèrement que possible, tout en sachant qu'aucune objection de ma part ne l'arrêterait ; je ne veux pas que tu t'impliques dans cette affaire !

— Mais tu aimerais bien savoir si Miss Marchwood va venir dimanche prochain et, si c'est le cas, dans quel état d'esprit elle est… suggéra Lizzie.

— Est-ce qu'elle saura qui tu es ? demandai-je. Je veux dire, est-ce qu'elle saura que tu es ma femme et quel est mon métier ?

— Si elle l'ignore, Mrs Scott ou bien Mr Fawcett le lui apprendront certainement. Je crois que Mrs Scott sait que tu es policier. Elle m'a semblé un peu soupçonneuse.

— Eh bien, inutile d'aggraver les choses. Va simplement voir si Miss Marchwood est là et observe-la. Ne l'interroge pas, s'il te plaît, et ne fais pas directement référence au meurtre !

— Comme si j'allais faire une chose pareille ! s'indigna ma femme. Vraiment, Ben !

— Bien sûr, je connais ton tact légendaire, rétorquai-je vivement. Mais je ne veux pas que Miss Marchwood soit encore plus terrorisée qu'elle ne l'est déjà.

— Tu penses qu'elle a peur ? Qu'elle n'est pas seulement choquée et affligée ?

— Oui, dis-je, j'ai bien réfléchi à tout cela et je suis certain qu'Isabella Marchwood a peur. De qui ou de quoi, voilà ce qui me reste à découvrir.

CHAPITRE 5

Inspecteur Benjamin Ross

Dès le lendemain matin, à la grande colère du superintendant Dunn, ces messieurs de la presse avaient appris l'existence du spectre du fleuve. Si l'on ajoutait à cela le cadavre d'une belle femme (dont le mari possédait une galerie à Piccadilly), découverte étranglée à Green Park, ils avaient de quoi s'en donner à cœur joie. Bien sûr, les deux histoires furent mises en rapport. J'étais aussi irrité que Dunn. Dans mon esprit, il n'y avait toujours pas de preuve que le spectre du fleuve ait tué Allegra Benedict. La presse, toutefois, n'avait aucun doute.

L'histoire fit les gros titres non seulement des publications populaires, mais au-delà. Le *Daily Telegraph* y consacra une demi-page. Elle eut même droit à un entrefilet dans le *Times* (avec un commentaire d'un dignitaire ecclésiastique sur l'anarchie qui régnait dans les rues). Le déchaînement ne cesserait pas jusqu'à ce que nous procédions à une arrestation. Les jours suivants, il y eut des lettres aux journaux ; une question fut même posée devant le Parlement. Le ministre de l'Intérieur lui-même fut obligé de se lever pour tenter d'y répondre. Il déclara avec insistance que les rues de Londres étaient sûres pour les femmes respectables. Cela suscita encore plus de lettres ouvertes. Des illustrations dépeignant le spectre du fleuve avec plus ou moins d'imagination, mais toujours sinistres, se mirent à fleurir un peu partout. L'idée d'un prédateur si étrange captivait les esprits.

Bien entendu, on reprochait tout cela à la police, comme d'habitude. Les lecteurs indignés faisaient remarquer avec virulence que nous n'étions jamais là quand on avait besoin de nous. L'expression « argent du contribuable » fut brandie à tort et à travers.

— Comment le savent-ils ? lança Dunn, exaspéré, en frappant du poing le quotidien étalé sur son bureau. Ils sont au courant qu'une femme a été retrouvée morte dans le parc, on pouvait s'y attendre. Mais comment ont-ils entendu parler de ce prétendu spectre du fleuve ?

— À mon avis, suggérai-je, quand ils ont publié l'histoire d'une femme étranglée dans le parc, une fille de la rue est allée voir un journaliste et elle lui a vendu pour une guinée son histoire de spectre. Maintenant, les reporters sont tous à la recherche de filles qui ont quelque chose à raconter là-dessus.

— Précisément ce que je craignais, marmonna Dunn en se frottant la tête. Nous pouvons augmenter le nombre d'hommes qui patrouillent au bord de la Tamise. Mais si cet individu cherche ses proies dans les parcs aussi…

— Nous ne sommes pas certains qu'il existe, ou bien qu'il soit notre assassin. Daisy Smith, la fille à qui j'ai parlé, m'a dit que le spectre avait posé les mains autour de son cou. Elle n'a pas parlé d'une corde.

— Eh bien, il aura changé de *modus operandi*.

— Et pourquoi en changerait-il ?

— Pourquoi ? Eh bien, parce que les filles lui ont échappé ! Il voulait s'assurer qu'il ne louperait pas sa prochaine victime.

Cette possibilité m'avait déjà effleuré, mais j'avais eu le temps d'y réfléchir et de la rejeter.

— Dans ce cas, objectai-je, pourquoi aurait-il utilisé les deux méthodes différentes au cours de la même soirée ? Il n'a pas mis de corde autour de la gorge de Daisy.

— Est-ce que je sais ce qu'il y a dans la tête de cet homme ? rugit Dunn. Nous avons affaire à un fou furieux ! Sa prochaine victime pourrait bien être attaquée avec un couteau, pour ce que nous en savons. Ce n'est pas un être rationnel, Ross.

Le spectre du fleuve, appelons-le ainsi faute de mieux, n'était peut-être pas rationnel selon des critères habituels, mais il devait avoir ses raisons pour agir comme il le faisait. Peut-être détestait-il les prostituées, ou bien aimait-il simplement faire peur aux filles avec ses jeux macabres. Placer les mains autour de leur cou était destiné à les terrifier, mais pas à les tuer. C'était une possibilité. L'assassin d'Allegra Benedict, en revanche, était parti de chez lui avec un morceau de corde dans sa poche. Il avait prévu de commettre un assassinat.

Je reconnus qu'en effet ce n'était pas l'œuvre d'un homme rationnel de se vêtir d'un linceul et de rôder dans le brouillard pour attaquer des filles de joie. Mais je doutais tout de même qu'il ait utilisé ses mains à une occasion et la corde à une autre, en une seule et même soirée.

Je fis la connaissance de George Angelis le même jour.

Comme prévu, Morris était allé interroger le bijoutier, Tedeschi, et tenter de retrouver l'ancien majordome de la famille Benedict, Mortimer Seymour. Biddle, dont le visage poupin rayonnait d'énergie, se mit à écumer Piccadilly et les artères voisines à la recherche du petit balayeur. Je me rendis à la galerie d'art de Benedict.

Elle possédait une vitrine discrète sur le côté sud de Piccadilly, non loin du parc. La proximité de la galerie et du lieu du crime devait avoir une signification mais laquelle, je ne le savais pas encore. Il y avait beaucoup de choses que j'ignorais. Quant à la galerie, très sobre et laquée de noir, elle ressemblait à un établissement de pompes funèbres. Il n'y avait dans la sombre vitrine qu'un seul tableau à l'huile, posé sur un chevalet, et qui représentait une vue d'une grande ville avec une église au dôme baroque, peinte depuis un point de vue au-delà d'une rivière. Le chevalet était entouré de rideaux en velours.

La porte était fermée, bien qu'elle ne portât pas d'écriteau. Je supposai que le directeur, George Angelis, avait jugé préférable de refuser l'entrée à tous excepté aux habitués. D'ailleurs, les acheteurs potentiels devaient éviter la galerie de peur d'être abordés par des reporters. Pour réussir à entrer, je dus actionner la sonnette à maintes reprises jusqu'à ce qu'un jeune vendeur apparaisse de l'autre côté de la vitre et me fasse signe de m'en aller. Manifestement, je n'avais pas l'allure d'un client. Je devais plutôt ressembler à un reporter. J'articulai du bout des lèvres le mot « police ». Le jeune homme afficha un air résigné et m'ouvrit la porte.

— Merci, dis-je. Je suis l'inspecteur Ross, de Scotland Yard.

— Oui, monsieur, fit-il poliment, puis il attendit que j'explique ce que je voulais.

Je fus déconcerté, car il devait bien se douter de ce qui m'amenait. Sa grimace lorsqu'il avait appris ma profession était éloquente. Maintenant que je le voyais de près, sans la vitre entre nous, j'étais frappé par sa physionomie. Il était très jeune : je ne lui donnais pas plus de vingt-deux ans. En outre, il était magnifique. Je me faisais rarement cette réflexion concernant un homme, mais c'était vrai.

Ses traits étaient d'une régularité classique comme on n'en voit qu'aux statues antiques, et son teint très pâle. Il avait une expression à la fois sereine et triste, les mains croisées l'une sur l'autre. On aurait dit la statue d'un ange penché au-dessus d'une pierre tombale. S'il n'avait pas été employé ici, il aurait été parfait chez un croque-mort. Non ! Je repoussai cette idée immédiatement. Un modèle de peintre, voilà ce que ce jeune homme aurait dû être ! Peut-être l'avait-il été ?

— Mr Angelis ? demandai-je. Est-il ici ?

Le regard chagriné du vendeur ne changea pas.

— Mr Angelis est dans son bureau, monsieur. Je vais lui dire que vous êtes là.

Il tourna les talons.

— Un instant ! Quel est votre nom ?

— Francis Gray, monsieur.

Il s'inclina gracieusement.

— Je suis l'assistant de Mr Angelis depuis six mois.

— Et vous étiez présent samedi dernier lorsque Miss Marchwood est venue à la boutique… à la galerie à la recherche de Mrs Benedict ?

— Oui, inspecteur. Je suis sorti avec Mr Angelis à la recherche de la dame. En vain.

L'air tragique seyait à merveille aux traits de ce jeune homme. C'était attendu dans ces circonstances, mais même dans un moment heureux, je ne pouvais l'imaginer racontant une plaisanterie.

— Êtes-vous allé dans le parc ?

Il eut l'air vexé.

— Eh bien non ! Je n'ai jamais pensé qu'elle avait pu entrer dans le parc. De plus, avec ce brouillard, j'aurais pu m'y promener en long et en large sans la trouver. Je pensais qu'il était complètement vide, ajouta-t-il sur un ton de reproche poli.

Nous avions atteint la porte du bureau et je décidai de le laisser tranquille.

Il sembla soulagé, comme la plupart des gens lorsque la police cesse de s'intéresser à eux de près, puis il disparut à l'intérieur pour informer Angelis de ma venue.

Je regardai autour de moi. Des tableaux étaient accrochés avec goût au mur, surtout des huiles mais aussi quelques aquarelles. Celles-ci étaient regroupées et semblaient toutes exécutées par le même artiste. Quand je me retournai, je sursautai en me trouvant nez à nez avec la statue d'un satyre à l'air mauvais, perché sur une colonne, et qui plantait sur moi son regard maléfique. Je ne pouvais imaginer que quiconque souhaite posséder une telle horreur chez soi.

Gray était de retour.

— Par ici, monsieur.

Il ouvrit la porte du bureau et annonça :

— Un certain inspecteur Ross, Mr Angelis, de Scotland Yard.

Pourquoi un « certain » inspecteur Ross ? me demandai-je. Croyait-il que nous étions plusieurs du même nom et du même grade à Scotland Yard ?

Angelis était bel homme, je ne vois pas comment le décrire autrement. Il était grand, âgé d'une quarantaine d'années et le teint basané. Ses cheveux noirs épais tombaient en longues boucles sur son col et une touche d'argent sur les tempes lui conférait un air distingué. Il avait des yeux sombres, larges et écartés, et d'épais sourcils bruns. Sa redingote et son pantalon noirs étaient légèrement égayés par un gilet en satin bordeaux mais ce costume sombre ne lui faisait guère justice. Il semblait appartenir à une époque plus ancienne et plus exotique. Je pouvais l'imaginer à la cour de quelque empereur byzantin d'antan, vêtu d'une longue toge dorée.

Il me reçut dignement, me fit asseoir dans un confortable fauteuil en cuir et m'offrit un verre de sherry. Je supposai que c'était ainsi qu'il avait l'habitude d'accueillir ses clients. Je le remerciai et refusai le sherry.

— Je regrette profondément, inspecteur, commença-t-il d'une voix douce, que mes efforts pour retrouver Mrs Benedict aient été vains. Quand j'ai appris la nouvelle, j'ai été horrifié. Je ne puis imaginer l'accablement de Mr Benedict. Je ne l'ai pas vu depuis ma visite chez lui lors de ce triste soir.

— Avant cela, quand l'aviez-vous vu pour la dernière fois ?

Angelis joignit les mains du bout des doigts. Il me sembla que ses ongles étaient polis.

— Voyons, cela doit être le mercredi de la semaine dernière. Mr Benedict passe toujours à la galerie les mardis, mercredis et jeudis. Il vient très rarement le vendredi, et jamais le samedi. Nous sommes fermés le lundi.

Cela concordait avec les dires de Benedict.

— Mrs Benedict l'accompagnait-elle très souvent ? demandai-je.

Angelis prit le temps de réfléchir à la question.

— Je ne l'avais pas vue depuis au moins trois semaines. Je ne dirais pas qu'elle venait souvent. Occasionnellement, oui. Mr Benedict l'amenait parfois avec lui pour lui montrer une acquisition dont il était particulièrement fier. Ou bien, si elle était venue en ville pour faire des achats, elle passait parfois, si elle savait que son mari était là.

Il souligna les derniers mots pour me faire comprendre que le comportement de Mrs Benedict, comme le sien, était au-dessus de tout soupçon.

— Miss Marchwood se trouvait-elle avec elle en ces occasions ?

— Oui, Miss Marchwood était toujours avec elle, déclara-t-il sur un ton sévère.

Tout cela était très comme il faut. Je me demandai si Benedict avait été un mari jaloux.

Il se trouve que, justement, je soupçonnais la pauvre Allegra d'un écart de conduite. Angelis avait voulu souligner que ce n'était pas avec lui. Toutefois, si elle avait eu rendez-vous avec un admirateur secret, Isabella Marchwood aurait été au courant. Il semblait qu'Allegra ne quittait jamais la maison sans elle. Elle n'était pas tant une compagne qu'une gardienne ! Elle avait dû l'aider à cacher sa liaison à son époux… si liaison il y avait eu. Cela aurait expliqué la réticence de Miss Marchwood, voire sa peur. Si Benedict le découvrait, elle serait désormais seule à affronter sa colère. Jamais il ne lui donnerait une lettre de recommandation. Si des employeurs potentiels le contactaient, il leur affirmerait certainement que Miss Marchwood n'était pas quelqu'un de confiance.

— Vous avez un tableau de paysage dans la vitrine, dis-je.

Angelis eut l'air surpris. Était-ce parce qu'il s'étonnait que je l'aie remarqué ou parce qu'il pensait que j'allais en demander le prix ? Je n'en avais nullement l'intention.

— On dirait une ville étrangère.

Angelis fronça les sourcils, mais me gratifia d'un regard plus aimable. En tant que policier, j'étais assez bas dans son estime. En tant qu'amateur d'art, j'avais toutefois grimpé de quelques degrés.

— Tout à fait, inspecteur. C'est une vue de Dresde par Bernardo Bellotto.

— Vous avez l'avantage sur moi, dis-je. Je ne connais pas ce peintre.

— Bernardo Bellotto était le neveu du grand Canaletto, fit Angelis.

Dieu merci, j'avais entendu parler de lui et pouvais donc prendre l'air impressionné comme il se devait.

— Bellotto, poursuivit Angelis, ne rechignait pas à signer ses tableaux Canaletto de temps à autre. On peut généralement faire la différence entre les deux au premier coup d'œil, mais certaines de ses peintures dans des musées et des collections particulières dans toute l'Europe sont répertoriées au nom de son illustre oncle. Je ne veux pas dire que Bellotto ne soit pas un bon peintre. Toutefois, il lui manque la même légèreté de toucher.

— Et d'où ce tableau provient-il ?

Toute la bienveillance que j'avais gagnée s'évanouit en un instant. Angelis se raidit et demanda d'une voix glaciale :

— Vous ne suggérez tout de même pas qu'il y a eu une irrégularité ? Tous les objets de cette galerie ont toujours une provenance irréprochable.

Je levai la main en signe d'excuse.

— Pardonnez-moi, ce n'est pas ce que je voulais dire. Je désirais seulement savoir où Mr Benedict l'avait acheté.

Il se détendit.

— Oh, eh bien, Mr Benedict l'a rapporté de son dernier voyage en Europe. Chaque année, il fait un circuit à la recherche d'œuvres d'art.

— Mrs Benedict l'accompagnait-elle durant ces voyages ?

Angelis secoua ses boucles brunes.

— Il s'agissait d'un voyage d'affaires, inspecteur.

Et donc Allegra, qui aurait sans doute adoré voyager, restait seule chez elle dans le Surrey, sans rien d'autre à faire que jouer du piano. Je revins au samedi après-midi du crime.

— À quelle heure Miss Marchwood est-elle arrivée ici à la recherche de Mrs Benedict ?

— Une minute ou deux après cinq heures et demie, répondit Angelis sans hésiter. Je venais de consulter ma montre lorsque j'ai entendu des voix dans la galerie. Il s'agissait de Miss Marchwood et Mr Gray. Mr Gray est venu ici me prévenir que Mrs Benedict était introuvable. Quand je suis sorti de mon bureau, j'ai découvert Miss Marchwood dans un état de grande agitation. Elle sanglotait de manière incontrôlable. Je l'ai fait entrer dans mon bureau et je lui ai donné un grand verre de sherry. Cela a semblé faire effet, mais elle n'arrivait toujours pas à prononcer des phrases cohérentes. Elle a répété en balbutiant ce qu'elle avait dit à Gray, à propos de

Mrs Benedict qui s'était perdue. « Elle est partie, elle est partie », ne cessait-elle de sangloter.

» J'ai fermé la galerie en avance, ce que j'avais déjà songé à faire à cause du mauvais temps, en laissant Miss Marchwood à l'intérieur avec la carafe de sherry, et Gray et moi nous sommes mis en quête de la disparue.

— Mr Gray m'a dit qu'il n'était pas entré dans le parc à ce moment-là. Et vous, Mr Angelis ?

— Non. Je suis parti dans l'autre direction et j'ai suivi la rue jusqu'à Piccadilly Circus. Puis je suis revenu par le trottoir d'en face.

— En passant devant la Burlington Arcade ?

— Tout à fait. Le brouillard était épouvantable. Je voyais à peine où je mettais les pieds. Je me suis rendu compte qu'il y avait très peu de chances de retrouver Mrs Benedict. Je suis tombé sur un fiacre et j'ai demandé au cocher de m'accompagner. J'ai fait monter Miss Marchwood dans le véhicule pour l'emmener à Waterloo. Puis, je suis ressorti, laissant Gray ici au cas où Mrs Benedict retrouverait enfin son chemin. Au bout d'un moment, j'ai perdu espoir. Je suis revenu, j'ai renvoyé Gray chez lui, fermé la galerie et je me suis rendu au poste de police de Little Vine Street pour signaler la disparition. Ils ont noté le signalement de Mrs Benedict. J'avais pris la précaution de demander à Miss Marchwood comment elle était habillée. Elle m'avait dit qu'elle portait une jupe et un manteau marron. Je leur ai dit aussi…

Angelis toussa délicatement.

— Je leur ai dit aussi qu'elle était particulièrement belle. Puis je me suis rendu à Waterloo et j'ai pris le train pour Egham afin de prévenir Mr Benedict.

— Il a dû être bouleversé, dis-je.

— Oui, répondit sèchement Angelis.

Je le remerciai pour son aide et revins à la partie principale de la galerie où patientait Gray. Celui-ci me raccompagna à la porte avec cette exquise politesse qui semblait lui être naturelle. Je murmurai un remerciement et sortis sur Piccadilly, ravi de retrouver le tohu-bohu du monde extérieur. Les passants me semblaient d'une normalité rassurante après le duo exotique que je venais de quitter. Tu n'appartiens pas au monde de l'art, Ross, me dis-je. Il n'y a pas de honte à s'y sentir mal à l'aise.

Alors que j'approchais de l'entrée de Burlington Arcade, j'aperçus avec plaisir la silhouette corpulente de Morris. Il parlait à un homme en uniforme coiffé d'un haut-de-forme.

— Voici Harry Barnes, dit Morris quand je le rejoignis. Il était de garde samedi dernier, mais il ne se souvient pas des deux dames.

Je regardai le gardien. Il porta les doigts au bord de son chapeau et posa sur moi des yeux aux globes jaunâtres. Sa peau elle aussi avait une teinte malsaine. Était-il atteint de jaunisse ou de quelque trouble du foie ? Il semblait en bonne santé à part cela. Peut-être avait-il passé des années dans des climats chauds et insalubres, où il avait souffert des maladies qui affectent les Européens là-bas. Un ancien soldat, songeai-je, comme beaucoup de gardiens de la Burlington Arcade.

— Vous êtes certain de ne pas voir vu les dames ? demandai-je. Vous n'en avez aucun souvenir ? L'une d'elles était très belle.

— Très mauvaise visibilité, monsieur ! aboya Barnes comme s'il répondait à un officier.

Puis il sembla perdre de son assurance.

— Cela ne veut pas dire qu'elles ne sont pas venues, monsieur. Je vois passer un tas de visiteurs, vous savez.

— Elles vous ont demandé de leur trouver un fiacre, poursuivis-je.

— C'est bien possible, monsieur. Mais je ne peux pas dire que je me souviens de tous les messieurs dames qui m'ont demandé de leur trouver un fiacre cet après-midi-là. Beaucoup de dames viennent faire leurs achats ici. Mais il n'y avait aucun fiacre d'aucune sorte. Il y avait des gens qui surgissaient de partout et qui me demandaient toutes sortes de choses. La plupart étaient perdus et certains incapables de faire la différence entre le nord et le sud. Désolé de ne pas pouvoir vous aider davantage, messieurs.

Nous nous éloignâmes.

— C'est bien dommage, grommela Morris.

— Et le bijoutier ? demandai-je, quelque peu agacé. A-t-il meilleure mémoire ?

— Il a confirmé que Mrs Benedict et sa dame de compagnie étaient passées le voir samedi après-midi. Il connaît bien Mrs Benedict, donc il ne peut pas s'être trompé. Elles sont venues, m'a-t-il dit, au sujet d'une broche appartenant à Mrs Benedict. Il croit se souvenir qu'elles sont parties aux alentours de quatre heures et demie. Il regrette de ne pas pouvoir être plus précis.

— Mais Angelis m'a dit que Miss Marchwood n'était arrivée à la galerie qu'à cinq heures et demie, et il en est sûr. Or elle se trouve à peine à dix minutes de marche !

— En temps normal, précisa Morris. Mais cela prendrait plus longtemps dans le brouillard, et ces dames ont un peu hésité à traverser, et ainsi de suite.

Je poussai un soupir d'exaspération.

— Si seulement Tedeschi pouvait être aussi précis qu'Angelis. Mais il semble tout de même qu'il y ait un intervalle de temps inexpliqué. Je vais interroger Miss Marchwood de nouveau. Vous feriez bien de commencer votre tournée des agences de domestiques. Peut-être réussirons-nous au moins à trouver Seymour !

Je rentrai à Scotland Yard, décidé à rédiger un rapport de mon entretien avec George Angelis, à l'intention du superintendant Dunn. En arrivant dans l'antichambre, je découvris que j'avais un visiteur.

Il était assis dans un fauteuil et dévorait un gros morceau de pain avec du fromage comme s'il n'avait pas mangé de toute la journée, ce qui était bien possible. C'était un enfant des rues déguenillé et crasseux de dix ou onze ans, qui portait des bottines trop grandes pour lui.

Le constable Biddle était assis à un bureau et contemplait le garçon d'un air renfrogné. Quand il me vit, il se leva d'un bond et déclara :

— Inspecteur, c'est le petit balayeur de Piccadilly !

— Bien joué, Biddle ! m'exclamai-je, ravi.

Biddle rougit sous le compliment.

L'enfant ramassa soigneusement les dernières miettes de pain et les fourra dans sa bouche. Ne prêtant nulle attention à moi, il s'adressa à Biddle.

— Vous en avez pas un autre ?

— Non, fit Biddle, l'air furieux. C'est mon déjeuner que tu viens de manger. Voilà l'inspecteur Ross, alors debout et attention à tes manières !

— Viens dans mon bureau, dis-je au petit balayeur.

Il prit son chapeau, le cala sous son bras et me suivit. Puis il passa les lieux en revue sans retenue.

Je m'assis à mon bureau en espérant l'impressionner, mais cela n'eut pas l'air de fonctionner.

— Comment t'appelles-tu ? demandai-je.

— Charlie, dit le garçon.

— Charlie qui ?

— Non ! répondit-il d'un air dégoûté. Vous confondez avec Percy Key. Il balaie les carrefours sur le Strand.

— Je voulais dire, quel est ton nom de famille ?

— J'ai pas de famille.

— Mais tu dois bien avoir un autre nom en plus de Charlie.

— Ah, oui ! fit enfin le garçon. On m'appelle Charlie Tubbs.

— Alors ton nom est Tubbs. Où habites-tu ?

— Nulle part.

— Et où dors-tu la nuit ?

— Sous des portes cochères en général.

C'était sans doute vrai.

— Dis-moi, Tubbs, il paraît que tu balaies les rues pour aider les piétons à traverser Piccadilly.

— Entre Piccadilly Circus et St James Street, ajouta le garçon en hochant la tête.

— Est-ce un bon endroit pour travailler ?

— Ouais, admit le garçon. C'est là où les rupins font leurs emplettes. Ils font leurs allées et venues avec leurs bottes bien cirées et les dames avec leurs crinolines en tissu brillant et en dentelle. Ils aiment pas traverser la rue pleine de boue et de saleté. Alors moi je leur propose de leur dégager un chemin bien propre et ils sont très contents !

— Étais-tu là samedi dernier dans l'après-midi ?

— Je suis toujours là.

— Il y avait beaucoup de brouillard.

— Ça, je vous le fais pas dire ! lança Charlie Tubbs avec virulence. Y avait pas beaucoup de monde. Je pensais pas gagner un sou. Il faisait froid aussi, et humide. Je me disais que ce serait bien agréable de manger une tourte chaude. Il y a un marchand qui en vend à Piccadilly Circus. J'arrêtais pas d'y penser.

— Et que s'est-il passé ? Quand le brouillard est tombé et que tu t'es retrouvé à arpenter Piccadilly à la recherche de clients ?

— J'ai entendu des voix. Des voix de dames. Alors je me suis rapproché, parce que les dames en particulier n'aiment pas traverser l'avenue. Surtout quand il y a beaucoup de circulation. C'est dur de traverser sans mettre le pied dans le…

— Oui, oui, Tubbs, as-tu entendu ce que disaient les dames ?

— Oui, dit-il.

Puis il s'arrêta et me jeta un regard plein d'espoir.

— Eh bien, vas-y !

— Combien ? me demanda le petit vaurien.

— Une taloche si je te trouve insolent ! aboyai-je. Ou bien je dirai au constable Biddle de t'enfermer dans une cellule jusqu'à ce que tu aies changé d'avis.

Tubbs n'eut pas l'air de me prendre au sérieux.

— Je pourrais être à Piccadilly en ce moment même, à balayer la rue et à gagner de l'argent. Je suis assis ici depuis un bout de temps.

Il fit un signe de tête vers la grande salle derrière lui.

— On t'a nourri. Allons, Tubbs, que disaient les dames ?

Tubbs dut décider qu'il valait mieux donner ses informations d'abord et essayer d'en tirer une rémunération plus tard.

— L'une d'elles disait qu'elles devraient rentrer. Mais l'autre, elle disait (Tubbs respira un grand coup et fit une assez bonne imitation de voix féminine) : « Mais nous sommes tout près ! »

— Quel genre de voix avait-elle ? demandai-je. Non, n'essaie pas de l'imiter. Dis-moi simplement si elle avait une voix douce. Inquiète.

— Elle parlait très doucement. Je l'entendais à peine, dit le garçon, et avec un accent. Je pense pas qu'elle était de Londres. Je connais tous les accents de Londres. Elle était étrangère. Comme le vieux Martini qui tient le kiosque de café sur Old Bond Street.

Dieu bénisse les enfants des rues de Londres. Rien ne leur échappait. L'une des dames était certainement Allegra Benedict qui n'avait pas perdu son accent italien. *Nous sommes tout près*… Près de quoi ? De la galerie Benedict ?

— Continue, enjoignis-je à Tubbs.

— L'autre dame, fit Tubbs, elle s'est mise à se lamenter sur le brouillard en disant que c'était désespéré. Mais celle avec l'accent, elle disait qu'elles pouvaient y arriver. « C'est tout près, elle a répété. Il doit attendre ! »

Je faillis sauter de ma chaise, néanmoins je cachai mes émotions. Je ne voulais pas que Tubbs commence à inventer des détails pour me satisfaire.

— Tu es sûr qu'elle a dit cela, Charlie ?

— Oui, fit le petit balayeur. J'étais juste derrière elle, mais elle ne me voyait pas à cause du brouillard. « Comment faire pour traverser sans risque ? », a dit l'autre. Alors c'est là que je suis arrivé, vous voyez ? « Vous voulez traverser la rue ? Je vais vous aider ! », j'ai dit. Elle a poussé un petit cri, vu qu'elle savait pas que j'étais là. Puis celle qui parlait tout drôle elle a dit : « Oui, oui, Isabella, le garçon va nous aider à traverser et nous retrouverons notre chemin à partir de là. »

» Alors je les ai fait traverser, en balayant tout bien proprement. La première dame, elle m'a donné six pence. Je suis allé tout droit m'acheter une tourte avec.

— Et l'autre, celle avec la drôle de voix, comme tu dis ?

Tubbs haussa les épaules

— Oh elle, je sais pas. Elle a disparu dans le brouillard. Ça se voyait qu'elle était pressée.

— Et pourquoi cela se voyait-il ?

— Elle était nerveuse. La première, elle était inquiète, mais celle avec la voix étrangère, on aurait dit qu'elle était sur des charbons ardents.

Je tendis un shilling à Tubbs, qui s'empressa de le mordre pour vérifier qu'il s'agissait d'un vrai. Puis je le ramenai à Biddle, le fis asseoir et lui demandai de répéter son histoire, tout comme il venait de me la raconter.

— Le constable va la rédiger puis te la relire. Tu feras une croix pour marquer que tu es d'accord. Tu comprends ?

— Est-ce que j'aurai un autre shilling pour ça ? demanda Tubbs, plein d'espoir.

— Eh non. Si tu le fais bien, tu auras peut-être une tasse de thé bien chaude.

Biddle me lança un regard réprobateur.

— C'était un rendez-vous galant, dis-je à Dunn quelques minutes plus tard. J'en mettrais ma main au feu. Ces femmes ne se dirigeaient pas vers la galerie. Elles allaient vers le parc, vers ce chêne. Ou, plus vraisemblablement, Allegra Benedict devait retrouver quelqu'un au chêne. Isabella Marchwood était censée attendre sur Piccadilly, peut-être à la grille du parc ou en faisant des allées et venues près de l'entrée jusqu'au retour d'Allegra. Cela expliquerait ce laps de temps sur lequel Miss Marchwood s'est montrée si évasive. Elle l'a passé à attendre le retour de sa maîtresse. Mais Allegra n'est pas revenue. Elle a fini par comprendre qu'elle n'allait pas la rejoindre et qu'il s'était passé quelque chose. Peut-être a-t-elle même essayé de la chercher dans le parc, mais dans le brouillard, c'était impossible. Le temps qu'elle arrive à la galerie, elle était donc dans l'état de grande agitation décrit par Angelis. Non seulement elle avait perdu Mrs Benedict, mais elle allait devoir expliquer pourquoi elles s'étaient séparées.

» Et voilà pourquoi Charlie Tubbs a décrit la femme à l'accent étranger comme étant “sur des charbons ardents”, qui s'inquiétait d'être en retard alors que quelqu'un l'attendait. Voilà pourquoi, monsieur, le témoignage de Harry Barnes était crucial.

— Qui diable est Harry Barnes ? Ross, tenez-vous un peu tranquille !

Je m'étais mis à faire les cent pas devant son bureau en agitant l'index. Le superintendant semblait perdu. Je m'interrompis.

— Excusez-moi, monsieur. Harry Barnes est un garde qui travaille à la Burlington Arcade. Samedi dernier, il était de faction à la sortie de la galerie côté Piccadilly. Isabella Marchwood m'a dit qu'elle et Mrs Benedict avaient demandé à un garde de leur trouver un fiacre mais que celui-ci n'avait pas pu les aider. Or Harry Barnes ne se rappelle pas les deux dames. Il a précisé que beaucoup de gens s'étaient adressés à lui ce jour-là et qu'il n'avait pu trouver un seul fiacre. La situation était chaotique et sa mémoire était défectueuse.

» Supposons toutefois que sa mémoire soit au contraire excellente. La raison pour laquelle Barnes ne se souvient pas des deux dames, c'est parce qu'elles ne se sont pas adressées à lui ! Les clients de la Burlington Arcade sont riches et il ne faut pas les offenser. Le travail de Barnes est de décourager les indésirables mais aussi de se montrer obligeant envers les clients. Il n'oserait pas accuser l'un d'eux d'avoir menti. Il peut aussi être sincère quand il dit qu'il ne se souvient pas. C'était un après-midi très confus. Quoi qu'il en soit, il ne corrobore pas l'histoire d'Isabella Marchwood. Je croyais que Barnes n'avait rien à nous apprendre, mais en fait, si.

— Miss Marchwood va-t-elle avouer tout cela ? demanda simplement Dunn quand je fus à bout de souffle et d'arguments.

Il semblait assez peu impressionné par mes déductions, pour ne pas dire complètement sceptique. Voilà qui douchait singulièrement mon enthousiasme. Je devais reconnaître que j'avais très peu de chances d'obtenir un tel aveu de la part de Miss Marchwood.

— J'en doute, monsieur. Comment le pourrait-elle sans se compromettre, et se trouver sans défense face à la colère de Benedict ? Elle va dire que le garde a oublié… et Barnes lui-même le confirmera. Elle prétendra que le garçon a mal entendu. Qu'elles craignaient de rentrer trop tard aux Cèdres où Benedict les attendait. Qu'elles envisageaient d'aller à la galerie, ce qu'elle a d'ailleurs fait plus tard.

Je frappai ma paume gauche du poing.

— Elle aura une réponse toute prête pour chaque question. Mais je savais bien qu'elle nous cachait quelque chose !

— Non, Ross, vous ne savez pas, vous supposez. Allons, je ne dis pas que vous n'êtes pas sur la bonne piste…

Dunn leva la main pour couper court à mon indignation.

— Vous devriez réfréner votre enthousiasme. Nous devons nous montrer prudents. Faites-moi le plaisir de garder ça pour vous. Nous n'avons aucune envie que Benedict déboule ici en nous accusant de salir la réputation d'une innocente. Il faudra que nous soyons sûrs, Ross.

J'étais sûr de très peu de choses, sauf d'une seule : je n'étais qu'au début du mystère. Je hochai la tête d'un air sombre.

CHAPITRE 6

Elizabeth Martin Ross

— Allons, Bessie, dis-je, il va falloir être discrètes, toi et moi. Sais-tu ce que veut dire « discrètes » ?

Nous étions assises à la table de la cuisine. Entre nous deux étaient posés une théière en terre cuite fumante, deux tasses (de tous les jours, pas de porcelaine fine), deux assiettes et un cake aux fruits. La recette du cake était un secret de Mrs Simms, la cuisinière de ma tante Parry. Elle avait été divulguée à Bessie sous le sceau du secret lorsque celle-ci avait quitté le personnel pour rejoindre notre petite maisonnée.

— Oui, je le sais, répondit Bessie d'une voix hautaine. Bien sûr que je sais ce que « discrètes » veut dire. Il faudra raconter à personne ce que nous faisons.

Elle me regarda, les paupières mi-closes.

— Et surtout pas à l'inspecteur !

— Oui, euh non, répondis-je en hâte. Je déciderai de ce que nous devons dire à l'inspecteur.

— Et moi je dirai rien, fit Bessie avec enthousiasme. Est-ce que je coupe une tranche du cake, m'dame, ou est-ce que vous voulez le faire ?

— Je vais le faire. Il est très réussi, Bessie.

Je découpai soigneusement deux parts et les déposai sur nos assiettes.

Bessie lissa son tablier et sourit.

— C'est agréable de prendre le thé comme ça toutes les deux.

— C'est un conseil de guerre, dis-je. Nous établissons notre plan de campagne, toi et moi.

— Comme vous voudrez, m'dame ! marmonna Bessie, la bouche pleine.

— À partir de maintenant, nous mettrons en commun tout ce que nous savons. Pour commencer, dis-moi tout ce que tu sais sur Miss Marchwood et les autres personnes qui assistent aux réunions de la société de tempérance.

Peut-être était-ce mal de ma part de l'encourager à colporter des ragots, mais, comme dit Ben, les enquêteurs sont obligés de poser des questions et ne peuvent pas se permettre d'être trop stricts sur les règles de politesse, sans quoi ils n'apprendraient jamais rien. Je notai cependant que je venais tout juste d'inciter Bessie à la discrétion et que je l'encourageais à faire tout le contraire.

— Je vous ai déjà tout dit, fit Bessie. Miss Marchwood vient à Londres par le train et elle apporte des biscuits. Je n'en sais pas plus, à part qu'elle est dame de compagnie, comme vous avant votre mariage avec l'inspecteur.

— Comment l'as-tu appris ? Est-ce qu'elle te l'a dit ?

Bessie émit un petit ricanement.

— Non, elle ne m'adresse pas la parole. À part pour dire : « Va chercher du lait, Bessie ! » Mais elle parle à Mrs Scott, et moi j'écoute. C'est comme ça que je sais que le mari de Mrs Scott était un soldat et qu'il est mort de la fièvre en Inde, dans un endroit qui a un drôle de nom. Lucky quelque chose ?

— Lucknow ?

Bessie hocha la tête.

— Peut-être bien. En tout cas, ça ne lui aura pas porté chance.

Scott était-il mort lors du tristement célèbre siège de Lucknow pendant la révolte des cipayes, voilà dix ans ? me demandai-je. Si c'était le cas, Mrs Scott avait été veuve très jeune. Elle aussi avait-elle vécu le siège, comme de nombreuses femmes de militaires ? Je me sentis encline à lui pardonner son attitude soupçonneuse à mon égard.

— Mrs Scott raccompagne-t-elle souvent Mr Fawcett dans sa voiture quand elle quitte la réunion ?

— Assez souvent, dit Bessie. Je les ai vus partir ensemble plusieurs fois. Je crois que Mr Fawcett loge près de chez Mrs Scott.

— Et Miss Marchwood ? Arrive-t-il à Mrs Scott de la raccompagner ?

Bessie fit non de la tête.

— Pas à ma connaissance. Mrs Scott habite Clapham.

— Comment le sais-tu ?

— Parce que, répondit calmement Bessie, je l'ai entendue dire un jour à Mr Fawcett : « J'espère que vous viendrez à ma prochaine soierie à Clapham. »

— Soierie ?

— C'est une fête, expliqua Bessie.

— Ah, une *soirée** ! m'exclamai-je.

— C'est ce que j'ai dit, déclara Bessie, qui s'impatientait de toutes mes interruptions, une soierie. Et je sais qu'elle a une grande et belle maison, parce que Mr Pritchard me l'a dit.

— Mr Pritchard a été invité à l'une de ces soirées ?

J'étais surprise. J'imaginais bien Mr Fawcett, avec son pantalon gris perle et sa cravate en soie, enchanter les invités, mais pas le petit Mr Pritchard, avec ses mèches de cheveux plaquées sur son front suant par du saindoux.

— Oh non ! fit Bessie en éclatant de rire. Lui il entre par l'entrée de service ! Il n'est pas invité. C'est son boucher, il lui livre sa viande.

Bessie se pencha en avant pour ajouter sur le ton de la confidence :

— Il dit que c'est une très belle maison, pleine de belles choses.

— Je pensais que Mr Pritchard n'avait rien vu d'autre que la cuisine, dis-je.

— Il a regardé par les fenêtres. Et un jour, quand il partait, il a vu arriver un fiacre avec un monsieur vraiment très élégant. Il avait de longs cheveux noirs bouclés, comme un pirate, d'après Mr Pritchard. Il portait un grand paquet plat, enveloppé de papier d'emballage marron. La maison est pleine de tableaux. Il les a vus par la fenêtre.

Voilà une chose que Ben trouverait intéressante.

— Merci beaucoup, Bessie. Prenons une autre tranche de cake.

Ben fut en effet très intéressé.

— Seigneur ! s'exclama-t-il quand je lui parlai du tableau.

— Bien sûr, dis-je, nous ne pouvons être certains que Mrs Scott l'a acheté à la galerie de Benedict. Mais si c'était le cas ? Crois-tu que Benedict aurait pu livrer lui-même le tableau ? Pour faire une fleur à une bonne cliente ?

Ben eut l'air dubitatif.

— Benedict n'est pas un bel homme avec des cheveux bouclés et des airs de pirate. C'est un type au physique insignifiant, de taille moyenne, dégarni, menu. Mais Angelis, oui, je le décrirais comme élégant, un homme qui a envie d'être remarqué. Il a tout du corsaire ! Si tu voyais Angelis descendre d'un fiacre avec un grand paquet, tu t'en souviendrais.

Il se frotta le menton.

— Eh bien… J'avais écarté Angelis de tout cela. Peut-être ai-je eu tort. Nous ne devons pas tirer de conclusions hâtives. Comme tu dis, nous ne savons pas si le tableau, à condition que ce mystérieux paquet soit un tableau, a été acheté chez Benedict, bien que sa livraison par Angelis semble le prouver.

— Mais tu pourrais le découvrir, dis-je. Angelis doit garder un registre de toutes les ventes de la galerie.

— Je vais devoir retourner parler à Angelis, ainsi qu'à Isabella Marchwood. Cette femme m'a caché beaucoup de choses ! Mais même si Angelis me laisse voir le registre des ventes et que Mrs Scott s'y trouve, qu'est-ce que cela prouvera ?

Ben tapota la table du bout des doigts, l'air irrité.

— Peut-être que nous sautons aux conclusions en voyant des liens là où il n'y a que des coïncidences. Il me faut plus que ça, Lizzie, avant de pouvoir en parler à Dunn. Le superintendant est déjà nerveux comme un chat qui n'aurait plus qu'une de ses neuf vies. Y a-t-il autre chose ?

— Pas encore, avouai-je. Mais je pourrai peut-être en apprendre davantage à la réunion de la société de tempérance ce dimanche. J'ai le sentiment que ces réunions créent un lien entre tous les participants. C'est d'autant plus curieux qu'il s'agit d'un groupe assez hétéroclite de gens qui semblent avoir peu de choses en commun. (Je me mis à dresser une liste en utilisant mes doigts.) Mrs Scott, veuve de militaire, connaît Miss Marchwood, dame de compagnie. Elle connaît aussi Mr Pritchard, boucher de profession, qui a des clients fortunés, dont elle. Il livre régulièrement de la viande chez elle. Miss Marchwood et Pritchard aident tous les deux lors des réunions, comme Mrs Scott. Cela veut-il dire que l'un d'eux a encouragé les autres à venir ?

» Miss Marchwood était la dame de compagnie d'Allegra Benedict. Mr Benedict possède une galerie d'art et Mrs Scott a une maison pleine de tableaux. Elle en a acquis un nouveau récemment, qui lui a été livré par un homme qui pourrait – je sais que ce n'est qu'une hypothèse, dis-je avec un sourire d'excuse – être Angelis, le directeur de la galerie de Benedict. Si ce n'est lui, c'est quelqu'un qui lui ressemble beaucoup. Si Mrs Scott est bel et bien cliente de la galerie, alors il est fort possible qu'elle connaisse personnellement Sebastian Benedict. C'est même probable. Elle aurait pu le croiser à la galerie. Tu m'as dit qu'il y allait trois jours par semaine. Il serait logique qu'il entretienne de bons rapports avec une cliente régulière. Allegra Benedict se rendait parfois à la galerie avec lui, ou bien y passait quand elle savait qu'il y était. Mrs Scott pourrait bien y avoir fait sa connaissance également.

Je m'arrêtai pour réfléchir au prochain maillon de la chaîne.

— Tu me dis qu'Angelis a insisté sur le fait que Miss Marchwood accompagnait toujours Allegra quand elle venait à la galerie, donc Mrs Scott aurait pu faire la connaissance de Miss Marchwood là aussi. Elle a pu suggérer aux deux femmes d'assister aux réunions de la société de tempérance. Bessie a tendance à faire du prosélytisme à ce sujet, peut-être que Mrs Scott aussi ?

Je m'interrompis.

— Que penses-tu de mon raisonnement jusqu'ici ?

— Plausible, dit Ben. Mais il y a trop de peut-être.

— Il y a aussi une faiblesse, avouai-je, parce que Allegra Benedict n'a pas accepté l'invitation aux réunions ; seule sa dame de compagnie y assiste. Bessie n'a jamais vu Allegra là-bas. Elle n'y allait pas.

— Cela veut simplement dire qu'Isabella Marchwood était intéressée, mais pas son employeuse. Cependant, peut-être faisons-nous fausse route en nous concentrant sur les réunions. Allegra Benedict était italienne ; elle venait d'un pays où boire du vin fait partie des traditions, fit observer Ben. Je ne l'imagine pas aller à une réunion de ce genre.

— Non, fis-je en me penchant en avant, tout excitée par ma nouvelle idée, mais elle aurait pu se rendre à une soirée dans une belle maison de Clapham.

Il y eut un silence. Puis Ben déclara lentement :

— Si ton esprit fait le même chemin que le mien, alors il pourrait y avoir un autre lien entre elles, Allegra et Mrs Scott. Je me dis qu'elles étaient seules toutes les deux. L'une devenue veuve assez jeune, et l'autre exilée et mariée à un homme plus âgé qui semble ne s'intéresser qu'à ses tableaux et à sa galerie.

Il s'interrompit.

— Angelis avait un bon prétexte pour rendre visite à Mrs Scott. Il pouvait la conseiller dans ses acquisitions d'œuvres d'art. Si elle se sentait seule, elle a pu encourager ses visites ; voire l'inviter à ses soirées. Il y aurait fait sensation.

» Mais Allegra était seule elle aussi. Je n'ai aucun doute là-dessus. Nous sommes certains qu'Allegra et George Angelis se connaissaient. Ils se sont rencontrés à la galerie. J'ignore quelles sont les origines d'Angelis, mais même s'il est né en Angleterre, ce n'est pas le cas de ses ancêtres. Peut-être qu'Allegra et lui avaient en commun le fait d'être exilés. Ils venaient tous deux de pays pleins de soleil et de vignobles… et se sont tous deux retrouvés à vivre dans une Angleterre de pluie et de brouillard, où l'on fuit le démon de la boisson. Je crois, conclut Ben avec un sourire, que cela suffirait pour créer une amitié entre deux personnes quelles qu'elles soient. Amitié qui aurait pu se prolonger par des rencontres chez Mrs Scott.

— C'est une belle théorie, Ben, lui dis-je, mais elle comporte un défaut crucial. Pour cela, il faudrait qu'Allegra soit amie avec Mrs Scott.

— C'est toi qui as suggéré qu'elle l'était peut-être. Tu as dit qu'elle avait pu assister à ces soirées données par Mrs Scott à Clapham.

— Je sais. Mais je ne peux pas en être sûre. Laisse-moi un peu de temps. Bessie et moi nous en occupons.

Il me regarda d'un air grave.

— Fais très attention, Lizzie. N'oublie pas que quelqu'un dans ce cercle est un assassin.

Inspecteur Benjamin Ross

J'étais bien sûr très intéressé par tout ce que Lizzie m'avait dit. Cela me confortait dans l'idée qu'Allegra Benedict ne s'était pas aventurée à Green Park cet après-midi-là par un malheureux hasard.

Elle avait prévu de retrouver quelqu'un et elle voulait si obstinément honorer son rendez-vous qu'elle avait tenté de retrouver le chêne malgré le brouillard. Cela me faisait songer qu'elle et cette personne s'étaient déjà vues sous ce chêne. Il lui était familier, c'est pourquoi elle pensait pouvoir s'y rendre malgré la mauvaise visibilité.

Il semblerait que je sois trop bien connu. Ces messieurs de la presse, en tout cas, savent qui je suis et je dus affronter toute une horde en arrivant à mon bureau le lendemain matin. Un odieux individu m'intercepta une bonne centaine de mètres avant l'entrée. C'était un grand type maigre à l'air impatient, avec un long nez fin qui m'évoquait un lévrier.

Il avançait à grandes enjambées à mes côtés, en me bombardant de questions.

— Oh, allons, inspecteur ! Vous savez, la presse peut vous être d'une utilité précieuse. Regardez le nombre de personnes qui nous lisent. Tout le monde veut en savoir plus sur le spectre du fleuve. Est-ce vrai qu'il s'agit d'un fou dangereux échappé d'un asile ? Vous devez bien être en mesure de me révéler au moins une petite chose ! Je veillerai à ce que votre nom soit cité correctement.

Le superintendant Dunn adorerait cela, songeai-je avec amertume.

— Faites-vous des progrès ? Êtes-vous sur le point d'arrêter quelqu'un ?

— Oui, vous, aboyai-je, pour entrave à un agent dans l'exercice de ses fonctions !

Il s'esclaffa d'un rire aigu et ses yeux brillèrent à la pensée de l'excellent article qu'il tiendrait si je l'arrêtais. Il savait que je ne mettrais pas ma menace à exécution.

— Oh, mais vous avez du répondant, inspecteur ! Allons, donnez-moi quelque chose, n'importe quoi, me cajola-t-il.

Je continuai à marcher en l'ignorant jusqu'à ce que je remarque qu'une voix différente me parlait à l'oreille et je me rendis compte qu'un autre membre du quatrième pouvoir avait pris sa place. Celui-là était de taille moyenne, trapu avec un visage rougeaud et joufflu, et évoquait plus un bouledogue qu'un lévrier.

— Perkins du *Daily Telegraph*. Vous me connaissez. Nous sommes un journal réputé, inspecteur, comme vous le savez. Pas une feuille de chou. Notre lectorat est constitué de gens importants et de citoyens respectables de tous horizons. Donnez-leur quelque chose ! Est-il vrai que le spectre est un étranger ? La rumeur court qu'il s'agit d'un architecte russe. Si vous nous accordiez l'exclusivité ?

Je leur échappai en entrant dans le Yard avec un soupir de soulagement.

— Je vais retourner à Egham, dis-je à Dunn. Je dois m'entretenir de nouveau avec Miss Marchwood. Il faut qu'elle me dise la vérité. Elle ne l'a pas fait jusqu'à présent, j'en suis sûr.

— Emmenez-vous Morris ? demanda-t-il. Rappelez-vous qu'il y a une limite aux frais que vous pouvez vous faire rembourser. Et pour Morris, la limite est encore plus basse.

— Morris essaie toujours de retrouver le majordome, Seymour, et je n'ai pas besoin de lui cette fois, assurai-je à Dunn. Je fais de mon mieux pour rester dans la limite de mes dépenses autorisées.

Je parvins à esquiver les reporters et à me rendre à la gare de Waterloo sans attirer leur attention. Une fois à Egham, je gravis à pied la colline jusqu'aux

Cèdres. Dunn aurait approuvé que j'use ainsi les semelles de mes bottes en cuir mais, à dire vrai, je n'avais pas eu le choix ; le poney et la carriole étaient déjà pris. Je l'avais vue s'éloigner en sortant de la gare. Était-ce, me demandai-je, le même véhicule qui avait transporté Angelis depuis la gare jusqu'aux Cèdres quand il était venu annoncer son échec à retrouver Allegra ? Si j'avais pu l'emprunter, j'aurais posé des questions à Billy Cooper. Il se serait certainement souvenu d'un gaillard comme Angelis, surtout s'il avait attendu devant la maison pour raccompagner le visiteur à la gare. Sa curiosité aurait été éveillée par le fait qu'un homme avait fait spécialement l'aller-retour de Londres à une heure si tardive et par mauvais temps. (De plus, si je l'avais interrogé, j'aurais pu mettre le coût de la carriole sur ma note de frais.)

Bizarrement, après le mauvais temps que nous avions eu, la journée était clémente pour cette seconde visite, presque chaude, comme cela se produit parfois à l'automne. Les branches des arbres étaient nues mais le paysage n'était pas encore hivernal. J'étais à mi-chemin de la colline quand je vis un marcheur descendre vers moi. Il était vêtu d'une redingote sombre et portait un haut-de-forme noir avec un ruban de soie noire noué autour, dont les deux extrémités flottaient au vent derrière lui. C'était Benedict en personne.

Il était à moins de cinq mètres quand il me reconnut enfin. Je me demandai quelle était la qualité de sa vue sans lunettes.

— Inspecteur ! s'exclama-t-il. Vous avez des nouvelles ? Vous avez arrêté le scélérat qui a assassiné ma femme ?

— Malheureusement non, monsieur, m'excusai-je. Mais nous ne négligeons aucune piste.

Cela ne le satisfit pas.

— Dans ce cas, que faites-vous là ? Ce n'est pas ici que vous allez le trouver. Je ne peux rien vous dire d'autre. Vous perdez votre temps à faire des allers-retours alors que vous pourriez être en train de le traquer à Londres.

— J'espérais, dis-je, parler de nouveau à Miss Marchwood. Est-elle encore aux Cèdres ? J'espère qu'elle n'est pas partie.

— Non, non, elle est encore là, fit Benedict avec un geste d'irritation. Je ne peux plus supporter la vue de cette femme. Je lui ai dit de rester dans sa chambre. Elle a failli à son devoir. Je vais lui donner une semaine ou deux pour trouver une nouvelle place, et ensuite, elle devra partir.

— En quoi a-t-elle failli, monsieur ?

Il me regarda, la bouche ouverte, puis une vague cramoisie monta de son cou jusqu'à son visage pâle.

— Êtes-vous un imbécile, inspecteur ? Elle a été engagée pour être la dame de compagnie d'Allegra ! Et pourtant elle n'était pas avec elle quand… quand cela s'est produit.

— Pardonnez-moi, monsieur, mais une dame de compagnie n'est ni une geôlière ni un garde.

— Vous êtes un impertinent !

De rouge, le visage de Benedict vira au blanc.

— Je rapporterai ceci à vos supérieurs ! Je ne tolérerai pas d'être insulté par quelqu'un qui est censé être au service de la population ! Pour votre information, je ne gardais pas ma femme prisonnière. Elle allait et venait à sa guise. Mais elle était jeune et, quand elle est arrivée dans ce pays, tout lui était étranger. J'ai engagé Miss Marchwood à ce moment-là pour qu'elle prenne soin d'Allegra. Je m'attendais à ce qu'elle remplisse ses engagements. Or, ce n'a pas été le cas. Je serais en droit de jeter cette femme hors de la maison immédiatement. Mais, comme Allegra l'aimait bien, je lui accorde une période de répit. Elle ne la mérite pas.

Il leva la main pour toucher le rebord de son chapeau avec sa canne.

— Bien le bonjour, inspecteur.

Hum, songeai-je, j'aurais peut-être pu aborder cette situation avec plus de doigté. Mais, au bout du compte, il était nécessaire de secouer un peu quelques personnes. Chacun avait une histoire qu'il me récitait par cœur. Quand Allegra Benedict était morte, ils se trouvaient tous ailleurs. Benedict chez lui, Miss Marchwood en train de la chercher ou à la galerie. De même Angelis était soit à la galerie soit occupé à la chercher dans la rue, idem pour Gray. Le garde de la Burlington Arcade ne se souvenait pas des deux femmes. Tedeschi, le bijoutier, avait confirmé à Morris qu'elles étaient venues. J'allais devoir lui parler. Mais il était dans sa boutique au moment du meurtre. La seule personne à m'avoir parlé franchement et fourni des informations précieuses était le petit balayeur, Charlie Tubbs.

La même bonne, toujours en larmes, m'ouvrit la porte et m'informa que Miss Marchwood était à l'étage dans sa chambre.

— Elle ne descendra pas, monsieur. Je le sais. C'est terrible ici. Tout le monde est tellement bouleversé. Mr Benedict… Eh bien, vous pouvez imaginer ce qu'il ressent, le pauvre monsieur.

Elle ajouta sur le ton de la confidence :

— Miss Marchwood ne voudra pas le croiser, parce qu'il semble irrité à sa vue.

— Mr Benedict est sorti, dis-je. Je l'ai rencontré qui descendait la colline. Je suis sûr qu'il est possible que je parle avec Miss Marchwood au salon en son absence.

La bonne, dont je me souvins tardivement qu'elle s'appelait Parker, eut l'air mécontente et hésita un moment, mais comme je ne faisais pas mine de bouger, elle finit par s'effacer.

— Vous feriez mieux d'entrer, monsieur. Je vais monter demander à Miss Marchwood si elle peut descendre vous parler. Elle est bouleversée elle aussi. Comme nous tous !

Sur ce, avec un sanglot, Parker me fit entrer dans le salon où se trouvait le piano. En attendant Isabella Marchwood, j'examinai de nouveau la photographie d'Allegra Benedict. Elle avait l'air si jeune, belle et innocente, mais peut-être aussi un peu imprévisible. Derrière ces yeux bleus qui fixaient l'objectif d'un air candide, ces lèvres esquissant un sourire à l'intention du photographe, que se passait-il dans son esprit ? Tout le monde, apparemment, l'aimait. Mais elle, encore presque une enfant, qu'attendait-elle de la vie ? Une histoire d'amour passionnée ? Sebastian Benedict était loin d'être un fougueux héros de roman. En revanche, le voyage en Angleterre avait dû sembler une aventure à la jeune fille. Comment s'était-elle imaginé sa nouvelle vie ? Sans doute sous un jour plus exaltant que ce qu'elle avait trouvé.

Je poussai un soupir de sympathie pour la jeune fille dans le cadre en argent puis touchai le vase couleur rubis. Du verre italien peut-être ? La rose rouge qu'il contenait lors de ma précédente visite avait été remplacée par une de couleur rose. Pourtant ce n'était plus la saison. Les fleurs avaient dû être cultivées sous serre et coûter un grand prix.

Un léger cliquetis derrière moi me fit me retourner. Isabella Marchwood était entrée et elle restait debout près de la porte, avec une expression d'appréhension. Elle était toujours vêtue de noir avec une mantille de dentelle. Son visage ingrat avait pris un aspect malade, livide, fatigué, et un coin de sa bouche était contracté par un tic nerveux. Je songeai qu'elle n'était pas loin de s'effondrer complètement.

— Votre employeur ne nous dérangera pas, dis-je pour la rassurer. Il est sorti. Je l'ai croisé lorsqu'il descendait la colline vers Egham. Je vous en prie, asseyez-vous.

Elle s'avança avec hésitation et s'assit non loin de la porte, sans doute pour pouvoir s'échapper au cas où elle entendrait Benedict rentrer… ou si je lui faisais trop peur.

— Je crains de devoir vous importuner de nouveau, commençai-je.

— Est-ce que vous avez arrêté l'assassin ? demanda-t-elle avec empressement, penchée en avant, les mains jointes serrées contre sa poitrine plate.

— Pas encore, avouai-je, me demandant si elle aussi allait m'accabler de reproches.

Elle se contenta de soupirer et de secouer la tête. Sans me regarder, elle demanda tout doucement :

— Pensez-vous avoir des chances raisonnables de le retrouver ?

— C'est mon travail, Miss Marchwood. Je vais faire de mon mieux. Peut-être pourriez-vous me parler encore, bien que cela vous bouleverse, des événements de samedi après-midi ?

Elle ne protesta pas, mais se mit à réciter son histoire d'une voix basse et monotone. Elle utilisa presque les mêmes mots que la fois précédente, ce qui confirma mes soupçons ; elle avait répété son témoignage en prévision de ma première visite. Quand une personne s'efforce de ne pas dévier de son récit ne serait-ce que d'une phrase, cela signifie souvent qu'elle craint de laisser échapper quelque chose ou de se contredire. J'en ai fait l'expérience avec de nombreux témoins. Ce n'est pas ce qu'ils vous disent qui compte. C'est ce qu'ils ne vous disent pas.

Quand elle eut terminé, je lui demandai :

— Vous n'aviez pas d'autre raison pour aller à Londres que cette broche à déposer chez le bijoutier ?

— Mais nous sommes allées chez le bijoutier ! s'écria-t-elle immédiatement, l'air effrayée et ferme à la fois.

— Certes. Un de mes hommes a parlé avec Mr Tedeschi.

Elle releva les yeux.

— Qu'a-t-il dit ?

— Que Mrs Benedict lui avait rendu visite avec vous et avait laissé une broche à sa boutique.

— Oui, oui, fit-elle vivement. C'est ce que nous avons fait. Je vous l'ai dit. Pourquoi poser la question une deuxième fois ?

— Parce que j'ai un problème, Miss Marchwood. Le voici. Vous avez quitté la bijouterie vers quatre heures et demie, mais vous n'êtes arrivée à la galerie qu'un peu après cinq heures et demie. Mr Angelis en est certain. Ce qui nous laisse une période inexpliquée d'une heure. Qu'avez-vous fait pendant ce laps de temps ? Ou plutôt, qu'a fait Mrs Benedict ?

— Mais je ne sais pas ! gémit-elle. Je ne sais pas à quelle heure nous avons quitté la boutique de Tedeschi. Nous nous sommes trouvées séparées dans le brouillard. Je me suis lancée à sa recherche. J'ignore combien de temps cela m'a pris !

Elle fouilla dans la fente de sa manche et en sortit un mouchoir en dentelle brodé.

— Comment pourrais-je vous dire où était ma chère Allegra ? Je l'avais perdue... perdue pour toujours. Elle gisait peut-être déjà sur la terre froide... Oh, cette pensée est insupportable !

J'avais de la peine pour la pauvre femme mais j'étais obligé de poursuivre.

— Dans ce cas, laissez-moi vous demander sans détour s'il y avait une autre raison pour votre venue à Londres cet après-midi-là. Une autre course ? L'une de vous devait-elle retrouver quelqu'un ?

— Non, non ! s'exclama-t-elle, l'air terrifiée. Rien de plus que ce que j'ai dit. Vous ne me croyez pas, mais c'est vrai, je le jure ! J'ai perdu Allegra dans le brouillard. Mr Benedict me le reproche, c'est normal. Après votre visite d'avant-hier, il s'est mis dans une colère épouvantable. Il m'a dit des choses affreuses, mais rien ne peut être pire que les reproches que je m'adresse à moi-même. Depuis ce moment-là, il refuse de me voir ; je suis priée de rester dans ma chambre même pour les repas. Quand je vais dans le jardin, je dois me tenir hors de vue des fenêtres de son bureau. Si je le vois arriver, il faut que je fasse demi-tour. J'ai écrit des lettres à toutes les dames de ma connaissance, pour leur demander si elles avaient entendu parler d'un poste à pourvoir. Je veux partir. Je ne veux pas rester ici. Il me déteste. Je me déteste. Tout cela est ma faute, tout !

Les larmes s'étaient mises à couler sur ses joues. À présent, elle sanglotait de façon incontrôlable et le minuscule mouchoir en dentelle ne suffisait pas à endiguer le flot.

Un témoin qui sanglote ne peut pas faire de récit cohérent. Je tentai de la calmer.

— Allons, allons, ce n'est pas votre faute s'il y avait un assassin dans les parages. Mais il faut que je sache pour quelle raison Mrs Benedict se trouvait à Green Park. Qu'elle ait erré sur Piccadilly à cause du brouillard, d'accord, je le comprends. Mais pourquoi serait-elle entrée dans le parc si vous n'aviez pas l'intention d'aller plus loin que la galerie ?...

On entendit un bruit de pas précipités dans le couloir et la porte s'ouvrit sur Parker, la bonne.

— Pardonnez-moi, Miss Marchwood, inspecteur. Le maître arrive. Il s'est arrêté pour dire un mot au jardinier, mais il ne va pas tarder.

Isabella Marchwood se leva d'un bond.

— Il ne faut pas qu'il me voie, sinon il va me mettre à la porte sur-le-champ ! Je n'ai nulle part où aller ! S'il vous plaît, inspecteur, partez maintenant ! Je n'ai plus rien à vous dire !

Sur ces mots, elle sortit de la pièce en courant et je l'entendis monter l'escalier en hâte.

Je ramassai mon chapeau et sortis par la porte principale, croisant Benedict qui entrait.

— J'espère, fit celui-ci en me voyant, que ce déplacement en valait la peine. La prochaine fois que vous viendrez, j'attends que vous m'annonciez des progrès.

Il passa devant moi d'un pas raide. La porte se referma et je me retrouvai seul sur le perron.

— Mince, mince, mince... marmonnai-je en m'éloignant. Avec dix minutes de plus, j'aurais pu tirer quelque chose de cette femme. Elle a terriblement peur de lui, c'est certain. Si elle a aidé Allegra à faire quelque chose en cachette de Benedict, elle sera déterminée à ce qu'il ne l'apprenne à aucun prix. Quitte à ce que l'assassin ne soit jamais découvert.

Tout au long du trajet de retour, je ressassai chaque mot prononcé par Isabella Marchwood. Lors de ma première visite, elle était davantage maîtresse d'elle-même. Cette fois, elle était sur le point de craquer. Dans cet état, elle avait dû laisser échapper quelque chose, ne serait-ce qu'un mot…

Il fallait aussi prendre en compte l'attitude de Benedict envers elle. L'avant-veille, c'était Miss Marchwood qui était montée le prévenir de mon arrivée, comme si elle remplissait le rôle de gouvernante.

Or, ceci avait changé radicalement après mon départ. Benedict s'était violemment emporté, ainsi qu'elle venait de me le dire, et lui avait ordonné de rester hors de sa vue. Pourquoi ce brusque changement d'attitude ? Je ne pouvais m'empêcher de me dire que ma visite était en cause. Qu'avais-je dit ? Sa colère avait-elle simplement été atténuée au départ par le choc et le chagrin ? Par la suite, à cause de ma présence et de mes questions, il se serait rendu compte des retombées d'une enquête de police : il n'aurait pas la possibilité de faire son deuil dans l'intimité ; il y aurait une inévitable publicité autour de notre enquête, sa relation avec sa femme serait examinée au microscope, sa vie privée serait envahie, non seulement par nous mais par la presse. Cela pourrait d'ailleurs affecter ses affaires. Il lui fallait un bouc émissaire. Il ne pouvait se blâmer lui-même ; je soupçonnais que ce n'était pas dans sa nature. Il s'était donc retourné contre Isabella Marchwood. Elle avait été embauchée pour protéger Allegra et elle avait échoué. Pour Benedict, c'était aussi simple que cela. Le fait qu'un assassin ait été en maraude dans le brouillard n'excusait pas sa défaillance.

Ou bien avais-je, en dépit de mes précautions, fait germer dans son esprit l'idée que cette tragédie ne devait rien au hasard ? Sa femme n'avait pas seulement croisé le chemin d'un homme dangereux décidé à tuer, alors qu'elle était perdue. De telles coïncidences malheureuses pouvaient arriver, mais Benedict nourrissait-il maintenant d'autres soupçons ? Pensait-il que la présence de sa femme dans le parc, encore inexpliquée, n'était pas due à une erreur ? Qu'il avait pu être berné et que Miss Marchwood avait eu connaissance de la chose ? Voilà qui aurait expliqué sa colère.

Je me souvins qu'Isabella Marchwood avait semblé effrayée dès le début. Bouleversée, choquée, triste, bien sûr, mais aussi effrayée. Elle avait de bonnes raisons de craindre Benedict ; et moi aussi, si elle dissimulait quelque chose. Mes questions l'avaient visiblement terrifiée. Mais que redoutait-elle d'autre ? Qui ? Qu'avais-je manqué ?

— La broche ! m'exclamai-je, faisant sursauter les passagers de mon compartiment qui me regardèrent avec appréhension. Excusez-moi, marmonnai-je.

Ils retournèrent à leurs journaux ou leurs livres, ou à la contemplation du paysage qui défilait, non sans garder un œil méfiant sur moi.

Isabella Marchwood s'était inquiétée en apprenant que nous avions vérifié auprès de Tedeschi que leur visite avait bien eu lieu. Or elle ne pouvait craindre que le bijoutier ne les contredise, il l'avait déjà confirmé, elles s'y étaient bien rendues. Pourquoi alors était-elle si effrayée ? « Qu'a-t-il dit ? » Telle avait été sa question. Qu'avait dit Tedeschi à la police ? Qu'aurait-il pu dire qui aurait porté un autre éclairage sur son histoire ?

Il n'y avait qu'une façon de le découvrir. Je devais interroger le bijoutier sans délai. Je me rendis à la Burlington Arcade dès mon arrivée à Londres mais Tedeschi était déjà rentré chez lui. Il ne serait pas de retour avant onze heures le lendemain matin, m'informa son assistant. Je laissai un mot pour le prévenir que je repasserais.

Une fois sorti sur Piccadilly, je consultai ma montre. Il était cinq heures moins le quart et la nuit tombait rapidement. Angelis devait encore se trouver à la galerie. Je me mis en route dans cette direction.

CHAPITRE 7

Inspecteur Benjamin Ross

Charles Gray, qui arborait toujours cette expression de sérénité surnaturelle, me souhaita la bienvenue et m'informa que Mr Angelis serait ravi de me voir.

— C'est calme, fis-je remarquer en regardant autour de moi.

J'étais le seul visiteur.

— À part la presse, très calme. Et même ces messieurs semblent avoir trouvé à s'occuper ailleurs pour le reste de la journée.

— Vos clients habituels n'ont aucune envie d'être associés à un crime odieux, je suppose.

Il hocha la tête.

— Nous ne ferons guère de ventes tant que tout cela ne sera pas fini.

— Et Mr Benedict ? demandai-je. Est-il venu à la galerie depuis les tristes événements ?

— Non, monsieur, mais cela n'a rien de surprenant, répondit Gray froidement. Mr Benedict est en deuil. Par ici, si vous voulez bien.

Sur cette réprimande, je le suivis.

Angelis me salua poliment, mais cette fois il ne m'offrit pas de sherry.

— Que puis-je faire pour vous, inspecteur ? Je n'ai rien à ajouter à ce que je vous ai déjà dit.

Il se laissa aller contre le dossier de son fauteuil et croisa ses mains soignées. Une épaisse chaîne en or, fixée à sa montre de gousset, barrait son gilet en brocart noir et or. Il portait des bagues, également en or. Comme la première fois, il me fit l'effet d'une personne bien trop exotique pour la grise ville de Londres.

— Je me demande, dis-je nonchalamment, si vous comptez parmi vos clients une Mrs Scott, qui vit à Clapham. Elle est veuve. Son mari était dans l'armée.

Après un long silence, Angelis inclina la tête.

— Ce nom m'est familier.

— A-t-elle acheté des tableaux ici ?

Il leva un sourcil, noir et épais.

— Puis-je vous demander la raison de cet intérêt ?

J'aurais pu lui faire remarquer que ce n'était pas à lui de me poser des questions, cependant je ne voulais pas m'en faire un ennemi.

— Vous vous doutez, Mr Angelis, que nos enquêtes suivent rarement une trajectoire rectiligne, expliquai-je sur un ton d'excuse. Il survient toutes sortes d'événements concomitants. La plupart peuvent être rapidement élucidés et éliminés de l'enquête.

Je n'étais pas disposé à lui en dire plus et il le comprit.

— Mrs Scott a acquis des œuvres ici. Pas très souvent, mais à plusieurs reprises.

— A-t-elle un goût artistique sûr ?

Il pinça les lèvres, circonspect. C'était son domaine d'expertise et il avait une réputation à préserver.

— Je vais être franc, inspecteur, sachant que ceci restera entre nous.

Je hochai la tête. Quoi qu'il me révèle, je doutais qu'il soit nécessaire d'aborder la question des goûts artistiques de Mrs Scott, ou le cas échéant celui de son manque de goût, devant un tribunal.

— Le défunt major Scott était dans l'armée, comme vous le savez. Mrs Scott et lui faisaient partie des Européens assiégés pendant cinq mois dans Lucknow pendant la révolte des cipayes de 1857 et 1858. Le major Scott est mort au cours du siège, après avoir attrapé la fièvre. Mrs Scott l'avait attrapée elle aussi, mais elle a guéri quand la garnison a été secourue et que de meilleurs soins médicaux ont été disponibles. Elle avait suivi son mari pendant toutes les années de leur mariage et, malgré ce qu'elle a vécu à Lucknow et la mort de son mari, elle a conservé un goût pour les scènes orientales : la halte de la caravane, des nomades campant dans le désert au milieu des ruines d'une civilisation antique, des bazars, des femmes du sérail, ce genre de choses. Mais toutes ne sont pas de la meilleure facture. Mrs Scott…

Angelis mit le poing devant sa bouche et s'éclaircit la gorge délicatement tout en cherchant ses mots.

— Cette dame se soucie surtout de la scène qui est représentée, sans trop se préoccuper de l'exécution ni de l'habileté de l'artiste, dirons-nous.

— Je vois.

Angelis s'empressa d'ajouter :

— Nous ne vendons pas de croûtes ici, inspecteur. Je vous en prie, ne croyez pas cela ! Mais cette dame a un penchant pour certains artistes, pas nécessairement ceux que je recommanderais.

Elle m'a demandé de lui faire savoir si certaines de leurs œuvres devenaient disponibles.

— Aucune considération financière n'entre en ligne de compte ? fis-je observer.

— Je ne crois pas, inspecteur, bien que j'ignore tout de sa fortune. Elle n'a pas d'enfants.

— Peut-être vous êtes-vous rendu vous-même à sa résidence de Clapham pour livrer un tableau ?

Angelis n'était pas idiot. Ses lourdes paupières se refermèrent sur ses yeux brillants, puis elles se rouvrirent. Si je posais la question, c'est parce que je connaissais déjà la réponse.

— Cela m'est arrivé une fois, déclara-t-il.

— Pouvez-vous me dire à quelle occasion ?

Il n'en avait aucune envie, mais il ne pouvait y échapper. Il se leva de son fauteuil, s'avança solennellement vers une étagère et en revint avec un robuste registre. Il tourna les pages avec précaution.

— Ici, vous voyez, inspecteur, je lui ai livré *Bédouins devant la Grande Pyramide*, d'un peintre français mineur, il y a deux mois. Je ne m'occupe pas personnellement des livraisons pour tous les clients, bien entendu. Mais Mrs Scott apprécie que je la conseille quant au meilleur emplacement pour le tableau.

— Elle accepte vos conseils là-dessus, mais pas au sujet de la qualité du tableau, lançai-je.

J'avais voulu faire de l'humour, cependant pour Angelis le sujet était très sérieux.

— En effet, inspecteur. En l'occurrence, je lui avais expliqué que, si elle était prête à patienter, il était fort possible qu'une œuvre de meilleure qualité sur le même sujet soit bientôt disponible à la vente. Mais elle était pressée de trouver un tableau de remplacement.

— De remplacement ? répétai-je.

George Angelis rougit. Il en avait trop dit. Parfait, c'est exactement ce que je recherchais chez un témoin.

— Un tableau avait été décroché et cela laissait sur le tissu du mur un rectangle plus pâle qu'elle souhaitait recouvrir. Mrs Scott était moins intéressée par la qualité du suivant que par la taille du cadre.

Je sentis remonter un frisson le long de ma colonne vertébrale.

— Pourquoi ? demandai-je simplement, sentant que j'étais sur le point d'apprendre quelque chose d'important.

Il eut un petit sourire ironique.

— Eh bien, pour que ses amis ne remarquent pas que l'autre avait été vendu, je suppose.

— Vendu ? m'exclamai-je.

— Oui, par notre intermédiaire.

— Pour combien ? demandai-je sèchement.

— C'est un renseignement que je ne peux… commença-t-il à répondre sans conviction.

Puis il soupira et alla chercher un second registre.

— Voyez, dit-il.

Je regardai le chiffre sous son doigt.

— C'est une très grosse somme d'argent, commentai-je une fois que j'eus retrouvé mon souffle.

— C'était un très beau tableau, fit Angelis, qui poussa un léger grognement. Quand je pense qu'elle l'a remplacé par une œuvre médiocre d'un quasi-inconnu.

Je restai assis un moment à digérer les implications de tout cela.

— Vous disiez qu'elle n'avait pas de difficultés financières ?

— Je vous ai dit que j'ignorais tout de l'étendue de sa fortune, corrigea-t-il aimablement. Mais même une personne très aisée peut avoir un besoin ponctuel de liquidités. Disons pour quelque chose dont elle ne souhaiterait pas discuter avec ses conseillers financiers habituels…

— Et vous pensez que c'est le cas ici ?

— J'ai eu cette impression. Mais, je le répète, il ne s'agit que d'une impression. Je n'en sais pas plus. J'ai pu me tromper.

Non, songeai-je, vous ne vous êtes pas trompé. Je parierais un mois de salaire là-dessus, et je crois que je peux même deviner à quoi était destiné cet argent.

— Puis-je vous demander, déclarai-je, ce qui fit pâlir Angelis, si vous vous êtes déjà rendu chez elle pour une visite mondaine ? Elle donne des soirées, m'a-t-on dit.

— Jamais, inspecteur, répondit froidement Angelis. Avez-vous d'autres questions ? Si ce n'est pas le cas, je crois que je vais fermer la galerie pour aujourd'hui et laisser Gray rentrer chez lui.

Je quittai la galerie fort satisfait. À présent je savais ce que je devais demander au signor Tedeschi le lendemain.

J'arrivai à la Burlington Arcade à onze heures sonnantes le lendemain matin. Harry Barnes montait la garde à l'entrée et il me salua par mon nom. C'était donc le genre d'employé qui se souviendrait de tous les clients réguliers par leur nom… et le cas échéant d'un inspecteur de police. Si Mrs Benedict lui avait demandé d'appeler un fiacre en ce funeste samedi après-midi, Barnes s'en serait souvenu. J'étais sûr et certain qu'elle ne l'avait pas fait.

Tedeschi m'attendait dans sa tour d'ivoire, une minuscule pièce au-dessus de sa boutique. L'exiguïté des lieux était d'autant plus regrettable que le bijoutier était un homme corpulent. Contrairement à Angelis qui était bien bâti et élégant, Tedeschi était tout simplement gros, avec des cheveux gris bouclés et des yeux perçants mais bouffis. Il ne tenta pas de se lever du fauteuil dans lequel il était engoncé. Peut-être ne souhaitait-il pas que je sois témoin de ce spectacle disgracieux.

Il me désigna l'autre fauteuil d'une main potelée et je m'assis.

— On m'a prévenu, dit-il, que vous viendriez aujourd'hui. J'ai déjà parlé au sergent Morris.

— Certes, néanmoins l'affaire a un peu progressé depuis.

Tedeschi poussa une expiration sifflante. Je supposai qu'il était asthmatique. Mais il ne dit rien et attendit que je poursuive.

— Mrs Benedict est venue vous rendre visite avec sa dame de compagnie samedi dernier, l'après-midi du brouillard. Elle vous a apporté une broche.

— En effet.

— Vous l'avez toujours ?

— Tout à fait.

— Puis-je la voir ?

Tedeschi tira sur une cordelette. J'entendis un tintement résonner sous nos pieds, puis un bruit de pas dans l'escalier en colimaçon. Un assistant d'âge moyen apparut.

— Que désirez-vous, signor Tedeschi ?

— Ouvrez le coffre, demanda le bijoutier.

L'homme s'approcha d'un coffre en acier dans un coin de la pièce et s'exécuta. Accroupi devant, il se retourna vers son patron.

— La broche Benedict.

L'homme apporta un écrin en velours bleu un peu passé et le posa avec révérence devant le bijoutier. Tedeschi hocha la tête et l'homme redescendit.

J'observai Tedeschi pendant qu'il ouvrait l'étui, y prenait la broche et la plaçait soigneusement au centre d'un carré de velours noir étalé sur son bureau. Il écarta l'écrin et se laissa aller contre le dossier de son fauteuil en me regardant. Comme j'hésitais, il fit un geste vers la broche.

Je me penchai en avant pour l'étudier.

— Voulez-vous une loupe ?

— Je vous remercie. Hélas, je ne m'y connais pas assez en pierres précieuses pour en faire bon usage. Je suppose que ce sont de vraies pierres et non de la pâte de verre ?

— Ce sont de vraies pierres, inspecteur. Trois petits rubis de qualité moyenne et un plus grand, très beau. Un cercle de petits diamants, également de qualité moyenne. Trois petites perles. Excellente facture.

— A-t-elle été réalisée dans votre atelier ?

Un léger sourire se peignit sur le visage blafard du bijoutier.

— Cette broche a au moins soixante ans, voire plus. Je dirais qu'elle date d'un peu avant 1800. Après l'instauration du Directoire en France, dans les années 1790, les antiquités grecques et romaines étaient très à la mode. Il n'y a pas de poinçon sur l'or parce qu'elle n'a pas été fabriquée en Angleterre. Je dirais qu'elle est italienne.

Je regardai le bijou. Il était plus gros que ce que j'avais imaginé. Des fils d'or entrelacés formaient comme une urne grecque, décorée de pierres précieuses. Trois petites gouttes en perles y étaient attachées, une à la base et une de chaque côté, là où se seraient trouvées les anses de l'urne. Cela donnait un ensemble vaguement classique ; un Italien qui admirait la toute nouvelle République française avait fait faire ce bijou pour la dame qu'il admirait. J'espérai que le cadeau lui avait plu. C'était une belle pièce mais qui n'avait pour moi aucun charme.

— Je vois à votre expression que vous n'êtes pas convaincu, fit observer Tedeschi. Elle est démodée.

— Je ne saurais dire si le style est ancien ou moderne, avouai-je. Mrs Benedict voulait en faire une bague ? Était-ce possible ?

— Oui. Cela aurait impliqué de détruire le bijou.

— Cela ferait une bague de belle taille, murmurai-je.

— Oui, ou même deux, fit Tedeschi, ou bien une seule et de petites boucles d'oreilles.

— Avez-vous discuté du motif de la bague, ou des bagues, avec Mrs Benedict ?

— Non, cela devait se faire par la suite, déclara sèchement le bijoutier.

Ses poumons sifflèrent plus bruyamment. Il sortit un mouchoir en batiste et s'épongea le front.

— Alors qu'allez-vous en faire à présent ?

— Dans quelque temps, j'écrirai une lettre à Mr Benedict pour lui demander ce qu'il souhaite. Mais le moment est mal choisi. Il est en deuil. Il serait inopportun de lui en parler maintenant.

— Et vous ne voudriez pas ajouter à sa peine en lui dévoilant la véritable raison pour laquelle sa femme vous avait apporté cette broche.

Le silence fut seulement rompu par le sifflement de sa respiration. Puis Tedeschi déclara doucement :

— Ce ne sera pas nécessaire. La dame me l'a apportée pour que je la transforme en autre chose.

Elle en avait le droit. Cette broche faisait partie d'une collection de bijoux de famille dont elle a hérité à la mort de sa mère. Comme Allegra n'avait que douze ans à l'époque, son père les a gardés pour elle jusqu'à son mariage. Lorsqu'elle est devenue Mrs Benedict, le coffret à bijoux lui a été remis et elle l'a apporté en Angleterre. Je doute que Mr Benedict ait su exactement ce qu'il contenait.

— Donc il ne se serait pas rendu compte si un article manquait ?

Le bijoutier se figea.

— Peut-être pas, admit-il enfin. J'espère que vous n'allez pas suggérer qu'au vu de ces circonstances inattendues je n'aurais pas l'intention de restituer la broche à Mr Benedict, simplement parce qu'il ignore que je l'ai en ma possession ?

— Bien sûr que non, signor Tedeschi. Un bijoutier établi dans la Burlington Arcade est au-dessus de tout soupçon.

Tedeschi inclina gracieusement la tête. Cependant, je m'apprêtais à le contrarier à nouveau.

— À moins que la réalité ne soit quelque peu différente. Vous ne seriez pas obligé de restituer la broche, disons… si elle vous appartenait.

Tedeschi eut un tressaillement de sourcils.

— Puis-je suggérer que l'histoire de la broche transformée en un autre bijou est une version très crédible ? Vos motifs sont très honorables. Vous souhaitez protéger la dame. Je pense pour ma part que Mrs Benedict espérait vendre la broche. Vous la lui avez rachetée. Une des conditions de la vente était que personne ne l'apprenne. Si cela s'était su, cela aurait fait scandale. Son mari aurait été horrifié, furieux.

Je fis un geste vers la broche.

— Elle vous appartient dorénavant et vous n'avez aucune raison d'écrire à Mr Benedict pour lui en parler. Est-ce que je me trompe ?

Tedeschi rangea son mouchoir et tira sur la cordelette. L'assistant remonta l'escalier en colimaçon et fut envoyé chercher du café. Tandis que nous attendions, Tedeschi se mit à parler.

— Laissez-moi vous raconter une histoire, inspecteur. Il était une fois une jeune fille d'une grande beauté. Ne voyez là aucune impertinence de ma part. Je connaissais Allegra depuis qu'elle était bébé. Son père Stefano était un de mes plus vieux amis. Il était très inquiet de ce qu'elle deviendrait s'il venait à mourir. Il n'était plus tout jeune. Il n'avait aucun parent en Italie à qui il aurait pu la confier. Quand Benedict a demandé sa main, Stefano a été ravi. Il avait confiance en lui. Il savait que sa fille aurait une vie confortable.

— Cependant elle n'a pas été heureuse en Angleterre…

Il secoua la tête et soupira.

— Non, elle n'était pas heureuse. Elle ne se plaignait pas. Mais elle aimait bien venir ici et me parler de son enfance, de son père, de leur maison de famille au bord du lac de Garde. Benedict était un mari généreux, n'en doutez pas. Il aimait lui offrir des cadeaux, des bijoux. Il a acheté plusieurs pièces de prix ici, dans ma boutique. Il aimait la voir porter ses cadeaux. Il ne voulait pas la voir avec les bijoux qui lui venaient de sa mère et de sa grand-mère. Il était…

Tedeschi leva la main.

— Il était un peu jaloux, je pense, un peu possessif. À mon avis, c'est pour cette raison qu'il ne lui donnait guère d'argent de poche, *pin money*, comme on dit ici. Il réglait toutes ses factures, sa couturière et ainsi de suite, sans un mot. Mais il voulait payer lui-même. Il voulait qu'elle dépende de lui.

Le café arriva et il y eut une interruption dans notre conversation. Il me semblait que je comprenais parfaitement ce que voulait dire Tedeschi. Cela recoupait tout à fait l'impression que j'avais eue de Benedict et de son attitude envers sa jeune épouse, ainsi que les déclarations de Henderson, la femme de chambre.

— N'avait-elle aucune fortune en propre, à part ses bijoux ? demandai-je. Ni dot ni héritage de son père ? La propriété de famille dont vous parliez au bord du lac de Garde. Qu'en était-il ?

— Oh, il y avait un peu d'argent, mais pas beaucoup.

Tedeschi s'esclaffa, ce qui me surprit.

— Mon cher ami Stefano était amateur de bonne chère et de bons vins. Il aimait gâter sa fille et recevoir ses amis… Non, il n'y avait pas beaucoup d'argent. La maison a été vendue à sa mort pour payer ses dettes. C'est le mari d'Allegra qui s'en est occupé. Il a investi le restant de son héritage pour elle et il en a le contrôle. La loi anglaise ne protège pas bien les femmes mariées dans ce domaine. Il lui est… était impossible d'y accéder sans la permission de son mari. Aucune indépendance, vous comprenez.

Je comprenais.

— Vous aviez déjà acheté des bijoux de la mère d'Allegra auparavant ?

— À deux ou trois reprises, admit Tedeschi. Un collier de perles, et, si je me souviens bien, un diadème. Aucun n'était de grande valeur.

— Et samedi dernier, vous avez acheté cette broche.

Tedeschi hocha la tête.

— Celle-ci est d'une valeur supérieure à celle des deux autres bijoux. Mrs Benedict a laissé entendre qu'elle était très pressée de la vendre. J'étais un peu inquiet pour elle.

— Elle ne vous a pas dit pour quelle raison elle avait besoin d'argent, je suppose ?

Quant à moi, je devinais la raison. Cet argent était destiné, sans aucun doute, à la même personne qui avait bénéficié de la vente secrète du tableau de Mrs Scott. Toutefois, il me fallait en obtenir la confirmation et elle ne viendrait pas de Tedeschi.

Il sembla choqué.

— Non, et je ne pouvais pas le lui demander. Cela aurait été terriblement indiscret, et impertinent. De toute façon, elle n'aurait pas été obligée de me répondre.

Il semblait indigné par ma suggestion.

— Bien sûr, mais comment vous a-t-elle semblé ?

Il fit la moue.

— Elle semblait…

— Inquiète ?

— Non, non !

Il se pencha en avant.

— Pas inquiète du tout. Impatiente peut-être. Oui. Impatiente et joyeuse comme si elle allait s'embarquer dans une grande aventure.

Je dois avouer que j'avais mes soupçons quant au type d'aventure dont il s'agissait. Il fit une grimace désabusée.

— J'ai deviné qu'il y avait un *bel ami**, comme disent les Français de manière si charmante.

Sur des charbons ardents, avait dit Charlie Tubbs. Pauvre Allegra, qui avait couru, pleine d'espoir, vers une mort tragique. J'essayai d'évacuer l'émotion qui m'étreignait et demandai brusquement :

— Puis-je demander combien vous avez payé pour la broche ?

Tedeschi me donna le prix. Comme lorsque Angelis m'avait parlé du tableau, je restai un moment sans voix.

— Comptant ? demandai-je enfin d'une voix rauque.

— Comptant.

— Et elle a quitté la bijouterie en emportant tout cet argent ?

— Oui, elle l'a mis dans son sac, une petite aumônière en cuir rose retourné.

Tedeschi sortit son mouchoir et s'essuya les yeux.

— Je l'ai suppliée d'être prudente. Je craignais qu'on ne lui arrache sa bourse. Pas pour sa vie !

Elizabeth Martin Ross

L'enquête sur la mort de la pauvre Allegra Benedict tourmentait Ben. Il m'avait déjà donné une description détaillée de George Angelis et de Francis Gray et, ce soir-là, il me raconta son entretien avec le bijoutier, Tedeschi.

— J'ai l'impression que je tiens toutes les pièces du puzzle dans ma main mais que je n'arrive pas à les assembler.

— Tu vas y arriver, lui lançai-je avec assurance.

Cependant, il ne parut guère rassuré.

Cette nuit-là, je me réveillai et je tendis l'oreille pour écouter Ben respirer à côté de moi comme j'en avais pris l'habitude. Rien. Je tendis la main. Les draps étaient froids. Il avait dû se lever et descendre.

Je me glissai hors du lit et allumai une bougie. Après avoir mis un châle sur mes épaules, je descendis doucement, mon bougeoir à la main. Ben n'était pas dans la cuisine, je jetai un œil dans le salon.

Le feu brûlait encore dans la cheminée. Il avait dû rajouter quelques morceaux de charbon sur les braises mourantes. Elles rougeoyaient, donnant un éclat d'or au pare-feu et au tisonnier en cuivre. Il faisait bon. Ben était affalé dans son fauteuil, si immobile que je crus qu'il s'était endormi. Quand j'approchai, il bougea.

— Lizzie ? Que fais-tu là ?

— Je pourrais te poser la même question.

J'allai poser ma bougie sur le manteau de la cheminée. La flamme me permit de voir le cadran de l'horloge. Il était presque deux heures.

— Oh, Ben ! dis-je. Tu vas être épuisé demain matin…

— Je crois que je me suis assoupi un moment, marmonna-t-il. Je pensais à l'affaire.

— Si je préparais deux tasses de thé ?

— Non, non, Lizzie. Inutile que tu restes debout. Va te recoucher.

En réponse, je tirai le petit tabouret et m'assis auprès de lui. Le feu crépita et s'affaissa sur lui-même. Une minuscule flamme rouge et violette jaillit puis elle fut étouffée.

Ben ne protesta pas ; il se mit à parler comme si j'avais toujours été là et que nous reprenions la conversation là où nous l'avions laissée après le dîner.

— Allegra avait l'intention de donner cet argent à un homme, tout comme Mrs Scott. Et dans le cas d'Allegra, cet homme était soit Angelis soit…

— Soit Joshua Fawcett, complétai-je. Pour ses bonnes œuvres en faveur des pauvres ivrognes. Pff. J'ai senti que cet homme était un hypocrite au moment où j'ai posé les yeux sur lui.

Ben me regarda avec un petit sourire.

— Sauf, me rappela-t-il, que nous n'avons aucune preuve qu'Allegra connaissait Joshua Fawcett.

— Miss Marchwood, sa demoiselle de compagnie, le connaissait. Peut-être avait-elle joué le rôle d'intermédiaire ? Peut-être avait-elle suggéré elle-même à Allegra de vendre les bijoux dont elle ne voulait plus au profit des œuvres de Fawcett ?

Mue par un désir d'action, je me levai et allai remuer le feu avec le tisonnier, au risque de voir les braises mourir complètement.

— Allegra s'apprêtait à le rencontrer à Green Park pour lui remettre l'argent en personne !

— Il faut absolument persuader Miss Marchwood de se confier à la police. J'ai dit à Dunn que c'était le seul moyen. Tout le reste n'est que suppositions, comme il aime à me le rappeler.

— Elle pourrait se confier à moi, suggérai-je. Si je vais à la prochaine réunion, elle pourrait bien s'y trouver. Elle a manqué la semaine dernière à cause du meurtre, mais peut-être qu'elle va revenir. Je pourrais la rencontrer l'air de rien.

Cela suscita une autre réaction vigoureuse.

— Ce serait dangereux pour toi d'aborder le sujet avec elle ! Nous avons affaire à un assassin, même si nous ignorons son identité. De plus, le superintendant n'apprécie pas que tu te mêles… que tu m'aides.

— Le superintendant ne peut pas m'empêcher de me rendre à une réunion d'une société de tempérance, argumentai-je.

Après un silence :

— Moi non plus, mais par pitié, sois prudente.

— Est-ce que je ne suis pas toujours prudente, Ben ? Je ne voudrais pas contrarier Mr Dunn.

— Et moi ? Tu n'as pas peur de me contrarier ? Tu ne crois pas que j'ai peur pour toi ?

Je lui pris la main.

— Je m'assurerai que personne ne peut surprendre ma conversation avec Isabella Marchwood.

— Je ne vois pas comment tu vas y parvenir dans une salle comble.

Il me serra la main.

— Benedict, j'en suis sûr, est persuadé que sa femme entretenait une liaison. J'ai bien peur que ce ne soit moi qui lui ai mis cette idée en tête. Le bijoutier, Tedeschi, qui éprouvait pour elle une affection paternelle, a admis qu'il avait les mêmes soupçons. Mais avec qui ? Et était-ce bien le cas ? Peut-être faisons-nous tous fausse route.

» Et nous ne savons pas encore à quoi était destiné l'argent de la vente de la broche. Ce pouvait être pour autre chose que la campagne de Fawcett contre le démon de la boisson. Il est trop facile de penser cela à l'exclusion de toute autre possibilité. N'importe qui a pu lui demander cet argent ou suggérer qu'il ou elle en avait besoin.

— Si les soupçons de Benedict et Tedeschi sont fondés, le bénéficiaire était un amant, déclarai-je.

— Ou un ami très proche. Nous ne devons pas sauter aux conclusions, avertit Ben. Je laisse cela au superintendant. Mais Allegra avait très peu d'amis. Je pense qu'elle devait assez bien connaître Angelis, du fait de leurs rencontres fréquentes à la galerie au fil des années. Il y a aussi son bel assistant, Gray. Il est relativement nouveau venu puisqu'il ne travaille là que depuis six mois, mais il fait partie du monde de l'art et elle a pu le rencontrer avant cette époque.

Ben poussa un soupir irrité.

— Ce jeune bellâtre. Je donnerais cher pour savoir ce qui se passe dans sa tête. Son visage ressemble à un masque. Il doit bien cacher quelque chose là-dessous.

Le feu était presque mort et, sur le manteau de la cheminée, ma bougie coulait.

— Tu n'as pas mentionné le spectre du fleuve, dis-je. Peut-être que c'est lui qui a tué Allegra. Celui à qui l'argent était destiné et celui qui l'a tuée ne sont pas forcément la même personne.

Tandis que je parlais, le feu mourant trouva un dernier fragment de charbon et fit jaillir une soudaine flamme jaune.

— Oh, je n'ai pas oublié notre feu follet, le spectre du fleuve, fit Ben. Il rôde toujours dans son linceul, non loin d'ici, tout comme sans doute sa prochaine victime.

Le feu avait été vaincu, épuisé par son ultime effort. Il ne restait plus qu'une couche de braises rougeoyantes.

— Le pouvoir, fit doucement Ben. L'anonymat donne du pouvoir, ainsi que la liberté d'agir d'une manière qui serait autrement inacceptable. Le spectre se cache derrière son linceul comme Gray derrière sa beauté. Fawcett se cache derrière ses harangues et Benedict se mure dans son repaire bourré de vieilleries comme une araignée dans un grenier. Même l'humble Miss Marchwood n'est pas ce qu'elle semble être. Garde cela à l'esprit, Lizzie, si tu la rencontres. Trop de gens ont des secrets dans cette affaire.

CHAPITRE 8

Elizabeth Martin Ross

Quand Bessie et moi arrivâmes à la salle paroissiale le dimanche suivant, le petit Mr Pritchard, avec ses accroche-cœurs graisseux plaqués sur le front, accueillait les gens à la porte. Il sursauta en me voyant, mais se reprit très vite et s'avança en s'inclinant.

— Oh, Mrs Ross. Quelle agréable surprise ! Soyez la bienvenue, très chère madame.

— Vous ne vous attendiez pas à me voir ? demandai-je du tac au tac.

— Eh bien, je, euh… fit Pritchard en rougissant. Je pensais… et je suis le premier à reconnaître que j'avais tort ! Je pensais que vous n'approuviez pas vraiment notre travail.

— Je ne vois pas ce qui a pu vous faire croire cela, Mr Pritchard, dis-je en passant devant lui avec Bessie dans mon sillage.

Il me regarda entrer dans la salle avec un peu d'appréhension. Puis d'autres gens arrivèrent, réclamant son attention.

— Bessie, est-ce que tu crois que sa chorale d'enfants va encore chanter ? chuchotai-je.

— C'est sûr. Il en est très fier. Mr Pritchard aime beaucoup la musique.

— Est-ce lui qui avait écrit l'atroce couplet que les enfants ont chanté la dernière fois ?

— Je ne sais pas. Je demanderai.

— Oh non, pas la peine.

Il y eut du bruit à la porte. Mr Pritchard tomba pratiquement à la renverse en accueillant les nouvelles arrivantes.

Deux dames entrèrent majestueusement, l'une derrière l'autre. Celle qui ouvrait la marche était Mrs Scott, qui portait toujours son chapeau russe, mais avec une jupe et un manteau violets. Celle qui la suivait était en grand deuil. Un voile drapé sur une coiffe noire dissimulait son visage. Une fois à l'intérieur, elle le souleva, révélant des traits ravagés par le chagrin. Je vis aussi qu'elle portait un pince-nez en or.

Je sentis l'excitation monter et fis un effort pour me calmer afin de demander nonchalamment à Bessie :

— Ne serait-ce pas Miss Marchwood par hasard ?

— Oui. Voyez comme elle a l'air triste, soupira Bessie avec une profonde compassion. La pauvre, elle va bientôt être sans emploi, n'est-ce pas, m'dame ?

— Peut-être que son amie Mrs Scott lui trouvera une autre place. Elle doit avoir une certaine influence dans son cercle, dis-je.

— Ah oui, peut-être ! fit Bessie, rassérénée.

La salle s'était remplie. On aurait dit qu'il y avait encore plus de monde que la semaine précédente. Mr Walters distribua les livres de cantiques et la célébration suivit le même déroulement que la semaine précédente. Nous eûmes le privilège d'entendre de nouveau la chorale d'enfants, qui entonna un chant de la même veine que la première fois. Puis Mr Walters nous demanda de faire bon accueil à notre orateur et Mr Fawcett arriva sur scène.

Son discours, lui aussi, suivit la même organisation. Il nous salua aimablement. Son regard charismatique couleur turquoise balaya l'assemblée et se posa brièvement sur moi avant de passer au rang suivant. Qu'était-ce ? Surprise ? Amusement ? Non, pensai-je, c'est de la moquerie.

Tous les soupçons que je nourrissais au sujet de cet homme refirent surface. Il savait qu'il ne m'avait pas ensorcelée comme il avait ensorcelé Mrs Scott, Miss Marchwood et toutes les autres femmes présentes… et même les quelques hommes. Il les avait tous captivés par son charme et ses talents d'orateur. Je n'avais pas été piégée, mais je ne pouvais rien y faire. Personne dans l'auditoire ne serait disposé à m'écouter si je formulais une quelconque critique contre lui. Ses fidèles disciples se lèveraient, horrifiés. Je serais mise à la porte avec force imprécations. Mon cœur s'endurcit contre lui.

Il mena de nouveau son prêche sur son thème habituel, émaillant son message d'histoires dramatiques d'hommes ruinés, de femmes déshonorées et de toutes sortes de désastres. Miss Marchwood semblait très émue. Elle ôta son pince-nez pour se tamponner les yeux avec son mouchoir. Mrs Scott, à côté d'elle, se pencha en avant et murmura quelque chose, mais cela ne me parut pas être des mots de réconfort. On aurait plutôt dit qu'elle ordonnait à la pauvre femme de se calmer et de ne pas se donner en spectacle. Miss Marchwood hocha la tête, rangea son mouchoir et fixa Fawcett d'un air malheureux.

Lorsque l'heure du thé arriva, je me dirigeai vers le samovar. Je voulais parler à Miss Marchwood, mais Fawcett était descendu de son estrade et il se trouvait en grande conversation avec elle dans un coin de la pièce. J'eus l'impression que lui non plus ne lui prodiguait pas de réconfort mais lui demandait de se ressaisir. Elle écoutait et hochait la tête.

— Eh bien, Mrs Ross, nous ne pensions pas vous revoir ici, lança une voix glaciale à mon oreille.

Je levai les yeux et découvris Mrs Scott qui me tendait une tasse de thé.

— Merci, dis-je. Et pourquoi cela ?

La franchise de ma question sembla la désarçonner. Elle laissa s'écouler quelques instants avant de répondre avec la même froideur.

— J'ai eu l'impression, la semaine dernière, que vous n'approuviez guère notre réunion dans l'ensemble.

— Je n'étais pas d'accord pour que Bessie distribue des prospectus dans la rue, rétorquai-je. C'est ce que j'ai expliqué très clairement à Mr Fawcett.

— Était-ce votre seule objection ?

Son regard avait quelque chose de désinvolte et d'implacable à la fois. Elle me faisait songer à un chat s'amusant avec une souris. Eh bien, je n'allais pas lui faire le plaisir de jouer le rôle de la souris.

— Devrais-je en avoir d'autres ? demandai-je d'une voix aussi froide que la sienne.

Elle afficha une expression de pure animosité.

— Certainement pas ! fit-elle sèchement avant de se détourner. Mrs Gribble ? L'eau est-elle assez chaude dans cette théière ?

Je me retournai vers le coin où j'avais vu Miss Marchwood parler à Fawcett mais, à ma surprise, tous deux avaient disparu.

Mrs Scott me tournait le dos. J'étais mécontente. Il aurait été plus malin de tenter de me faire une amie de cette femme odieuse, et par chance j'aurais même pu recevoir une invitation pour l'une de ses « soieries » à Clapham. À présent, cela ne risquait pas d'arriver.

Elle ne m'aimait pas. Pourquoi, d'ailleurs ? Parce que j'avais eu le toupet de me plaindre à Fawcett en personne au sujet des prospectus ? Parce qu'elle s'était rendu compte que l'homme ne m'impressionnait guère ? Elle était assez fine pour s'en être aperçue, je n'en doutais pas. Ou bien parce que j'étais mariée à l'homme qui enquêtait sur la mort de la patronne de Miss Marchwood et qu'elle me prenait pour une espionne ? Le scandale, songeai-je amèrement. C'est la clé. Elle redoute le scandale et cette affaire va finir d'une manière ou d'une autre par ternir les réunions et interférer avec les œuvres prétendument charitables de Fawcett. Je ne suis pas la bienvenue. Elle veut me le faire savoir. Le meurtre d'Allegra Benedict ne doit pas faire d'ombre au mouvement pour la tempérance.

Les gens commençaient à partir.

— Viens, Bessie, lançai-je, et nous nous esquivâmes avant Mrs Scott.

Un peu plus loin dans la rue, je découvris une porte cochère et un passage voûté entre deux maisons menant à une écurie éclairée par deux lanternes qui se balançaient légèrement ; mais entre cette écurie et la rue, dans le tunnel, l'obscurité était impénétrable. J'attirai Bessie, malgré sa réticence, sous l'arche en brique, dans les ténèbres où, faute de nous voir, nous nous serrâmes l'une contre l'autre pour nous réconforter en attendant.

— Je n'aime pas cet endroit, marmonna Bessie qui se tortillait dans l'obscurité.

Un froufrou de jupons m'apprit qu'elle resserrait sa jupe contre elle.

— Ça pue les chevaux, là-dedans, dit-elle d'une voix tremblante. Est-ce qu'on ne peut pas attendre dans la rue ?

— Je veux parler à Miss Marchwood mais elle n'est pas encore sortie, donc je dois attendre. J'ai promis à Mr Ross que je serais très prudente. Une bonne odeur naturelle de chevaux ne devrait pas te déranger, Bessie. Cela ne peut nous faire aucun mal.

— Peut-être, mais les rats pourraient nous en faire. Il y a toujours des rats dans les écuries et ils vous grimpent sous les jupes.

Malgré moi, je tendis l'oreille au cas où j'entendrais de petits bruits de griffes dans l'obscurité.

— Ne dis pas de bêtises ! ordonnai-je aussi fermement que possible.

— Et si Mrs Scott nous voit, m'dame ? murmura Bessie.

— Dans ce cas, cela ne fera que confirmer ses soupçons. Quoi qu'il en soit, pourquoi regarderait-elle par ici ? De plus il fait trop noir pour qu'elle puisse nous distinguer.

Devant nous, dans la rue, le jour déclinait et les ombres s'allongeaient. L'allumeur de réverbères avait déjà fait sa ronde et allumé les becs de gaz, mais ceux-ci n'éclairaient pas plus loin que l'entrée. Derrière nous, j'entendais le piétinement étouffé des chevaux et un occasionnel hennissement. La sueur des bêtes, le crottin, le savon de selle, le foin, l'onguent pour sabots, tout cela se mêlait. Mais eux, devinaient-ils que nous étions là ? Était-ce notre présence qui les rendait agités, ou bien autre chose ?

— Je veux voir si Mrs Scott raccompagne Mr Fawcett dans sa voiture. Le cocher l'attend là-bas, murmurai-je pour justifier mes faits et gestes à mes propres yeux plus qu'à ceux de Bessie.

Je commençais à m'accoutumer à l'obscurité et discernais les murs des bâtiments de chaque côté. Cet endroit ne m'était cependant pas plus agréable.

Heureusement, Mrs Scott sortit soudain, escortée de Mr Fawcett. Ils ne jetèrent pas même un regard dans la direction de notre cachette. Fawcett lui tendit la main pour l'aider puis monta à sa suite en voiture. Le cocher replia le marchepied et referma la portière. Tandis que l'homme regagnait sa banquette, survint un événement imprévu.

Miss Marchwood sortit en trombe de la salle. Elle courut vers la voiture qui s'apprêtait à partir et s'accrocha à la fenêtre ouverte avant que Mrs Scott ait eu le temps de la fermer.

— Jemima, je vous en prie, il faut que je vous parle !

Je vis Mrs Scott se pencher par l'ouverture.

— Ce n'est pas le moment, Isabella. Venez me voir à Clapham. Cocher, en avant !

La voiture s'ébranla avec ses deux occupants et Miss Marchwood resta désemparée sur le trottoir.

— Quelques piécettes, m'dame ? Que j'achète un peu de soupe pour me réchauffer ?

Je sursautai et Bessie poussa un petit cri. La requête formulée d'une voix rauque semblait venir du sol à mes pieds. Aux autres odeurs s'ajouta celle de la crasse humaine et de la bière éventée. Ce que j'avais pris pour un sac d'ordures posé dans le coin entre le mur et l'arrière de l'arche s'était mis à bouger. Une main pâle aux doigts crochus se tendit dans notre direction. Nous ne nous étions pas rendu compte qu'un pauvre hère était couché là.

Je rassemblai quelques sous dans mon sac et les lâchai prestement dans la main squelettique. Puis je sortis en hâte par la porte cochère, Bessie sur mes talons, et m'approchai de la silhouette solitaire au moment où elle s'apprêtait à faire demi-tour.

— Miss Marchwood, je vous en prie, attendez !

— Oui ? répondit-elle machinalement, sans ralentir.

Elle se mit à marcher d'un bon pas, manifestement guère disposée à bavarder. Je dus trottiner pour la rattraper et m'adresser à son chapeau.

— Je suis Mrs Ross. Vous avez rencontré mon mari, je crois. Il enquête sur la mort de votre employeuse.

Cette fois, elle s'arrêta. Elle souleva son voile et je vis l'expression de panique sur son visage, livide à la lueur du réverbère.

— Que voulez-vous ?

Son agitation était telle que son pince-nez tomba et se mit à se balancer au bout du ruban en soie noir qui l'attachait à sa pelisse.

— Ne craignez rien, dis-je pour l'apaiser. Je voulais seulement vous présenter mes condoléances. Ceci est une épreuve terrible pour vous.

— Que faites-vous ici ? demanda-t-elle en se débattant avec son pince-nez qu'elle remit de guingois.

Elle ne semblait pas avoir entendu mes paroles de sympathie.

— J'ai accompagné Bessie à la réunion. Bessie est notre bonne. Nous étions un peu derrière vous, au fond de la salle.

— Bessie… ah oui, Bessie… fit Isabella Marchwood en regardant vaguement. Oui, c'est une très brave fille.

— Et si je puis faire quoi que ce soit…

— Vous ? s'exclama-t-elle. Non, rien ! Personne ne peut faire quoi que ce soit !

— Je vous en prie, l'implorai-je. Ayez confiance en la police. Ils vont démasquer le meurtrier.

— Démasquer le meurtrier ! s'écria-t-elle en posant sur moi un regard éperdu. Qu'est-ce que cela pourra apporter de bon ? Est-ce que cela ramènera la pauvre Allegra ?

— Non, bien sûr que non, mais l'assassin devra rendre des comptes devant la cour et recevoir son châtiment.

— Un procès ! s'exclama-t-elle. Comment cela pourrait-il faire autre chose que du mal ? Le tribunal rempli d'odieux badauds, tous les détails sordides seront révélés et Mr Benedict, qui sera assis là, obligé de tout écouter ! Sans parler des journaux, qui se déchaînent déjà suffisamment. Les avez-vous vus ?

— Oui, avouai-je.

J'étais même allée, la veille, jusqu'à acheter un exemplaire d'un journal du soir qui évoquait le meurtre, ainsi que l'histoire du spectre du fleuve avec une illustration effrayante. Celle-ci représentait une femme qui reculait, frappée d'horreur, devant une hideuse créature recouverte d'un linceul, avec des yeux brûlants et qui tendait de longues mains vers elle. Je l'avais montrée à Ben quand il était rentré, mais je préfère ne pas répéter ses commentaires.

— S'il y avait un procès, le tribunal serait rempli de reporters. Cela ne pourrait qu'aggraver les choses, répétait Isabella Marchwood désespérément.

Puis elle se tut brusquement. Après un silence, elle reprit, d'un ton plus calme :

— Ce pauvre Mr Benedict n'a-t-il pas assez souffert ?

— Savoir que l'assassin est resté impuni n'ajoutera-t-il pas à sa souffrance ? suggérai-je.

Elle secoua la tête.

— Vous ne comprenez pas. Comment le pourriez-vous ?

Elle se détourna et se mit à descendre la rue. Je pressai le pas pour la rattraper.

— Miss Marchwood ! m'écriai-je. Croyez-moi, je veux vous aider. S'il y a quelque chose que vous ne souhaitez pas dire à mon mari ou à un autre policier mais que, peut-être, vous pourriez confier à une autre femme, à moi…

Elle s'arrêta et me fixa d'un regard aussi froid que celui de son amie Jemima Scott. Enfin « amie » était un grand mot pour une femme qui la laissait faire le chemin à pied jusqu'à la gare de Waterloo alors qu'elle possédait une voiture. Cela ne lui aurait certainement pas occasionné un grand détour de la prendre avec Fawcett !

— Je n'ai rien à vous dire. S'il vous plaît, n'essayez pas de me retarder. Je dois attraper mon train pour Egham.

Miss Marchwood rabattit la voilette devant son visage.

— Waterloo est à plus d'un quart d'heure de marche, protestai-je. N'y a-t-il pas une station de fiacres dans les parages ?

— J'ai l'habitude de marcher, dit-elle en repartant à vive allure.

— Dans ce cas permettez-nous, à Bessie et moi, de vous accompagner. Il fait déjà presque nuit…

— Je n'ai pas besoin de votre compagnie, Mrs Ross. Bonsoir.

Elle s'éloigna en hâte et je vis qu'il était inutile d'insister.

Bessie et moi nous mîmes en route le long des rues éclairées au gaz. Je fus surprise quand elle m'interrogea sans détour :

— Vous n'aimez pas Mr Fawcett, hein, m'dame ?

— Je crois que c'est un charlatan, répondis-je en toute franchise. Je suis désolée si je te fais de la peine, Bessie, mais c'est la vérité. La cause qu'il prétend défendre est bonne. Je sais que la boisson est responsable de toutes sortes de malheurs et de crimes. Mais les hommes tels que lui sont prompts à s'attacher à une bonne cause et à la détourner à leur profit. C'est ce qu'a fait ton Mr Fawcett, j'en suis persuadée. Il fait du tort à la lutte contre l'alcoolisme, au lieu de l'aider, et cela est impardonnable.

— C'est bizarre, fit Bessie tristement. Je ne crois pas que je l'aime autant qu'avant. Il n'est pas venu vous parler, n'est-ce pas ? Ce n'est pas très poli de sa part.

— Il tenait à s'entretenir seul avec Miss Marchwood et je donnerais cher pour savoir ce qu'il lui a dit.

— Elle est en deuil ! s'exclama Bessie. Bien sûr qu'il voulait lui parler seul à seul, pour la réconforter, lui dire, vous savez, ce que les hommes d'Église disent à ces moments-là.

— Je ne crois pas qu'il soit ce que tu appelles « homme d'Église ». Je ne serais pas surprise qu'il se soit arrogé lui-même le titre de docteur en théologie qu'il prétend avoir. Je ne crois pas non plus qu'il ait cherché à apporter soutien et réconfort à Miss Marchwood. Si tu veux vraiment savoir ce que je pense, Bessie, voici. Il est inquiet à l'idée qu'un membre de sa congrégation, Miss Marchwood, soit impliqué dans une affaire de meurtre. Les enquêtes de police ratissent large, elles empruntent toutes sortes de chemins, dont certains sont des impasses et dont d'autres, avec un peu de chance, offrent des indices. Mr Fawcett a quelque chose à cacher. Je ne suggère pas qu'il ait quelque chose à voir dans le meurtre, ne croie pas cela. Mais quand un homme a quelque chose à cacher, il n'aime pas les questions, par peur de ce qu'elles pourraient mettre en lumière.

Le moment passé à attendre la sortie de Mrs Scott et ma conversation frustrante avec Miss Marchwood dans la rue avaient pris une bonne demi-heure. Il faisait vraiment sombre maintenant. Les gens respectables étaient assis chez eux au coin du feu. Bessie et moi empruntâmes des rues désertes à l'exception de quelques passants qui sortaient se distraire. Je pressais le pas, impatiente de rentrer à la maison.

— L'inspecteur va se demander où nous sommes passées, m'dame, fit Bessie qui trottinait à côté de moi.

— Je regrette de ne pas avoir plus de choses à lui apprendre. Si seulement j'avais réussi à persuader Miss Marchwood de se confier à moi. Mais peut-être aurai-je une seconde chance.

De l'autre côté de la rue, à une intersection, des gens se bousculaient sur le seuil d'un débit de boissons et de l'intérieur provenaient une lueur d'éclairage au gaz et le son d'une voix accompagnée par un piano métallique. Soudain, il y eut du remue-ménage. Des voix de femmes s'élevèrent, signe, semblait-il, d'une farouche dispute. Puis il y eut un fracas de verre brisé et de chaises renversées.

— Venez, m'dame, m'enjoignit Bessie en me tirant le bras. Il va y avoir de la bagarre.

Elle avait raison. La porte s'ouvrit à toute volée et deux femmes furent jetées dehors par un tenancier corpulent, au son des bruyantes acclamations des clients.

— Et vous avisez pas de revenir ! rugit-il. Allez régler vos différends ailleurs.

Les femmes ne lui prêtèrent aucune attention, bien trop occupées qu'elles étaient à se battre. Elles hurlaient des accusations et des insultes, juraient comme des charretiers, se tiraient les vêtements et les cheveux, se bousculaient et se poussaient, donnaient des coups de poing et griffaient.

— Pourquoi aucun de ces hommes ne les sépare ? demandai-je.

— C'est des filles de la rue, m'dame, expliqua Bessie. Elles se disputent toujours à propos de quelque chose. L'une d'elles a dû empiéter sur le territoire de l'autre.

— Le territoire ? m'exclamai-je.

— Oui, m'dame, elles se divisent les rues et les troquets entre elles. Peut-être que l'une a essayé de piquer les clients de l'autre. C'est pas pour vous, m'dame, fit Bessie sévèrement. Allez, venez !

À ce moment-là, une des filles se mit à hurler :

— Regarde ce que tu as fait ! Tu as abîmé mes plumes !

Elles s'étaient séparées et se tenaient à quelques pas l'une de l'autre, hors d'haleine, momentanément incapables de poursuivre leur bataille. L'une d'elles tenait à la main un ridicule petit chapeau surmonté de plumes aux teintes éclatantes. Elle avait perdu les épingles de sa coiffure et ses cheveux lui tombaient en cascade sur les épaules. À la lumière qui passait à travers les vitres du pub, je vis qu'ils étaient d'un roux vif.

Sous les yeux épouvantés de Bessie, je traversai la rue en m'écriant :

— Daisy ! Daisy Smith !

La fille ne me prêta aucune attention. Elle brandissait toujours le chapeau en direction de son adversaire. Son visage était déformé par la fureur et un regard que, sans exagération, je décrirais comme reflétant la soif de sang.

— Tu me paieras ça, Lily Spraggs ! C'est mon plus beau chapeau !

Colère et désir de vengeance étaient tellement manifestes, ainsi que l'intention de sérieusement blesser son adversaire, que Lily Spraggs fit le choix de la sagesse et prit la fuite.

La fille aux cheveux rouges restait seule sur le champ de bataille, et elle marmonnait toujours furieusement tout en retournant son chapeau entre ses doigts, essayant de réparer les plumes endommagées.

— Daisy Smith, vous êtes bien Daisy Smith, n'est-ce pas ? lui criai-je, essayant d'attirer son attention.

Elle releva enfin la tête et me regarda, puis regarda Bessie.

— Qui la cherche ? fit-elle en posant les mains sur les hanches dans une attitude de défi. Et vous, vous êtes qui ?

Je me demandai avec quelque inquiétude si elle se préparait à une nouvelle bataille. Bessie me prit le bras et me tira en arrière de quelques pas.

— M'dame, oubliez ça !

Daisy s'approcha de nous.

— J'ai battu Lily Spraggs et je peux aussi vous battre toutes les deux. Je travaille dans ce pub depuis près d'un an. J'ai des bons clients ici ! Alors vous allez pas vous incruster !

Elle s'interrompit.

— D'ailleurs, je me demande bien comment vous allez faire des affaires, habillées comme pour aller à un enterrement.

C'était la remarque de trop pour Bessie qui entra en éruption comme un volcan.

— Ça suffit ! Je suis une fille respectable ! Et ma patronne aussi ! C'est une dame mariée !

— Ah oui ? fit Daisy, sarcastique, alors qu'est-ce que vous faites toutes les deux à traîner devant le pub ? Et toi en plus, on peut pas dire que la nature t'a gâtée !

J'entourai Bessie de mes bras pour l'empêcher de se jeter sur Daisy qui n'attendait qu'une chose, reprendre le combat avec une autre adversaire.

— Je suis Mrs Ross ! m'écriai-je tout en me débattant pour contenir Bessie qui se tortillait. Vous avez rencontré mon mari, je crois, samedi dernier… tiens-toi tranquille, Bessie ! Sur Waterloo Bridge, Daisy, n'est-ce pas, dans le brouillard ? L'inspecteur Benjamin Ross… Non, non, ne partez pas, je vous en prie !

Daisy avait reculé et s'apprêtait à décamper. Je relâchai Bessie et m'élançai à sa poursuite.

Derrière moi, j'entendis Bessie crier :

— Moi, au moins, ma couleur de cheveux elle est naturelle ! Elle vient pas d'une bouteille de henné !

— Daisy, attendez ! lançai-je, essoufflée, en courant dans le sillage de la fille.

Derrière moi, j'entendais le bruit de pas de Bessie et ses appels de plus en plus désespérés pour me faire revenir.

— Mon mari aimerait beaucoup vous parler ! Il enquête sur un meurtre. Vous avez rencontré le spectre du fleuve…

Daisy s'arrêta si brusquement que je la percutai de plein fouet. Bessie arriva et se jeta entre nous deux pour me protéger. Daisy la regarda d'un air méprisant, puis elle me toisa en faisant la moue.

— Tenez mon chapeau, dit-elle enfin en me tendant son accessoire fétiche.

Je savais qu'elle n'irait nulle part sans emporter son chapeau bien-aimé, donc elle ne risquait pas de prendre la fuite. Elle se mit à lisser ses cheveux en désordre.

— Mes épingles sont toutes parties, marmonna-t-elle.

Elle reprit le chapeau et le considéra d'un air chagriné.

— Regardez-moi ça ! L'épingle a disparu elle aussi.

— Attendez, j'en ai une, prenez-la, je vous en prie.

J'ôtai la mienne et la lui tendis. Daisy la retourna et remarqua d'un air approbateur :

— Oh, le bout est en argent. C'est chic.

Elle fixa la petite épingle sur le haut de sa tête.

— Est-ce que c'est bien droit ?

— Oui, lançâmes-nous en chœur, Bessie et moi. C'est parfait.

Daisy croisa les bras et me jeta un regard sévère.

— Vous me racontez pas des craques ? Vous êtes mariée avec ce type que j'ai rencontré sur le pont le samedi de la semaine dernière ?

— Oui, et il voudrait vous parler du spectre, c'est urgent. Vous connaissez l'autre fille, celle qui a vu clairement la créature. Il aimerait bien la retrouver et lui parler aussi, mais il ne sait pas comment elle s'appelle.

Daisy se mordit la lèvre, puis déclara d'un air perspicace :

— J'ai entendu parler de la femme qui avait été assassinée à Green Park. Alors votre mari, il croit que c'est le spectre du fleuve qui a fait ça, pas vrai ? Ça m'étonnerait qu'il se soit aventuré aussi loin de l'eau. Toutes les filles qui l'ont croisé, c'était au bord de la Tamise, comme moi le jour où je suis rentrée dans votre gars. Sacré déveine, ça…

— Oui, manque de chance d'être tombée sur ce prédateur. Heureusement, vous avez réussi à vous échapper.

— Non ! Pas de chance de tomber nez à nez avec les forces de l'ordre ! lança Daisy d'une voix cassante. Il m'a pas crue sur le moment, je l'ai bien vu. Moi, je suis rien du tout. Et maintenant qu'une dame riche s'est fait trucider, c'est une autre histoire. Tout à coup, ces messieurs sont bien plus pressés de retrouver le spectre du fleuve.

Daisy émit un petit rire sardonique.

— Mon mari n'est pas certain que ce soit le spectre qui ait tué Mrs Benedict, dis-je avec prudence. Mais il veut vraiment le retrouver. Toute aide que vous pourriez nous apporter…

— J'ai aucune envie d'aider la police, m'interrompit-elle. Ça finit toujours par vous causer des ennuis. Donc je vous répète ce que j'ai dit à votre bonhomme : pas question que je mette les pieds dans un poste de police.

— Alors venez chez nous. Ce n'est pas très loin et mon mari s'y trouve en ce moment, priai-je.

— Est-ce que je serai dédommagée ? voulut savoir Daisy après un instant de réflexion.

— Je suis sûre qu'il le fera, sans quoi je m'en chargerai, lui promis-je.

Un sourire espiègle se peignit sur son visage.

— Hé, hé, la tête qu'il va faire quand il va voir que vous m'avez ramenée avec vous ! Ce sera trop drôle à voir. Et vos voisins !

Elle eut un rire rauque.

— Allez-y, je vous suis !

— Vous savez quoi, m'dame ? marmonna Bessie alors que nous nous mettions en route. Je crois pas que ce soit une très bonne idée. Nous allons la faire passer par le jardin. Les voisins la verront pas, et si nous la gardons dans la cuisine, elle pourra rien piquer.

— Hé, j'ai entendu ! lança Daisy.

Les maisons de notre rue possédaient toutes un jardin à l'arrière avec une porte qui donnait sur une ruelle parallèle à la rue. Cet accès était principalement utilisé pour les livraisons de charbon afin d'éviter d'avoir à porter les sacs à travers la maison. Nous escortâmes Daisy le long du passage entre la remise à charbon et la serre, puis entrâmes par la porte de la cuisine.

Bessie la referma avec un soupir de soulagement.

— Ouf, j'avais tellement peur que quelqu'un regarde par sa fenêtre et nous voie !

— Que quelqu'un me voie, tu veux dire ! fit Daisy.

Elle parcourut la pièce du regard puis s'installa à la table.

— C'est très douillet chez vous, je dois dire.

Bessie croisa les bras, l'air hostile.

— Je sais combien il y a de petites cuillères, je te préviens ! tonna-t-elle.

— C'est bon, Bessie, dis-je vivement, je vais aller chercher Mr Ross.

Je dois avouer que je me remémore avec un certain plaisir le moment où je suis allée chercher Ben, qui dodelinait de la tête dans son fauteuil au coin du feu, pour lui annoncer que nous avions de la visite.

— Dans la cuisine, Ben. C'est cette fille, Daisy Smith, celle que tu voulais retrouver.

Sa mâchoire se décrocha.

— Quoi ? Où l'as-tu dénichée ?

Tout en parlant, il s'était déjà élancé vers la cuisine. Daisy était toujours assise à la table sous la surveillance de Bessie, debout, bras croisés.

— Bessie, suggérai-je, si tu nous faisais du thé ?

— Moi ? s'exclama Bessie. Faire du thé pour une fille comme ça ?

— Je l'aime bien fort, lança malicieusement Daisy, et avec deux sucres.

— S'il te plaît, Bessie, insistai-je. Cela nous fera du bien à tous.

Bessie alla à la cuisinière d'un pas traînant et souleva la bouilloire.

— Daisy, vous avez certainement entendu parler de la femme retrouvée morte à Green Park ? demanda Ben.

— C'est lui qui l'a tuée, alors ? Le spectre du fleuve ? fit Daisy.

— Peut-être bien, répondit Ben avec prudence. Mais avant de l'avoir retrouvé, il n'y aura pas d'avancée notoire.

— Vous les cognes, vous aimez vous gargariser de grands mots, fit observer Daisy, surtout les gars en civil comme vous, j'imagine. Pas d'avancée notoire ? Ça veut dire que vous êtes dans les choux ?

— Eh bien, puisque vous le dites, Daisy, en effet. C'est pourquoi j'ai besoin de parler à la fille qui a vu le spectre. Il me tarde de connaître son *modus operandi* exact.

— Ça veut dire quoi ? Vous avez avalé un dictionnaire, ma parole !

— Excusez-moi, fit Ben avec un sourire. Il faut que je sache exactement ce qu'il a fait, pas seulement à l'autre fille mais à vous aussi. Vous dites qu'il vous a posé les mains autour de la gorge ?

— Pour sûr. Des doigts immondes, d'ailleurs, gluants et glacés…

— Il n'a pas essayé de vous mettre une ficelle ou un cordon autour du cou ?

— Non, je vous l'ai dit. Il avait des doigts froids comme la mort.

— Et l'autre fille ? Est-ce que ça s'est passé de la même façon pour elle ? demanda Ben.

— Je crois, fit Daisy. Il faudra lui poser la question vous-même, pas vrai ?

— Je voudrais bien, lui rappela Ben.

Bessie posa la tasse de thé avec fracas devant notre invitée. Daisy la renifla, but une gorgée, hocha la tête et versa un peu du liquide de la tasse dans la soucoupe. Elle la porta à ses lèvres et avala d'un air approbateur tandis que nous attendions. Elle était manifestement ravie d'être au centre de l'attention et de nous avoir à sa merci.

— Alors, monsieur l'inspecteur Ross, dit-elle enfin, on dirait bien que vous me croyez maintenant, pas vrai ?

— À propos du spectre du fleuve ? Oui, je vous crois.

— Ouais, tout ça parce qu'il a tué une lady, je suppose. Ça vous intéresserait pas tant s'il m'avait tuée moi, ou une autre comme moi, pas vrai ?

— Si, dit simplement Ben.

Daisy cligna des yeux. De sarcastique, son expression se fit songeuse.

— Bonté divine, c'est que vous avez l'air sincère en plus !

Elle s'arrêta, le scruta attentivement, puis déclara :

— Si je vous dis tout ce que je sais, vous ferez quelque chose pour moi ?

— Vous serez dédommagée pour votre temps, lui promit Ben.

À notre grande surprise, surtout à celle de Bessie, Daisy secoua la tête, faisant voltiger les pauvres plumes déjà bien abîmées de son chapeau.

— Je veux pas de votre argent. Je veux que vous retrouviez quelqu'un. De toute façon, vous serez bien obligé de la retrouver si vous voulez lui parler. La fille qui a vu le spectre de près, elle s'appelle Clarrie Brady. Son vrai prénom c'est Clarissa, mais tout le monde l'appelle Clarrie.

Daisy croisa les bras et s'appuya sur la table.

— Vous voyez, je travaille sur la rive sud de la Tamise, par là où votre dame m'a trouvée ce soir. Clarrie, elle travaillait au nord, jusqu'au Strand. Seulement sur le Strand, il y a déjà beaucoup de filles, donc Clarrie travaillait plus près du fleuve.

— Pourquoi dites-vous travaillait ? s'enquit Ben. Où travaille-t-elle maintenant ?

— Justement, fit Daisy, personne l'a vue depuis plus d'une semaine. Quand je vous ai croisé sur le pont ce samedi-là, j'étais à sa recherche pour la prévenir que le spectre était de sortie et que je venais de le rencontrer moi aussi. Mais je l'ai pas retrouvée. Je sais qu'elle devait être dans le quartier. Je l'avais croisée la veille, le vendredi matin. Il y a un marchand de café sur le pont et c'est là que je l'avais vue. Elle s'était arrêtée pour en boire une tasse avant de rentrer chez elle après le travail. Nous avions un peu bavardé parce qu'on est amies. On est amies depuis qu'on est petites. À partir du jour où elle s'est retrouvée face à lui dans son linceul, elle n'a eu qu'une peur : retomber sur lui. Elle était sûre qu'il savait qui elle était et qu'il la cherchait. On l'a pas vue sur un autre territoire. J'ai demandé à toutes les filles que j'ai pu. Personne l'a vue.

Elle secoua tristement la tête et je me rendis compte subitement qu'elle était très jeune ; sans doute guère plus âgée que Bessie. Je préférai ne pas me demander depuis combien de temps elle faisait ce métier.

— Quand vous m'avez parlé d'elle, ce soir-là sur le pont, déclara lentement Ben, vous avez mentionné qu'elle avait un protecteur.

Daisy poussa un ricanement de dégoût.

— Jed Sparrow. Il s'en fiche. Il la cherche même pas. Il l'a cherchée à peine un jour ou deux. Et puis il s'est trouvé une autre fille.

— Où puis-je trouver Sparrow ?

— Au *Conquering Hero*, là où votre dame elle m'a vue ce soir. Il était en train de boire tout à l'heure, peut-être qu'il y sera toujours. Si vous lui posez des questions, vous avisez pas de lui raconter que c'est moi qui vous ai dit où le trouver, sans quoi j'aurai des ennuis !

— Je ne lui dirai pas. Elle est comment, Clarrie Brady ?

— C'est une petite maigrichonne comme elle, fit Daisy en tendant la main vers une Bessie furieuse. Mais elle a un joli visage, elle !

— Si tu dis encore un mot sur moi, cria Bessie, je te renverse la théière sur tes cheveux teints et ton chapeau ridicule !

— Bessie, va préparer le feu dans le salon, ordonnai-je. Je suis sûre que Daisy ne fait que te taquiner.

— Pas du tout, gronda Bessie, elle est sérieuse.

Elle se planta face à Daisy.

— En tout cas, moi je suis pas sur le trottoir, pas vrai ?

— Ça m'étonne pas, fit Daisy, vu ton…

Je me levai d'un bond, attrapai Bessie par le bras et la conduisis dans le couloir.

— Écoute-moi, Bessie, je sais qu'elle se montre très grossière envers toi. Mais elle t'insulte parce que tu réagis. Elle t'aiguillonne et toi tu réagis. Laisse-nous faire. L'inspecteur a vraiment besoin de ces informations.

Bessie se dégagea de mon étreinte.

— Je vais aller faire le feu, lança-t-elle d'une voix hautaine.

Quand je revins dans la cuisine, Daisy, très à l'aise, se servait une deuxième tasse de thé.

— Donc, elle est petite et elle est jolie, disait Ben avec un brin d'irritation. Tout comme des centaines d'autres filles à Londres.

— Elle a un grain de beauté sur le front, précisa Daisy en indiquant sa tempe gauche. Et une cicatrice sous l'œil, là.

Elle posa l'index sur le haut de sa pommette droite.

— C'est là où Jed Sparrow lui a jeté un verre au visage une fois. Il a bien regretté d'avoir fait ça, ajouta-t-elle.

— J'espère bien, me récriai-je, indignée. Frapper ainsi une pauvre fille sans défense !

— Après, il était inquiet que ça gâche un peu son physique, expliqua Daisy. C'est pour ça qu'il a regretté. Mais ça s'est bien arrangé et on voit presque plus rien. Elle met de la poudre par-dessus, comme les actrices. Ça couvre vraiment bien.

Elle se tourna de nouveau vers Ben.

— Alors où est-elle ? Moi je l'ai pas retrouvée, mais si tous les bobbies qui font leur ronde s'y mettaient, peut-être que l'un d'eux réussirait ?

— Je vais leur donner à tous son signalement, promit Ben.

— Et vous abandonnerez pas au bout de deux jours ? Si jamais vous retrouvez d'abord le spectre, vous continuerez quand même à chercher Clarrie, comme vous feriez pour une belle dame ? Vous me promettez ? C'est ce que je veux en échange de mes informations.

— Oui, dit Ben. Vous avez ma parole, Daisy.

Elle se leva.

— Merci pour le thé, alors. Je vais ressortir par-derrière, comme je suis entrée.

Elle s'arrêta près de la porte et regarda par-dessus son épaule.

— Donnez-moi dix minutes d'avance pour m'éloigner avant de courir jusqu'au pub, si c'est ce que vous comptez faire.

— Entendu, promit Ben.

— Et si jamais vous voulez me parler, laissez un message à Sally, la tenancière du *Conquering Hero*. Bon, j'y vais.

Une fois Daisy partie, je m'assis de nouveau.

— Que crois-tu qu'il soit arrivé à Clarrie Brady, Ben ?

Les épaules de Ben s'affaissèrent.

— Peut-être qu'elle a été tellement terrorisée par sa rencontre avec le spectre, tellement sûre qu'il la recherchait… ou bien si effrayée par ce coquin de Sparrow qu'elle a pris la fuite, loin de Londres. Ou bien…

— Ou bien ? demandai-je doucement.

Ben soupira.

— Soit Sparrow l'a tuée et a balancé son corps à un endroit où nous ne l'avons pas encore retrouvé. Le fait qu'il ait repris une fille sans attendre suggère qu'il n'escompte pas qu'elle revienne. L'autre possibilité…

Il me regarda d'un air désolé.

— J'ai bien peur que l'autre possibilité, c'est que le spectre l'ait découverte. Peut-être que Clarrie avait raison de penser qu'il la cherchait. Elle l'a vu distinctement. Il le sait. Il est déguisé avec cet absurde suaire et peut-être une sorte de masque sur le visage. Mais elle l'a tout de même vu hors du brouillard et cela a pu l'inquiéter. Il a pu partir à sa recherche. Mais nous n'avons pas retrouvé de corps, Lizzie, pas à ma connaissance. Garde les doigts croisés.

Il sortit sa montre et la consulta.

— Presque dix minutes. Je vais me rendre au *Conquering Hero* pour voir si, par hasard, je peux rencontrer le très peu héroïque Mr Sparrow.

CHAPITRE 9

Inspecteur Benjamin Ross

Le pub, tout proche, se trouvait à l'angle de deux rues et possédait deux entrées distinctes : l'une donnant dans la partie du bar ouverte à tous et l'autre dans le salon plus élégant. Un aménagement très pratique, songeai-je. Si un client apprenait l'arrivée de quelqu'un à qui il ne souhaitait pas parler, il pouvait facilement s'esquiver. Il importait donc de choisir la bonne porte.

Les hommes qui vivaient des gains des filles qu'ils mettaient sur le trottoir se prenaient pour des types raffinés. Ils ne souhaitaient sûrement pas se mêler aux ouvriers et aux charretiers. Je me dirigeai vers l'entrée du salon.

Une question au tenancier me permit d'identifier Jed Sparrow. Je m'étais imaginé un individu corpulent et rougeaud. Mais non, fidèle à son nom[1], c'était un petit homme chétif coiffé d'un chapeau melon et vêtu d'un costume pied-de-poule. Je vis qu'il n'avait qu'un œil. À la place de l'autre, une orbite renfoncée,

1. *Sparrow* signifie « moineau ».

tout le globe oculaire avait disparu. Rien ne semblait échapper à l'œil restant, qui balayait la pièce de long en large. Il m'avait, sans aucun doute, déjà remarqué. Je crus même le voir tressaillir à mon approche.

Je constatai que non seulement ses affaires n'avaient pas souffert de la perte de Clarrie Brady, mais qu'elles semblaient même avoir prospéré. Il était assis entre deux jeunes femmes aux tenues bariolées, l'une portant un bonnet de soie mauve et l'autre un chapeau à plumes d'autruche qui me fit penser à Daisy.

Quand je m'approchai de leur table, Sparrow fit un clin d'œil appuyé à la fille au bonnet mauve.

— Regarde un peu qui vient d'entrer. Un policier en civil, si je me trompe pas !

Il se mit à rire de bon cœur et les deux filles se joignirent à lui, non sans me jeter des coups d'œil craintifs. Une fois de plus, je fus stupéfait. Comment devinaient-ils chaque fois ?

— Vous êtes bien Mr Jed Sparrow ? J'aimerais vous dire un mot. Je suis l'inspecteur Ross, de Scotland Yard.

— Comment connaissez-vous mon nom ? demanda-t-il avec une lueur mauvaise dans le regard.

— Oh, vous êtes un homme bien connu, Mr Sparrow, rétorquai-je gaiement en m'asseyant face à lui.

Sparrow sembla hésiter entre prendre la mouche ou se rengorger. Il fit un grand signe de tête en direction de la porte et lança aux deux filles :

— Sortez maintenant. Allez un peu gagner votre croûte !

Elles détalèrent toutes deux.

— Vous ne les envoyez pas se prostituer, j'espère, Mr Sparrow ? m'enquis-je aimablement.

— Oh non, vous pensez bien, ce sont de bonnes filles. Elles font du porte-à-porte pour ramasser de vieux chiffons. Voyez-vous, je suis chiffonnier.

Il sourit en révélant des dents jaunies et de guingois. Il ne s'attendait même pas à ce que je le croie.

— Sornettes, le rabrouai-je. Mais ce n'est pas de ces deux-là que je suis venu vous parler. Vous connaissez une fille qui s'appelle Clarissa ou Clarrie Brady.

Son œil de cyclope se plissa.

— Et alors ? Qu'est-ce qu'elle vous a raconté sur moi ? C'est que des mensonges. Il faut pas croire un mot de ce qu'elle dégoise. C'est une menteuse-née, cette Clarrie. Elle saurait même pas reconnaître la vérité si elle lui sautait dessus et la mordait au visage.

— Elle n'a rien dit, Mr Sparrow, pour la bonne raison que personne ne l'a vue depuis une semaine. Ses amies l'ont cherchée en vain. J'aimerais la retrouver et on m'a dit que le mieux était de m'adresser à vous.

— Je ne sais pas qui vous a dit ça, marmonna-t-il. Ça sert à rien de me poser des questions sur elle maintenant. Moi non plus je l'ai pas revue depuis… oh ça doit bien faire dix jours.

Il pencha la tête sur le côté et son œil se fixa sur moi avec un air menaçant.

— De quoi vous m'accusez ? Si elle est partie, elle est partie. Moi j'en sais pas plus.

— Pour l'instant, Sparrow, je ne vous accuse de rien du tout. J'aimerais lui parler, c'est tout.

— Moi aussi. Elle me doit de l'argent.

— Elle a gagné de l'argent pour vous, vous voulez dire. Est-ce que vous l'avez cherchée ?

Il décida d'être conciliant.

— Ah, vous savez ce que c'est, inspecteur… J'aimerais bien vous donner un coup de main, mais je peux pas. Oui, je me suis renseigné quand elle a disparu mais bon, une de perdue, dix de retrouvées. Je commençais à me lasser d'elle de toute façon. Elle était trop insolente.

Et un beau jour, son insolence lui avait valu d'avoir le visage lacéré par du verre brisé… Je tins ma langue, ne voulant pas qu'il soupçonne Daisy de m'avoir renseigné.

— Mais sa disparition vous a causé un manque à gagner, fis-je remarquer. J'aurais cru que vous retourneriez ciel et terre pour la retrouver.

— Comme je l'ai dit, ça se bouscule pour prendre sa place.

Sparrow me dévisagea froidement.

— Et maintenant, si je peux vous poser une question, qu'est-ce que Scotland Yard lui veut, à Clarrie Brady ? Ça regarde la police des mœurs, pas vous.

J'ignorai sa question et lui en posai une autre.

— Clarrie vous a-t-elle déjà dit qu'elle avait rencontré le spectre du fleuve ?

Sparrow éclata de rire.

— Ah, c'est donc ça ? Écoutez, inspecteur…

Il se pencha vers moi d'un air de confidence et j'essayai de ne pas reculer de dégoût.

— Voici ce que je peux vous dire : il existe pas. C'est ni un homme, ni un monstre, ni un esprit, ni n'importe quoi d'autre. C'est une excuse que les filles me donnent quand elles m'ont pas rapporté d'argent, enfin je veux dire pas ramassé de chiffons, enfin vous me comprenez, ajouta-t-il vivement.

— Ramasser des chiffons, si c'est comme ça que vous voulez en parler. Est-ce que Clarrie vous a dit que pendant qu'elle était sortie « ramasser des chiffons », elle avait rencontré ce spectre ?

À mon grand soulagement, il se pencha de nouveau en arrière. Son haleine n'était pas des plus plaisantes. Il accrocha les pouces à son gilet.

— Oui, même que je lui ai flanqué une taloche pour avoir été si bête !

— Bête ? Parce qu'elle était terrifiée ?

— Non, pour avoir cru que je goberais une histoire aussi absurde.

— Est-ce que vous vous souvenez de ce qu'elle a dit exactement ?

Il hocha la tête.

— Elle en finissait plus de jacasser là-dessus en versant sa petite larme. Elle savait toujours quand déclencher les grandes eaux. Elle a dit quelque chose comme quoi le brouillard s'était dissipé et le voilà qui se tenait devant elle. Elles imaginent des choses, ces filles. Aucune d'elles n'est très futée.

Je le laissai et sortis pour voir si je pouvais retrouver l'une des belles de nuit qui buvaient avec lui. Mais ni elles ni leurs consœurs n'étaient en vue. Le mot avait dû être passé : un policier furetait dans le coin, et elles avaient toutes décidé d'aller « ramasser des chiffons » ailleurs.

J'avais l'intention, dès le lundi matin, de demander à tous les agents de chercher Clarrie Brady au cours de leur ronde. Les constables qui avaient un parcours régulier connaissaient toutes les filles qui travaillaient sur le trottoir et, quand ils ne les arrêtaient pas pour avoir mené leur commerce de façon trop voyante, ils passaient parfois un moment à badiner avec elles. Avec un peu de chance, l'un d'entre eux aurait pu la voir. Ou bien, à défaut, aurait pu entendre parler d'elle par l'une de ses consœurs. J'avais aussi l'intention d'envoyer Biddle vérifier les registres des différents tribunaux chargés des mœurs au cas où Clarrie aurait comparu récemment en justice. Mais, lorsque j'atteignis Scotland Yard, Clarrie fut aussitôt chassée de mon esprit.

Le sergent Morris m'intercepta une fois de plus en m'annonçant :

— Le superintendant veut nous voir tous les deux immédiatement, inspecteur !

— Morris, fis-je avec ironie, c'est en train de devenir une fâcheuse habitude. Je me demande si je vais un jour réussir à atteindre mon bureau sans que vous m'arrêtiez pour me parler d'un problème. Vous n'allez pas m'annoncer qu'il y a eu un autre meurtre, j'espère ?

— Je ne sais pas, monsieur, fit Morris.

Puis, à mi-voix :

— Mais Mr Dunn a quelqu'un dans son bureau, un inspecteur en chef de la police des chemins de fer, de la gare de Waterloo Bridge. Ils sont tous deux très agités.

Que faisait donc un inspecteur de la police des chemins de fer si loin de Waterloo ? Je me dirigeai d'un bon pas vers le bureau de Dunn, Morris sur mes talons.

Dunn fronçait furieusement les sourcils quand j'entrai, mais sa colère ne m'était pas destinée. Elle s'adressait à un homme d'une quarantaine d'années portant une moustache rousse. Une discussion animée (que d'aucuns auraient pu qualifier de dispute) semblait en cours. Les premières paroles que j'entendis furent prononcées par le visiteur.

— Bien sûr que nous ne pouvons pas enquêter seuls, mais vous ne pouvez pas y parvenir sans nous.

— Ah, vous êtes là, Ross ! s'exclama Dunn avec un soulagement manifeste. Voici l'inspecteur en chef

Burns, de la police des chemins de fer du sud et sud-ouest de Londres, basée à Waterloo Bridge.

Il se retourna vers Burns.

— Je vous présente l'inspecteur Ross qui dirige l'enquête sur le spectre du fleuve et le meurtre de Green Park. Et le sergent Morris.

Morris salua. Burns nous adressa un signe de tête. Je n'avais pas de temps à perdre en amabilités.

— Le spectre du fleuve ? m'exclamai-je. Est-ce qu'il y a eu un autre meurtre ?

— Oui, mais pas dans le parc. Celle-là a été retrouvée dans un train. Voulez-vous expliquer, inspecteur-chef ?

— Oui, monsieur, merci, fit Burns avant de se tourner vers moi. Il y a environ une heure, un corps a été découvert dans le compartiment d'un train arrivant en gare de Waterloo, sur la ligne de Chertsey.

— La ligne de Chertsey ? Pardonnez-moi, inspecteur, mais quels sont les arrêts de cette ligne ?

— Eh bien, il y a Egham, Staines…

— Egham ! m'exclamai-je avec un violent coup au cœur.

Était-ce possible ? J'essayai de me persuader que non, tout en sentant la froide étreinte du pressentiment se refermer sur ma poitrine.

Dunn me rappela à l'ordre en s'éclaircissant la gorge. Burns, après lui avoir jeté un regard, poursuivit :

— La découverte d'un cadavre de femme a été faite par le contrôleur. Le train est toujours à quai, mais on en a interdit l'accès aux usagers. Ce qui provoque le chaos sur tout l'itinéraire, comme vous pouvez vous en douter. Dès que le corps aura été enlevé, le train devra être remis en service. Si nécessaire, nous pourrons détacher la voiture où elle a été retrouvée. Cela exigera quelques manœuvres et prendra peut-être un petit moment.

— Et les autres passagers ? demanda Dunn. Ont-ils vu ou entendu quelque chose ?

Burns haussa les épaules.

— Malheureusement, il ne nous a pas été possible de les retenir. Ils avaient quitté le train et disparu avant que le corps ait été découvert. Ils ne perdent pas de temps en arrivant à Waterloo ! C'est toujours la cohue pour prendre un fiacre. La malheureuse femme semble avoir été étranglée avec un morceau de corde ou de ficelle.

Je sursautai de nouveau.

— Il faut que je voie le corps immédiatement !

— Personnellement, je ne pense pas que cela soit lié à votre assassinat de Green Park, dit Burns. Mais étant donné la publicité qui est faite dans tous les journaux à la méthode utilisée par l'assassin, j'ai préféré venir et vous proposer de jeter un coup d'œil.

Il toussota.

— Nous avons ouvert notre propre enquête. Mais l'aide de la police métropolitaine serait grandement appréciée…

— Bien sûr, lui confirmai-je. Je vous suis obligé, cher inspecteur, d'avoir deviné que cela nous intéresserait et d'être venu en personne. J'aimerais beaucoup voir le corps et comme je comprends que vous devez libérer le quai au plus vite, je vais venir tout de suite.

Waterloo est une immense gare très fréquentée, avec des trains qui arrivent et qui repartent en permanence. Ses quais et ses voies grouillent d'une multitude bigarrée de voyageurs. Même une découverte aussi macabre que celle sur laquelle nous nous apprêtions à enquêter ne pouvait stopper cette énorme machine. Néanmoins, il était manifeste que le bon déroulement des départs et des arrivées dans la gare avait déjà été considérablement perturbé et que la curiosité malsaine des voyageurs n'avait fait qu'empirer les choses.

Une partie du quai était interdite d'accès par des agents en uniforme de la police des chemins de fer. Ils luttaient pour repousser une foule de badauds. Il y avait des passagers avec ou sans bagages, des porteurs et d'autres membres du personnel de la gare, sans parler de la pègre qui traîne toujours dans les endroits les plus fréquentés de la ville. Les pickpockets s'en donnaient à cœur joie. Tout propriétaire de bagages assez étourdi pour les poser, distrait par le remue-ménage, risquait fort de ne pas les retrouver une minute plus tard. Certains voyageurs, même s'ils ne se faisaient pas voler leurs portefeuilles ou leurs montres de gousset, risquaient eux de rater leur train. En cet instant, ils ne s'en souciaient pas. Tous étaient dévorés par l'envie de connaître les détails de cette macabre découverte et ils en oubliaient toute prudence.

Ce chaos ne me surprenait pas et je craignais même qu'il ne fasse que s'aggraver. Il n'y avait aucun moyen de garder secret ce qui s'était passé, ni d'empêcher la rumeur de se propager à l'extérieur de la gare. Il ne faudrait guère de temps, songeai-je avec amertume, pour que la presse en entende parler et fasse une arrivée remarquée.

Burns avançait à grandes enjambés, jurant et marmonnant dans sa barbe. Je le suivis de près tandis qu'il se frayait un chemin dans la cohue. Un constable le salua et nous laissa passer.

— Nous leur avons dit de dégager, chef, mais ils ne bougent pas ! se plaignit-il à son supérieur.

— Menacez donc d'en arrêter un ou deux, grogna Burns.

Le constable observa l'attroupement, désemparé. Même s'il trouvait le courage de suivre l'ordre de Burns, je doutais que cela serve à quelque chose.

Enfin libérés de la marée humaine, nous remontâmes le quai, passâmes devant une énorme locomotive couleur chocolat, qui crachait encore quelques filets de fumée, comme un dragon assoupi. Derrière la locomotive se trouvaient un fourgon à bagages, puis une voiture de voyageurs dont la porte côté quai était ouverte. Devant celle-ci, un petit groupe de personnes attendait, dont le malchanceux contrôleur qui avait découvert le corps. Il y avait aussi deux balayeurs curieux, armés de leur brosse et de leur serpillière et un médecin, avec sa mallette. Le visage rouge et froncé, il semblait bouillir de rage.

— Voici le Dr Holland, dit Burns. Il a jeté un coup d'œil au corps et établi le certificat de décès.

— Strangulation avec une corde, grogna le Dr Holland. Une action ignoble, messieurs, ignoble ! Une femme seule ne peut-elle être en sécurité dans ce pays ? Et dans un train ? Qui est responsable, hein ?

Il se tourna vers nous, le visage congestionné par la colère. Je supposai que Burns mourait d'envie de répondre : « Pas la compagnie de chemin de fer ! » Mais il choisit sagement la seule réponse acceptable :

— Je suis tout à fait d'accord avec vous, docteur.

— Bien, bien, bien… marmonna le médecin, qui n'osait pas accuser ouvertement du crime la London and South Western Railway. Au moins, cela a dû être rapide. C'était une femme d'âge mûr et de constitution plutôt frêle. Elle n'a guère pu opposer de résistance.

Il reprit son souffle pour mieux poursuivre.

— Ce type, quel qu'il soit, est un monstre, un démon sous apparence humaine, rien de moins ! Je vous fais confiance pour le retrouver et le pendre !

— Merci, docteur, nous ferons de notre mieux, lui assura Burns.

— Avez-vous encore besoin de moi ?

Burns m'interrogea du regard.

— Dites-moi, docteur, demandai-je. Vous avez déclaré que la victime était frêle. Une femme aurait-elle été capable de la tuer, par hasard ?

— Une femme ! rugit Holland. Étrangler quelqu'un ! Une autre femme… avec une corde ? Hors de question.

Il s'arrêta et reprit en maugréant.

— Je ne dis pas que c'est impossible. Mais ce n'est pas l'œuvre d'une femme, croyez-moi. Les femmes sont des créatures subtiles, monsieur. De l'arsenic dans le sucrier, voilà leur style.

— Certes, murmurai-je en me demandant quelle expérience il avait en la matière. Comme vous dites. Je voulais seulement savoir s'il avait fallu beaucoup de force à l'assassin.

— Non, très peu, répliqua Holland du tac au tac. Un enfant aurait pu le faire, si vous poussez ce raisonnement jusqu'au bout. Mais je suppose que vous n'allez tout de même pas accuser un enfant ?

Il poussa un grognement et tourna les talons.

— Il était sur place, expliqua Burns sur un ton d'excuse. Donc nous lui avons demandé de l'aide. Ce n'est pas notre médecin habituel. Et voici Williams, dit-il en se tournant vers le contrôleur. Ces messieurs sont de Scotland Yard, Williams, vous pouvez leur raconter votre histoire.

— Je ne comprends pas, messieurs, balbutia Williams.

C'était un homme jeune, à la silhouette chétive et qui semblait souffrant. Il s'épongea le front avec un mouchoir taché de graisse.

— Je n'aurais jamais pensé tomber sur quelque chose comme ça. C'est horrible… Et dans un compartiment de première classe en plus…

— Vous pourrez nous expliquer pendant que nous inspecterons la scène, le coupai-je avec un brin d'impatience.

Burns et moi nous hissâmes à l'intérieur, suivis de Williams.

Le corps de la femme, vêtue de noir, était affaissé dans le coin près de la fenêtre. À son bonnet de soie noire était attachée une voilette de deuil. Une fois celle-ci abaissée sur son visage, elle aurait pu sembler endormie à un observateur peu attentif. Je n'eus pas besoin de voir le pince-nez en or attaché à un ruban pour savoir qui elle était. Pauvre Isabella Marchwood ! Avait-elle décidé, trop tard, d'avouer la vérité ? Je ne saurais jamais son secret désormais. Quelqu'un s'en était assuré.

— En passant dans le couloir, j'ai cru qu'elle était endormie, chuchota Williams. Il arrive que des passagers s'endorment et manquent leur arrêt. Nous étions au terminus, j'ai donc ouvert la porte et je l'ai appelée. Comme elle ne répondait pas, je me suis permis de m'approcher et de lui secouer l'épaule.

Il déglutit et se tamponna la bouche de son mouchoir.

— Elle n'a pas réagi et je ne voyais pas son visage à cause de la voilette. Je me suis demandé si elle était souffrante, ou évanouie. Alors je me suis encore enhardi, si on peut dire, et j'ai soulevé la voilette et j'ai vu…

Williams s'interrompit avec un gémissement.

— Reprenez-vous, mon vieux ! aboya Burns.

— Oui, monsieur, excusez-moi. J'ai vu les extrémités d'une corde ou d'un bout de ficelle qui pendaient. Elle était attachée autour de son cou. Ses yeux étaient ouverts et exorbités, c'était atroce…

Il respira profondément.

— J'ai vu qu'elle était morte.

— Qu'en pensez-vous, inspecteur ? me demanda Burns. Y a-t-il un rapport avec le meurtre de Green Park ?

— Un rapport indéniable, expliquai-je, le cœur lourd. Cette dame est, ou était, Miss Isabella Marchwood. C'était un témoin très important dans l'affaire sur laquelle nous sommes en train d'enquêter, le meurtre de Green Park comme vous dites. J'ai moi-même interrogé cette dame à deux reprises, à Egham où elle résidait.

— Son billet venait d'Egham, intervint Williams. Je l'ai vu quand je l'ai contrôlé.

— Nous allons lancer une enquête à Egham, promit Burns. Quelqu'un doit bien se souvenir de l'avoir vue monter dans le train et si elle était ou non accompagnée. Ou bien si un autre voyageur la suivait. Nous allons poser des questions à tous les arrêts de la ligne afin de savoir si on a vu quelqu'un entrer dans son compartiment.

Je me tournai vers Williams.

— Excusez mon ignorance, mais que faites-vous exactement, comment contrôlez-vous les billets ?

— Je passe dans chaque voiture tour à tour, monsieur. Je commence au fond du train et je remonte, puis je reviens au bout et je recommence. Je demande à voir tous les billets et je les perfore.

— Et donc entre les arrêts, vous voyagez dans un compartiment avec les passagers ?

— Oui, monsieur, jusqu'à ce que je puisse sortir et monter dans la voiture suivante.

— On parle, déclara Burns, de construire des voitures de chemin de fer qui seraient reliées par un couloir, afin qu'une femme sans défense comme elle ne se retrouve pas coincée avec n'importe qui. Après une terrible affaire comme celle-ci, la demande va augmenter, ainsi que pour mettre à la disposition des passagers un moyen d'appeler à l'aide, une sorte de chaîne peut-être, qui courrait sur toute la longueur du train. On pourrait tirer dessus et faire sonner une cloche qui alerterait le chauffeur et le mécanicien. Je suis tout à fait pour. Mais je dois dire qu'une locomotive à vapeur est un endroit très bruyant, donc je ne sais pas si on entendrait la cloche sonner.

— À quel moment du trajet avez-vous contrôlé le billet de cette dame ? demandai-je à Williams.

— Entre Twickenham et Richmond, monsieur. Je m'en souviens bien parce qu'elle était en grand deuil et qu'elle était la seule passagère en première classe. Elle m'a présenté son billet, qui était valide.

— A-t-elle parlé ?

— Non, monsieur, sauf pour dire merci tout doucement quand je lui ai rendu le billet. Je me sentais désolé pour elle, en grand deuil comme ça. Je me suis demandé si elle avait perdu quelqu'un de très proche. Quand nous sommes arrivés à Richmond, je suis descendu de la voiture. C'était la dernière avant la locomotive, donc je suis remonté en courant vers l'arrière du train pour recommencer, comme je vous l'expliquais. Je m'emploie à ouvrir l'œil pour m'assurer que personne n'essaie de monter sans billet. La dame était bel et bien vivante quand je l'ai quittée.

Williams, l'air bouleversé, tendit la main vers la direction dans laquelle son devoir l'avait appelé.

— Quand vous dites que vous surveillez ce qui se passe sur le quai, vous voulez dire que vous observez les gens qui montent, pas ceux qui descendent ?

Williams rougit.

— En effet, monsieur, mais je crois que j'aurais remarqué si quelqu'un avait eu un comportement bizarre.

— Vous avez voyagé avec cette dame entre Twickenham et Richmond. Quels sont les arrêts entre Richmond et le terminus ? demandai-je ensuite.

— Clapham et Vauxhall, monsieur.

— Sauriez-vous me dire si des passagers sont montés dans le train ou l'ont quitté à Clapham ou à Vauxhall ?

— Oui, monsieur. Personne n'est monté à Vauxhall, à ma connaissance. Et au moins quatre ou cinq personnes sont descendues.

Il fronça les sourcils.

— Surtout des hommes à Vauxhall. Peut-être une dame. À Clapham, deux ou trois sont montés, mais je n'ai vu personne monter en première classe. Quelques passagers sont descendus, hommes et femmes. Aucun d'eux n'avait un comportement louche. C'est tout ce que je peux vous dire. Je sais que j'ai sans doute raté quelqu'un, parce que l'assassin a dû monter après Richmond.

— Vous n'avez vu personne partir en courant vers la sortie aux arrêts que vous avez mentionnés ?

— Personne qui courait, j'en suis sûr.

Notre assassin était trop malin pour attirer l'attention sur lui de cette façon. Il avait dû descendre normalement et s'éloigner à une allure décidée. Peut-être avait-il marché à côté d'un autre voyageur pour donner l'impression qu'il n'était pas seul.

— Continuez, demandai-je à Williams.

— Nous sommes arrivés à Waterloo. Tout le monde est descendu, du moins c'est ce que j'ai cru. Je me suis mis à remonter le quai. Je jette toujours un coup d'œil dans les voitures en passant, afin de voir si personne n'a oublié des effets personnels. Dans ce cas, je les apporte au bureau des objets perdus, ajouta Williams fermement avec un regard à l'inspecteur en chef Burns.

» Quand je suis arrivé en tête de train, ici, à la voiture de première classe, elle était là. J'ai été surpris qu'elle se soit endormie. Mais comme je vous l'ai expliqué, c'est ce que j'ai pensé.

Je me tournai vers Burns.

— Nous supposerons que le meurtrier est parmi ceux qui sont descendus à Vauxhall et à Clapham.

— Il a agi rapidement, fit remarquer Burns avec colère.

— Il avait de l'expérience, lui dis-je. Et il n'avait pas choisi sa victime au hasard. Tout cela était prémédité.

Je regardai de nouveau la silhouette sans vie avec sa robe noire et son bonnet.

— Nous allons commencer notre enquête par Vauxhall et Clapham et tous les autres arrêts de la ligne, promit Burns.

Il fit une grimace ironique.

— En tout cas, ce n'est pas votre spectre du fleuve. Il me semble que quelqu'un vêtu d'un linceul aurait été remarqué immédiatement s'il avait essayé de voyager en train en pleine matinée. Et, de toute façon, il paraît qu'il opère seulement à courte distance de la Tamise dans le centre de Londres. Peut-être que ce meurtrier a été inspiré non par cette histoire mais par les récits du meurtre de Green Park. Il a lu quelle avait été la méthode utilisée et cela lui a donné l'idée de se servir d'une corde.

— Je suis d'accord, le meurtrier n'était certainement pas déguisé, dis-je. Mais nous ne savons pas qui se cache sous ce déguisement… nous ignorons aussi son mobile. Miss Marchwood était avec Mrs Benedict le jour où celle-ci a trouvé la mort à Green Park après s'être perdue dans le brouillard. C'est la même personne qui a tué ces deux femmes, j'en suis sûr, soupirai-je. Mais ne me demandez pas si c'est aussi le spectre du fleuve, parce que franchement je n'en sais rien.

— Et son sac à main ? demanda Burns, relevant un point auquel j'aurais dû penser. Avait-elle un sac, Williams ? Où avait-elle rangé son billet ?

— Elle avait un petit réticule noir, monsieur.

Williams se jeta soudain à genoux et tendit le bras sous la banquette où était affalée Miss Marchwood. Il se releva, triomphant, avec un sac à main en perles noires.

— Le voilà, messieurs ! Elle a dû le faire tomber, la pauvre, en se débattant. Elle ou le meurtrier l'aura envoyé sous le siège d'un coup de pied sans s'en rendre compte.

— Alors on ne l'a pas attaquée pour la voler, fit remarquer Burns en ouvrant le sac. Voyez, il y a de l'argent et là… (Il retira un petit carton oblong et me le donna.) Le billet depuis Egham. Vous êtes satisfait, Ross ? Dans ce cas, je vais ordonner qu'on emmène le corps à la morgue de St Thomas.

— Oui, oui, acquiesçai-je en regardant le carton dans ma main.

Elle n'aurait pas eu l'occasion d'utiliser le retour.

— Quelle sorte de personne essaie de frauder ? demandai-je.

— Des jeunes gens, pour la plupart, dit Burns. Et parfois un vagabond ou un jeune dandy qui a bu un coup de trop.

Je me tournai vers Williams pour la dernière fois.

— Donc c'est ce genre de personne que vous guettiez ?

— Oui, monsieur, fit Williams d'un air penaud.

Notre meurtrier, lui, devait sans doute être vêtu de manière respectable, ce qui, d'une certaine façon, est un déguisement plus sûr qu'un linceul.

CHAPITRE 10

Inspecteur Benjamin Ross

— La question qui me traverse l'esprit, gronda le superintendant Dunn quand je vins lui faire mon rapport, ce n'est pas seulement où le misérable est monté ou descendu du train, mais également comment diable il savait que Miss Marchwood serait à bord !

— Je me la suis posée aussi, monsieur, et la seule réponse satisfaisante que j'aie pu trouver, c'est qu'il l'aura vue monter à Egham.

» Bien sûr, je n'exclus pas les autres possibilités. Il aurait pu monter plus tard à Richmond, une fois que Williams avait quitté la voiture de la victime, puis descendre à Clapham. Ou bien monter à Clapham et descendre à Vauxhall, ou monter à Vauxhall et descendre avec la majorité des voyageurs à Waterloo. Ces hypothèses seraient plausibles si c'était un meurtre non prémédité.

» Mais s'il y a eu préméditation, comme je le crois, alors l'explication la plus simple, c'est qu'il est monté à Egham. Il a surveillé les allées et venues du contrôleur, attendu que celui-ci ait contrôlé la voiture de Miss Marchwood. Il s'est assuré qu'aucun autre voyageur ne l'avait rejointe. Puis, une fois sûr qu'elle était seule et qu'ils ne seraient pas interrompus, il est descendu, a remonté vers la première classe et s'est glissé dans la voiture après le départ de Williams. Celui-ci était sans doute en route vers l'autre extrémité du train, dans la direction opposée, ou déjà là-bas.

Il y eut une pause durant laquelle Dunn se frotta la tête puis posa les mains jointes sur la table.

— Et donc notre assassin habiterait lui aussi à Egham ? C'est ce que vous voulez dire ? Est-ce Benedict ? Tout semble l'accuser si vous avez raison.

— Pas forcément, rétorquai-je, même si un mari jaloux et soupçonneux fait un suspect idéal. Mais nous ne savons pas combien d'individus sont impliqués là-dedans. Une autre personne a pu surveiller Les Cèdres. Notre meurtrier s'est rendu à Egham, a monté la colline jusqu'aux Cèdres et il s'est caché sur place. Il a pu se dissimuler facilement. La demeure est entourée d'un grand parc. Il y a des arbres, des buissons… S'il souhaitait observer les lieux sans être vu, c'était tout à fait possible. Quand il a vu Miss Marchwood partir, il l'a suivie et il est monté dans le même train. À moins, ajoutai-je, frappé par une idée, que le meurtre n'ait été perpétré par quelqu'un d'autre. Celui qui avait surveillé la maison a pu la suivre jusqu'à la gare puis prévenir par télégramme un complice qu'elle se trouvait dans ce train en première classe. Il suffisait à ce second individu d'attendre sur le quai à Richmond ou une gare suivante et de rejoindre Miss Marchwood en cours de route.

— Mais pourquoi la tuer ?

— Parce que l'on craignait qu'elle ne finisse par avouer les faits qu'elle nous cachait. Je suis persuadé que c'était ce qu'elle venait faire. À moins qu'elle n'ait eu l'intention de rendre visite à ma femme.

Dunn fronça les sourcils.

— Lizzie lui a parlé hier soir, dimanche, après une réunion de la société de tempérance, expliquai-je. Elle a exhorté Miss Marchwood à se confier à elle, mais celle-ci a refusé. Toutefois, cette conversation, bien que brève, aurait pu la conduire à changer d'avis et à décider de parler à la police. Le secret qu'elle portait, quel qu'il soit, était une terrible responsabilité et une source d'inquiétude. Or elle était pieuse et honorable. Elle souhaitait peut-être soulager sa conscience. L'assassin le savait. Cela l'inquiétait. Il a décidé qu'elle ne devait jamais arriver jusqu'à la police.

— Sauf, je le répète, si nous avons affaire à Benedict lui-même, dit Dunn.

— Je ne l'exclus pas, monsieur, soupirai-je. Benedict s'est pris d'une aversion soudaine pour Isabella Marchwood, après ma première visite chez lui. Mais il ne l'a pas jetée dehors avec armes et bagages comme on aurait pu s'y attendre. Quel était son dessein en la gardant chez lui ? Était-ce simplement, comme il l'a dit, parce que sa femme avait eu de l'affection pour elle ? Ou parce qu'il préférait surveiller ses faits et gestes ?

Je m'interrompis.

— Je ne peux pas m'empêcher de penser à ce que cet odieux Scully m'a dit à propos de Benedict.

— Qui est Scully ?

— L'assistant du Dr Carmichael. Vous ne l'avez sans doute jamais rencontré. C'est un type très déplaisant, qui vous donne des frissons rien qu'à le regarder. Il aime travailler au milieu des cadavres, j'en suis persuadé. Il m'a demandé si je pensais que le mari l'avait tuée. « Et dans ce cas, pourquoi l'avoir tuée dans le parc ? a-t-il ajouté. Pourquoi pas chez eux ? » Certes, chez eux, cela aurait été trop évident. Il aurait été arrêté sur-le-champ, tous les domestiques auraient été témoins. Mais il a pu suivre sa femme à Londres cet après-midi-là.

— Et aujourd'hui, il aurait suivi Miss Marchwood ? Vous pouvez parier sur l'homme qui surveillait la maison. Moi je parie que c'est le mari qui a fait le coup. Vous feriez bien de vous rendre à Egham pour lui parler de nouveau.

— Oui, monsieur. J'aurais une requête à faire.

Dunn souleva ses sourcils broussailleux.

— Eh bien, allez-y, mon vieux. Qu'est-ce que c'est ?

— Le prédicateur, Joshua Fawcett, qui est l'attraction principale des réunions de la société de tempérance où se rendait Isabella Marchwood. Je soupçonne que c'était lui qu'Allegra Benedict allait rencontrer, même si je n'ai pas encore de preuve qu'elle le connaissait personnellement. Elle avait certainement au moins entendu parler de lui par sa dame de compagnie. Elle portait une grosse somme d'argent sur elle. Ni l'aumônière ni l'argent n'ont été retrouvés. Je pense que Fawcett est un escroc qui abuse de la confiance des femmes seules et les persuade de lui donner de l'argent pour ses prétendues bonnes œuvres. Si c'est le cas, il a pu opérer de la même manière dans d'autres villes. Ma femme le décrit comme jeune, trente ans ou un peu plus mais d'allure juvénile. Élégant, avec une épingle de cravate en diamant. Il a de longs cheveux et des yeux bleus ou verts. Il est très éloquent et capable de captiver son public. Ma femme, qui est un excellent juge des personnalités, considère que c'est un escroc.

— Je vais me renseigner, promit Dunn. Je suis heureux que Mrs Ross soit si observatrice.

Il s'autorisa un sourire.

— Je sais qu'elle a la tête sur les épaules. C'est dommage qu'on ne puisse pas engager quelques femmes comme elle dans la police métropolitaine !

Le jardinier ratissait les feuilles mortes et les déchets du jardin près de l'entrée des Cèdres. Il leva la tête à mon passage et m'accueillit d'un joyeux : « Bonjour, inspecteur ! » Pourtant, je ne l'avais pas interrogé lors de ma première visite. C'était Morris qui s'en était chargé. Un autre membre du personnel avait dû lui dire qui j'étais. Les domestiques observent toutes les allées et venues dans une maison et savent tout ce qui se passe. Pour cette raison, je souhaitais ardemment que Morris réussisse à retrouver l'ancien majordome, Seymour. Son départ soudain et volontaire devait avoir une cause assez grave.

Le ruban noir ornait toujours le heurtoir de la porte d'entrée, mais les rideaux n'étaient plus tirés. Je me demandai si, en apprenant la mort d'Isabella Marchwood, on les fermerait de nouveau par respect.

Parker ouvrit la porte et cette fois m'accueillit gaiement.

— Oh, inspecteur Ross ! Vous êtes ici pour voir le maître ? Entrez donc !

J'étais heureux qu'elle ne sanglote plus, cependant je craignais que les nouvelles que j'apportais ne la bouleversent à nouveau. Il avait été convenu avec Burns que je me chargerais d'annoncer la triste nouvelle. J'avais déjà interrogé Benedict dans le cadre du meurtre de sa femme et il restait suspect (en tout cas dans l'esprit du superintendant). Il était plus que jamais lié à l'affaire, puisque la nouvelle victime, un témoin important, habitait aussi chez lui. Je comprenais bien l'argument de Dunn. Il allait être très intéressant de voir comment Benedict prendrait la nouvelle. Il était assez intelligent pour se rendre compte que les circonstances commençaient à l'accabler, et bien des hommes par le passé ont été pendus sur des preuves indirectes.

Benedict se trouvait dans son bureau. Un chevalet avait été monté, sur lequel reposait une peinture à l'huile de grande dimension. C'était une de ces compositions qu'on appelle en général des natures mortes parce que tout ce qui y est représenté est mort ou inanimé. Il y avait des perdrix, la tête pendante, un malheureux lièvre suspendu par les pattes, deux poissons aux yeux vitreux qui devaient être des truites, une ou deux cruches en étain et une bouteille de vin dans une corbeille en raphia. Je n'en aurais pas voulu chez moi, mais je suppose que cela pouvait avoir sa place dans une maison de maître à la campagne.

— Eh bien ? fit Benedict en détournant le regard de son acquisition. Y a-t-il du nouveau ?

— J'apporte malheureusement encore de tristes nouvelles. Miss Marchwood a été assassinée.

Benedict me dévisagea.

— Sornettes, dit-il sèchement.

— J'ai vu son corps de mes yeux ce matin, monsieur. À la gare de Waterloo.

Il s'écarta du tableau, mais continua à me regarder avec incrédulité. Soit c'était un excellent comédien, soit la nouvelle était si extraordinaire et si stupéfiante que son esprit ne pouvait tout simplement pas l'admettre. Puis il me tourna le dos et sonna.

Parker apparut.

— Où est Miss Marchwood ? lui demanda Benedict.

— Elle est sortie, dit Parker. Elle est partie de bonne heure ce matin. Je crois qu'elle pensait aller à Londres. Elle a prévenu qu'elle ne rentrerait pas déjeuner.

Benedict la congédia d'un geste irrité et se retourna vers moi.

— Comment diable Miss Marchwood a-t-elle réussi à se faire tuer à la gare de Waterloo ? C'est un endroit fréquenté, plein de gens ! De plus, qui diable voudrait la tuer ?

Il commençait à être intrigué et même, si je ne me trompais pas, un peu paniqué.

— Elle n'est pas arrivée saine et sauve à Waterloo, malheureusement. Elle a été assassinée dans le train d'Egham, quelque part après Richmond.

Je le scrutai attentivement.

— Nous le savons parce que le contrôleur lui a parlé entre Twickenham et Richmond, où il est descendu de la voiture. Miss Marchwood était alors seule et bien vivante. Mais à Waterloo, ce même contrôleur l'a trouvée morte.

— Une crise cardiaque ? murmura Benedict d'une voix si basse que je l'entendis à peine.

— Non, monsieur, certainement pas.

J'hésitai.

— Il ne s'agissait pas d'une mort naturelle.

Benedict se laissa bruyamment tomber dans son fauteuil et me regarda, les mains crispées sur les accoudoirs. Une lueur affolée passa brièvement dans ses yeux. Il me croyait enfin, me semblait-il.

Il ne savait pas avant, songeai-je. *Ce n'est pas lui notre assassin. Dunn se trompe.*

— Qui l'a tuée ? demanda-t-il d'une voix rauque.

— Je ne sais pas, monsieur. Elle est morte de la même façon que Mrs Benedict.

Son visage se contracta douloureusement.

— Pourquoi ? demanda-t-il.

— Je ne sais pas pourquoi, monsieur. Je suppose qu'elle était en chemin pour Scotland Yard. Peut-être qu'elle s'était souvenue de quelque chose et qu'elle souhaitait nous en informer.

— Elle aurait pu me le dire à moi ! cria Benedict en se penchant en avant, le visage rouge de colère. Mais elle ne l'a pas fait. Parce qu'elle avait honte, Ross, honte ! Vous et moi savons bien pourquoi.

Il se tut, mais je sentais toujours la force de sa colère. Il me jeta un regard haineux. Il était persuadé que sa femme l'avait trahi et que je l'avais découvert moi aussi. Il croyait être à mes yeux le mari trompé, cet objet de ridicule depuis des siècles.

— Nous ne pouvons en être certains, dis-je doucement.

C'était vrai, après tout. J'avais pour théorie que Miss Marchwood était en route pour me voir, tout comme je soupçonnais que la somme d'argent dans l'aumônière était destinée à Fawcett. Mais je n'avais aucune preuve. Fawcett n'avouerait pas. Il fallait que j'en apprenne plus sur lui et c'est pourquoi j'avais demandé à Dunn de lancer des recherches. Je ne savais toujours pas qui avait tué Allegra et il aurait été périlleux de considérer que les deux crimes, l'escroquerie et le meurtre, étaient automatiquement liés.

Un escroc n'est pas toujours un meurtrier. C'est même le contraire. Ceux qui abusent de la confiance d'autrui pour extorquer de l'argent font preuve de beaucoup d'audace, pourtant ils sont rarement violents et s'appuient plutôt sur les ressources de leur imagination fertile. S'ils sont découverts, ils s'évanouissent dans la nature et resurgissent ailleurs, pour faire usage de leur charme sur une autre cible. Et c'était ce que ferait Fawcett si je l'affrontais maintenant. Il disparaîtrait et referait surface ailleurs.

Quant à savoir s'il y avait plus entre eux qu'un échange d'argent, qui pouvait le dire ? Peut-être qu'Allegra n'avait pas de liaison avec Fawcett. Sa dame de compagnie n'avait peut-être voulu cacher que la vente des bijoux de famille…

Un mari en alerte n'a toutefois pas besoin de preuve, seulement de soupçons et de la certitude instinctive qu'on lui cache quelque chose. Il supposera tout de suite le pire. Benedict savait que son mariage n'était pas basé sur l'amour, qu'il était beaucoup plus vieux que sa femme, qu'elle était une beauté et lui un homme très ordinaire. Avait-il redouté dès le premier jour qu'un jeune et beau rival ne vienne lui enlever Allegra ?

— Ma femme m'a été infidèle, affirma Benedict d'un ton lugubre. Miss Marchwood, qui aurait pu la dissuader de cette folie, ou venir m'en parler, a gardé le silence. Elle a été complice de cette tromperie. Elle l'a encouragée. Eh bien, je ne peux pas dire que je ressente du chagrin en apprenant sa mort. C'est choquant, je sais, mais ne comptez pas sur moi pour feindre une douleur hypocrite. De toute façon, je crois que je ne serais guère convaincant.

Sa bouche esquissa une grimace sans joie. J'appréciai sa franchise. Dunn m'aurait rétorqué qu'il était malin. Mieux valait confesser une absence de chagrin plutôt que de feindre et d'être vu au mieux comme un tartuffe et au pire comme un menteur.

— Je dois vous demander, monsieur, où vous étiez ce matin.

Benedict leva les sourcils.

— Alors je suis un suspect maintenant ? Eh bien, je me trouvais ici, inspecteur Ross ! Les domestiques vous le confirmeront et, au cas où vous douteriez de leur témoignage, ceci (il fit un geste vers la nature morte) m'a été livré ce matin. Je l'attendais et j'ai veillé à être présent afin de vérifier qu'il était en bon état. Il y a toujours un risque quand on transporte des œuvres d'art. J'ai signé le reçu. Vous pourrez vérifier avec le coursier.

— Merci, dis-je, gêné.

Benedict posa sur moi un regard direct.

— Inspecteur, je n'ai pas tué ma femme non plus. Vous ne m'avez pas posé la question, mais je sais que vous et vos supérieurs avez discuté de cette hypothèse. Vous direz que j'avais un mobile. Mais avant de parler avec vous après sa mort, je lui faisais confiance. Sans la moindre réserve !

Il leva les mains d'un geste fougueux, très peu anglais, qu'il avait peut-être adopté en Italie.

— Sans le comportement furtif de Miss Marchwood et son air hypocrite, j'aurais continué à lui faire confiance. Vous aussi, Ross, vous avez contribué à semer le doute dans mon esprit.

Il se pencha en avant.

— Si j'avais appris plus tôt que ma femme m'était déloyale, avant sa mort, je lui en aurais parlé ouvertement. Si elle avait été disposée à se repentir, à mettre un terme à cette piteuse liaison et à redevenir ma loyale épouse, je lui aurais pardonné, je l'aurais reprise. J'aimais ma femme, inspecteur.

Peut-être était-il sincère. C'était l'amour tel qu'il le concevait. Je songeai que son intention de reprendre Allegra s'apparentait à l'attitude d'un homme à qui un objet de valeur avait été temporairement dérobé et qui acceptait avec gratitude qu'on le lui retourne.

Mais nous savons peu de choses sur le cœur des autres. Nous avons déjà assez de mal à comprendre le nôtre.

— Puis-je vous demander, dis-je, me tournant vers des considérations plus pratiques, si vous savez qui étaient les plus proches parents de Miss Marchwood ? Qui devons-nous contacter ?

— Je n'en ai pas la moindre idée.

Il secoua la tête et me regarda comme si j'avais suggéré quelque chose d'incongru.

— Je n'ai jamais discuté de sujets personnels avec elle. C'était une employée. Toutefois, je peux vous donner le nom et l'adresse de l'agence qui me l'a envoyée. Ils auront peut-être quelque chose.

— Merci.

Tandis que Benedict griffonnait l'adresse sur une feuille de papier, j'ajoutai :

— J'ai encore une requête. Je suis désolé de devoir vous demander cela, mais je voudrais que vous veniez à Londres avec moi pour procéder à une identification formelle du corps.

Bouche bée, il leva les yeux vers moi et pâlit.

— Vous voulez que je retourne… à l'endroit où j'ai vu Allegra… Vous voulez que je retourne là-bas et que j'identifie un autre cadavre de femme ?

— Elle a travaillé pour vous pendant neuf ans, vous la connaissiez bien. Vous ne pouvez pas me donner le nom d'un parent. Je crois qu'elle était amie, de loin, avec une dame, une veuve qu'elle fréquentait lors des réunions d'une société de tempérance. Mais j'hésite à demander à une femme.

— Oui, oui, c'est bon ! lança-t-il. Je suis obligé de le faire. Vous ne me laissez pas le choix et c'est mon devoir. Je vais venir avec vous ; donnez-moi quelques minutes pour me préparer. Voulez-vous m'attendre en bas ?

— J'attendrai dehors, proposai-je. Près du portail.

Le jardinier travaillait toujours à l'endroit où je l'avais croisé en arrivant. Je m'approchai de lui et lui demandai s'il avait vu Miss Marchwood partir ce matin-là. Il me lança un regard intrigué, mais admit que oui, elle était passée. Il lui avait dit bonjour et elle avait retourné son salut. Il n'y avait pas eu davantage de conversation. Sa voilette était rabattue sur son visage si bien qu'il n'avait pas vu ses traits. Il lui avait semblé qu'elle descendait la colline en direction d'Egham. Personne ne l'avait suivie.

— J'étais occupé, monsieur. Je n'ai pas fait attention. Et puis c'est ce genre de femme, si je puis me permettre. Une femme très discrète. On ne la remarque pas trop, on ne s'intéresse pas trop à ses faits et gestes. Très peu de temps après son départ, un paquet est arrivé. J'ai aidé le livreur à le transporter jusqu'au bureau de Mr Benedict. On aurait dit encore un tableau.

L'arrivée de la charrette du livreur avait été une interruption bienvenue dans la journée du jardinier. Contrairement au passage de la dame de compagnie. Cela était-il étonnant ? Personne n'avait jamais prêté aucune attention à Isabella Marchwood, une âme discrète, effacée mais tourmentée. Elle ne manquerait à personne.

La charrette du livreur avait peut-être évité à Miss Marchwood d'être agressée en descendant la colline, songeai-je. Elle avait dû se trouver sur la route en même temps qu'elle.

Benedict et moi fîmes le trajet jusqu'à Waterloo en silence. Tout en regardant le paysage sans le voir, je retournai tout cela dans mon esprit. À l'aide de ma montre, je mesurai l'écart d'une gare à l'autre. Où était-elle morte ? Avant Clapham ou après ? Le meurtrier était-il descendu du train à Clapham, Vauxhall ou Waterloo ? Je scrutai attentivement les quais de ces stations comme si j'avais pu y découvrir un quelconque indice. À Clapham et Richmond, j'aperçus sur le quai des agents de la police des chemins de fer qui interrogeaient les voyageurs. Burns avait tenu parole.

Benedict ne semblait accorder aucune attention à tout cela. Lui aussi était perdu dans ses pensées. Peut-être se forgeait-il une carapace en prévision de la tâche désagréable qui l'attendait.

Tandis que nous quittions la gare, je me souvins que Mrs Scott habitait Clapham. Fawcett peut-être également, puisque Lizzie m'avait dit qu'il avait quitté la réunion avec Mrs Scott et était monté dans sa voiture. Cela pouvait avoir une signification, ou bien aucune, comme tout le reste.

Des théories ! Je poussai un soupir en arrivant à Waterloo. Tout ce que j'avais, c'étaient des théories pour expliquer l'assassinat de deux dames respectables. Je songeais toujours à Allegra ainsi. La sordide séduction par Fawcett d'une femme vulnérable, si elle avait eu lieu, ne détruisait pas l'image que je m'étais faite d'elle, contrairement à son mari.

Benedict sembla bien supporter l'épreuve. Cette fois, il ne s'évanouit pas et ne marmonna rien d'incohérent. Il regarda résolument le visage découvert.

— Oui, c'est bien Isabella Marchwood, qui était dame de compagnie de ma défunte épouse, confirma-t-il. Avez-vous encore besoin de moi ?

— Non, pas aujourd'hui, monsieur.

— Dans ce cas, je vais rentrer chez moi.

Il se dirigea vers la porte sans m'attendre, mais s'arrêta sur le seuil.

— J'espère que vous ne me ferez pas venir une troisième fois pour identifier une victime d'un meurtrier que vous êtes manifestement incapable d'arrêter.

J'aperçus du coin de l'œil le sourire de Scully. Mais, quand je me retournai vers lui, son expression moqueuse avait disparu.

— Le monsieur a l'air de tenir le coup, dit-il sobrement.

— Il n'a pas le choix, rétorquai-je.

Il y eut un bruit de voix dans le couloir et le Dr Carmichael entra. Scully, comme d'habitude, s'élança pour l'aider à ôter sa redingote et revêtir sa blouse de dissection.

— Bien le bonjour, Ross, me lança Carmichael. On m'a dit que le gentleman avait identifié la défunte. Je l'ai croisé en arrivant.

— Isabella Marchwood, dis-je. Comme nous le savions déjà, bien sûr.

— Hum ! fit Carmichael.

Il s'approcha de la table en marbre, souleva le drap qui était remonté jusqu'au menton.

— Venez voir ça, Ross.

Le cœur au bord des lèvres, j'allai voir. Je ne m'y habituais toujours pas. La ligne rouge familière lui barrait la gorge.

— J'ai pris la liberté d'ôter la corde, dit Carmichael, puisque vous l'aviez déjà vue autour de sa gorge, dans le train. Il y a quelque chose d'assez intéressant.

Il sortit un morceau de papier et le déplia. Deux brins de corde, identiques à celui trouvé autour du cou d'Allegra Benedict, étaient posés côte à côte.

Carmichael me regarda et haussa les sourcils, dans l'attente de ma remarque.

— Ils ne sont pas noués ensemble, dis-je, comme ceux que vous avez enlevés du cou de la première victime.

— En effet. J'ai coupé la corde pour l'enlever du cou. Mais elle s'est détachée assez facilement ; je me suis retrouvé avec deux brins distincts, comme vous le voyez ici. Ils n'étaient pas attachés par un double nœud comme la fois précédente. Je vous avais suggéré que le meurtrier avait voulu s'assurer que le nœud ne glisserait pas en laissant s'échapper la victime. Mais cette fois, soit il ne s'est pas donné cette peine, soit, comme le meurtre a été accompli à bord d'un train, il n'a pas eu le temps. Il l'a attaché une fois, a tiré, s'est assuré qu'elle était morte et il a quitté sa victime précipitamment.

— Oui, convins-je en observant les deux bouts de corde. Commettre un assassinat dans le parc, dissimulé par le brouillard, c'est une chose. Mais en plein jour, dans une voiture de chemin de fer alors que quelqu'un risquait de monter à l'arrêt suivant… cela a dû être précipité.

Ou désespéré. Et pourtant… Je tendis la main et touchai l'une des cordes du bout des doigts.

— J'aime bien les répétitions logiques, m'entendis-je déclarer à haute voix à Carmichael. Et il n'y a aucune répétition dans cette histoire, seulement un certain nombre d'événements et de personnes qui se recoupent parfois mais qui partent ensuite chacun dans des directions opposées.

Carmichael s'esclaffa, ce qui me surprit. Il n'était guère porté à l'humour en général.

— Avez-vous déjà vu des danses traditionnelles écossaises, inspecteur ? Les couples se donnent la main, se séparent, pivotent, s'approchent, s'écartent, changent de place, remontent le long de la queue pour remplacer un autre couple… pour quelqu'un qui ne l'a jamais pratiqué et qui se retrouve pris dedans pour la première fois, c'est déroutant. Mais il y a une logique et une fois que le débutant l'a comprise, alors il s'envole et il tourbillonne joyeusement avec les autres.

— Nous aurions dû l'attraper plus tôt, dit Morris tristement. Alors cette pauvre petite dame serait toujours en vie.

Il ne faisait qu'exprimer à haute voix ce que j'avais songé une douzaine de fois après avoir vu le corps d'Isabella Marchwood affaissé dans ce compartiment. Mais il ne servait à rien de céder au découragement.

— Allons, sergent, l'exhortai-je, nous allons coincer ce misérable.

— Je n'arrive même pas à retrouver le majordome, Seymour, grommela Morris. On dirait qu'il s'est évanoui dans la nature. J'ai fait le tour de toutes les agences du centre de Londres qui placent du personnel. Je croule sous les renseignements sur tous les majordomes du pays à l'exception de Mortimer Seymour.

— Ah, peut-être puis-je vous aider… dis-je.

Je lui tendis le papier sur lequel Benedict avait inscrit les coordonnées de l'agence par l'intermédiaire de laquelle il avait recruté Miss Marchwood.

— Celle-ci, comme vous le voyez, se trouve un peu en dehors de Londres, à Northwood. S'il les a contactés pour une dame de compagnie, peut-être est-ce parce qu'ils lui avaient déjà trouvé son majordome et qu'il en était satisfait. Au point d'avoir été furieux quand Seymour a quitté la maison. Vous devriez essayer d'aller les voir. Par la même occasion, tâchez de savoir s'ils ont des informations sur les plus proches parents d'Isabella Marchwood. Ils doivent garder un dossier sur tous les gens qui passent par leur établissement.

Morris prit le papier et soupira.

— C'est probablement un coup pour rien, comme toutes mes démarches de la semaine, dit-il.

Après cette lugubre estimation de notre situation par Morris, je fus soulagé que Lizzie et Bessie prennent bien la nouvelle que je leur appris ce soir-là. Je suis au regret de dire que Bessie montra même une certaine excitation qui n'était pas sans rappeler celle des curieux à Waterloo.

— Quelle horreur ! Pauvre Miss Marchwood. Dans un train en plus ! Mince alors…

Ses yeux brillaient d'excitation.

Lizzie pâlit et déclara doucement :

— Quelle affreuse nouvelle ! J'avais tellement peur pour elle.

Elle hésita.

— Je me demande…

— Oui ?

— J'étais inquiète pour elle dimanche soir parce qu'elle comptait se rendre seule à la gare, à la nuit tombée. Certes, les rues de Londres sont bien éclairées, mais un dimanche il y a moins de gens dehors. Je suis surprise qu'elle n'ait pas été agressée à ce moment-là s'il y a un rapport quelconque avec la société de tempérance. Surtout s'il s'agit du spec…

Lizzie s'interrompit avec un regard en direction de Bessie.

— Mais elle n'a pas été attaquée, reprit-elle. Est-ce que cela n'exclut pas ceux qui se trouvaient à la réunion ce soir-là ?

— Elle t'a parlé pendant quelques minutes devant la salle, fis-je remarquer ; si quelqu'un vous a vues, cela a pu le dissuader. Il aurait été obligé d'attendre que Bessie et toi ayez disparu avant de se mettre à sa poursuite. Miss Marchwood pourrait avoir eu suffisamment d'avance à ce moment-là. Il y a toujours du monde et de la circulation près des gares. Cela n'a peut-être pas été si simple.

Lizzie ne semblait pas convaincue.

— Je voudrais bien savoir ce dont Fawcett et elle discutaient tous les deux.

— Je crois que je peux deviner. Mais j'ai besoin d'être sûr.

Je jetai moi aussi un regard à Bessie qui buvait nos paroles.

Fawcett et Miss Marchwood avaient sans doute discuté de l'argent qu'Allegra lui avait donné. Il ne devait pas vouloir que cela se sache. Il avait dû prier Miss Marchwood de ne le révéler à personne. Elle avait tenu parole. Le meurtrier y avait veillé.

— Je crois aussi, dit doucement ma femme, que cela va être un terrible choc pour Mrs Scott. Elle et Miss Marchwood étaient très impliquées dans l'organisation des réunions. Je n'aimerais pas qu'elle apprenne la nouvelle dans le journal, sans préambule. Je pourrais lui rendre visite à la première heure demain matin, avant qu'elle ait eu le temps de lire les journaux. Ce serait gentil, non ?

— Elle habite Clapham, lui rappelai-je.

— Nous sommes juste à côté de la gare et il y a plein de trains pour Clapham. Le trajet ne doit pas être long. J'imagine qu'elle est bien connue dans son quartier et que je pourrai trouver sa maison sans difficulté.

— Je connais son adresse, avouai-je. Je l'ai vue dans le registre d'Angelis.

— Oh parfait ! fit ma femme avec enthousiasme.

Elle le savait déjà bien sûr. Je lui avais raconté qu'Angelis avait livré un tableau à Clapham.

— Oui, ça tombe bien, n'est-ce pas ? fis-je, ironique. Eh bien, vas-y, je t'en prie. Je sais que je peux te faire confiance pour ne pas parler à tort et à travers.

Ma femme me foudroya du regard.

— La maison s'appelle Wisteria Lodge[1], dis-je vivement. C'est un nom bien joli pour la femme farouche que tu m'as décrite.

— Je ferais bien de venir avec vous, m'dame, annonça Bessie. Il y a un meurtrier en liberté dans les trains. Il pourrait monter dans votre voiture et vous étrangler ! Si on était deux, il n'y arriverait pas. Il pourrait essayer, mais je lui sauterais sur le dos et je l'arracherais à vous.

— Merci, Bessie, fit Lizzie. J'apprécie que tu veuilles me protéger. Mais je ne crois pas que ce soit nécessaire, ni qu'une attaque soit probable.

Elle changea d'avis en voyant le visage de Bessie s'assombrir.

— Cependant, tu peux venir avec moi.

Bessie rayonna, puis cacha aussitôt sa joie sous un air si sérieux qu'il en était comique.

— C'est bien vrai, m'dame. Mieux vaut prévenir que guérir.

1. La villa des Glycines.

CHAPITRE 11

Elizabeth Martin Ross

Tout en sachant parfaitement que Mrs Scott trouverait qu'il fallait être impoli sinon rustre pour lui rendre visite avant midi, je me présentai devant les grilles de Wisteria Lodge, flanquée de Bessie, un peu après dix heures, sous un timide soleil.

Trois ans plus tôt, lorsque j'étais arrivée du Derbyshire, ma tante Parry, à qui je devais servir de demoiselle de compagnie, m'avait donné un guide de Londres. Elle m'avait dit qu'il lui avait été utile quand elle était venue de province bien des années plus tôt.

Ce guide devait déjà être dépassé à l'époque, car il s'intitulait : *Le Tableau de Londres en 1818*. Je l'avais tout de même consulté la veille au soir puisque je ne savais rien de Clapham. Je le trouvai dans une liste des endroits intéressants aux environs de Londres. Clapham, était-il précisé, était « un village du Surrey, à cinq kilomètres au sud de Londres, principalement constitué de belles maisons ». Eh bien, les tentacules de Londres s'étaient étendus depuis que ce guide avait été écrit.

L'avènement du chemin de fer avait placé Clapham dans l'orbite de ceux qui étaient appelés au centre de la capitale par leurs affaires mais qui avaient gagné assez d'argent pour s'éloigner de la fumée, du brouillard et des odeurs de la ville et s'installer à un endroit plus confortable et mieux fréquenté. Il y avait bien plus de maisons que cinquante ans auparavant, presque toutes de solides résidences bourgeoises. Cependant, il restait dans le quartier tellement de verdure que l'on se sentait à la campagne. Ceci était dû en grande partie à l'immense étendue d'herbe et d'arbres que nous avions aperçue en chemin et que l'on appelait le « Common ». Il était fréquenté, même à cette heure matinale, par des promeneurs et des cavaliers, ou des bonnes d'enfants qui avaient amené leurs petits courir au grand air.

— C'est joli, n'est-ce pas ? fit Bessie, et elle répéta ce commentaire une fois devant la résidence de Mrs Scott.

Wisteria Lodge était une villa cossue de brique rouge, qui n'avait pas plus de vingt ans. Il y avait bien de la glycine qui grimpait sur la façade, même si à cette époque de l'année on n'en voyait que les branches nues, parsemées çà et là de feuilles jaunies. L'épaisseur du tronc suggérait qu'elle avait été plantée dès la construction de la maison ; au printemps elle devait présenter un spectacle ravissant avec ses grappes de fleurs violettes. Le nom de Wisteria Lodge avait dû lui être donné à l'origine, car il était gravé sur les piliers du portail.

— Elle n'est peut-être pas prête à recevoir, m'dame, m'avertit Bessie. Mrs Parry n'acceptait jamais de visites avant midi. Mrs Scott ne doit pas encore être habillée et il est presque certain qu'elle n'aura pas pris son petit déjeuner.

Je faillis lui répondre que ma tante Parry n'était jamais habillée avant midi, tout juste levée de son lit où elle prenait le petit déjeuner à onze heures. La voir en bas avant midi et demi était rare, bien qu'elle semblât toujours trouver le temps pour le repas substantiel qu'elle appelait une légère collation à une heure. Mais je ne pouvais pas dire cela à Bessie. J'étais certaine que Mrs Scott ne s'adonnait pas à la même oisiveté ; et j'escomptais la trouver habillée, même si elle n'attendait pas de visites.

— Je sais, dis-je. Mais j'espère qu'elle comprendra que c'est une affaire importante qui m'amène.

— Elle va peut-être envoyer une bonne pour nous dire de laisser un message, poursuivit Bessie.

Maintenant que nous étions devant la maison, son enthousiasme à l'idée de cette visite se muait en réticence à affronter l'ours dans sa tanière.

— Allez, viens ! ordonnai-je.

Après avoir franchi les grilles d'un pas décidé, nous empruntâmes une petite allée jusqu'aux trois marches du perron et sonnâmes à la porte.

Au bout de quelques minutes, une femme à l'air austère, vêtue d'étoffe de soie et qui ne pouvait être qu'une gouvernante, ouvrit la porte et nous observa avec surprise.

J'étais prête.

— Veuillez transmettre ma carte à votre maîtresse, dis-je en tendant le petit carton blanc. Dites-lui, si vous voulez bien, que je lui présente mes excuses pour l'heure matinale de ma visite, mais que j'apporte des nouvelles qu'elle souhaitera entendre immédiatement.

J'espérais que la curiosité suffirait à lui donner envie de me recevoir. La gouvernante lut la carte avec attention et nous invita à patienter dans l'entrée.

Une fois seules, Bessie et moi en profitâmes pour observer l'intérieur. Il y avait une abondance du style de tableaux dont Mrs Scott raffolait d'après ce qu'Angelis avait dit à Ben. La plupart représentaient des scènes moyen-orientales, mais certaines pouvaient être indiennes. Je me demandai si l'un d'eux était celui que Mr Pritchard avait vu Angelis livrer en personne ; celui acheté pour en remplacer un de plus grande valeur, vendu en catimini. D'autres objets orientaux rappelaient les voyages du défunt major et de Mrs Scott. Une statue en bronze aux multiples bras était posée sur la table de l'entrée, à côté d'une boîte pour le courrier, en bois sombre incrusté d'ivoire.

Le vestibule lui-même, comme d'ailleurs la maison tout entière, était très calme. Seule une horloge de parquet émettait un tic-tac discret dans un coin. Je me sentais mal à l'aise, non seulement parce que je m'étais présentée sans être invitée et à une heure indue, comme Bessie l'avait fait remarquer, mais parce que je me trouvais en territoire inconnu. Je n'avais rencontré cette dame que deux fois. Ces deux rencontres avaient été brèves et aucune n'avait été cordiale. À part ce que Bessie m'avait appris sur son passé, je ne savais presque rien d'elle. Ben avait su par Angelis qu'elle avait survécu au siège de Lucknow. Je pouvais en déduire une seule chose : Mrs Scott était endurcie. Ma seule arme, bien modeste, était la surprise et j'étais sûre que l'effet serait de courte durée.

La gouvernante revint.

— Si vous voulez bien me suivre dans le petit salon, madame ? Si votre femme de chambre attend ici, je l'emmènerai ensuite à la cuisine.

Bessie, qui se tenait dans un coin près d'un palmier en pot, sembla ravie d'être prise pour une vraie femme de chambre et elle sortit de sa cachette. Je suivis la gouvernante.

Le petit salon, à l'arrière de Wisteria Lodge, était une agréable pièce lumineuse, même par cette journée maussade d'hiver précoce. Un feu y avait été allumé pour réchauffer l'air, sans doute au cours de la dernière demi-heure ; il crépitait et crachait à mesure que le petit bois prenait et on décelait encore une odeur de fumée. Sur un pupitre se trouvait une lettre à moitié rédigée. Une plume dépassait d'un encrier. Je ne vis aucune trace des journaux du matin.

Mrs Scott, vêtue d'une simple jupe gris argent avec le bustier assorti, vint à ma rencontre. Elle portait une légère coiffe en dentelle et des poignets en mousseline amovibles pour protéger ses manches tandis qu'elle se livrait à ses tâches matinales. Elle me salua avec une politesse étudiée.

— Mrs Ross. Comme je suis heureuse de vous voir ! Comment êtes-vous venue de Londres ?

— Par le train. Et je dois vous prier de m'excuser pour ce qui doit vous sembler une incroyable intrusion. Je vois que je vous ai dérangée alors que vous étiez occupée à votre courrier. J'espère que je ne vous retiendrai pas trop longtemps.

— Je vous en prie, murmura Mrs Scott en me faisant signe de m'asseoir. Voudriez-vous une tasse de thé après votre voyage ?

Je déclinai son offre, mais m'assis. Mon hôtesse prit place en face de moi et croisa les mains sur ses genoux. Sous les poignets en mousseline qui lui recouvraient à moitié les mains, je vis son alliance mais elle n'avait aucun autre bijou. Impassible, elle attendait que je m'explique.

— Je suis venue vous apporter une triste nouvelle, dis-je. Je l'ai apprise hier soir par mon mari.

Je craignais que cela ne figure dans les journaux du matin, ou à défaut dans ceux de ce soir. Quoi qu'il en soit, j'ai pensé qu'il valait mieux vous prévenir en personne. Je ne voulais pas que vous en preniez connaissance en le lisant dans le journal. J'ai le regret de vous faire part du décès de Miss Isabella Marchwood.

Je vis ses mains blanchir comme si elle les serrait plus fort. Après une brève pause, elle répondit :

— Je vous sais gré de cette délicate attention. Quant à cette nouvelle, je suis bien triste de l'apprendre. Pouvez-vous me dire où et comment cela s'est produit ? Vous dites que vous le tenez de votre mari. Dois-je comprendre que les circonstances du décès étaient… inhabituelles ? En tout cas, c'est inattendu. Quand je l'ai vue dimanche soir, elle était d'humeur triste, mais en bonne santé.

— Miss Marchwood, dis-je prudemment, a pris le train en direction de Londres depuis Egham hier matin. À l'arrivée à Waterloo, un contrôleur, ayant regardé dans le compartiment de première classe en tête de train, a cru voir une passagère endormie. Il a tenté de la réveiller et s'est aperçu qu'elle était morte. Elle avait été assassinée.

— Assassinée ?

Le visage de Mrs Scott manifestait enfin une trace d'émotion.

— Comment cela ? Qui voudrait assassiner Isabella Marchwood ? C'était une personne aimable, mais sans grande importance.

Décidément, je n'aimais pas cette femme et je devais lutter pour ne pas me trahir.

— La police mène l'enquête, dis-je.

— Je crois que nous allons prendre du thé finalement.

Elle se leva et sonna, puis, retournant à son fauteuil, elle poursuivit.

— Savez-vous comment elle est morte ?

— Elle a été étranglée.

Il y eut un silence.

— Tout comme sa défunte employeuse, Mrs Benedict ? demanda Mrs Scott.

— Exactement de la même manière.

La gouvernante apparut et reçut l'ordre d'apporter le thé.

— Il y a toujours un danger pour une dame à voyager seule, en particulier par le train. C'est pourquoi j'assume la dépense d'une voiture privée.

Mrs Scott avait mis à profit l'interruption pour reprendre ses esprits et elle avait de nouveau un ton assuré.

— Je suppose qu'elle a été volée.

— Non, dis-je en secouant la tête, son sac a été retrouvé sous le siège. Il y avait un peu d'argent dedans, m'a dit mon mari, et elle portait toujours son pince-nez en or.

— Elle ne devait guère présenter d'intérêt pour un voleur, de toute façon, fit observer Mrs Scott. Mais je suppose qu'une fois entré dans la voiture avec l'intention de voler, il ne l'a pas su avant de l'avoir tuée.

— Je ne suis pas au courant de ce que pense la police, déclarai-je.

C'était vrai. Je ne savais rien de plus que ce que je lui avais dit.

Le thé arriva et fut posé sur une table dont le plateau était en cuivre délicatement ouvragé. Mrs Scott me servit une tasse de thé et me la tendit avec le même geste qu'à la réunion de la société de tempérance.

— La police ne sait pas exactement pourquoi elle venait à Londres, dis-je prudemment. Mais il se trouve que je vous ai entendue par hasard lui proposer de vous rendre visite ici à Clapham.

Mrs Scott haussa les sourcils.

— Après la dernière réunion, lui rappelai-je. J'étais dans la rue. Elle vous a parlé par la fenêtre de votre voiture et je l'ai entendue.

— Vous avez l'ouïe fine, Mrs Ross, en plus d'être observatrice, fit remarquer Mrs Scott.

Elle ajouta d'un air soupçonneux :

— Je ne vous ai pas vue dans la rue.

Je n'allais certes pas lui expliquer que je me cachais avec Bessie sous une porte cochère.

— La nuit tombait, dis-je, sans plus d'explications. Je me suis demandé si par hasard vous attendiez sa visite et si elle pouvait être en route pour vous voir hier.

— Non pas du tout. Elle ne se serait pas présentée ici sans m'envoyer un mot auparavant.

Elle me regarda droit dans les yeux en prononçant ces paroles. Même la dédaignée Miss Marchwood était plus au fait que moi des convenances.

— Allez-vous prévenir Mr Fawcett ? demandai-je. Et ses autres amies des réunions ?

Elle remua son thé sans que la cuillère tremble.

— Je ne vais tout de même pas me promener partout pour informer tout le monde. De plus, comme vous dites, ce sera certainement dans les journaux. Les gens ont une fascination pour le sordide.

Elle reposa sa cuillère.

— Mais je vais écrire sans tarder un billet à Mr Fawcett et demander à Harris de seller un cheval et de le lui apporter immédiatement. Il va être très chagriné. Isabella Marchwood était une fervente partisane de notre cause.

— Oui, j'ai remarqué, dis-je sobrement. À part assister aux réunions, quelle autre aide fournissait-elle ?

Elle savait très bien où je voulais en venir et je ne m'étais pas attendue à la berner. Elle me regarda avec cette expression que j'avais vue sur son visage la première fois que nous nous étions rencontrées. Elle était parfaitement consciente que ma venue ici n'était pas une simple visite de courtoisie.

— Elle apportait toujours des biscuits. C'était très agréable.

— J'imagine. Mr Fawcett va trouver difficile de conduire la réunion de dimanche prochain avec cette triste nouvelle à l'esprit.

— Pas du tout ! coupa-t-elle vivement. Son œuvre est bien plus importante qu'un petit inconvénient comme la perte d'Isabella Marchwood.

Elle dut lire sur mon visage que j'étais choquée par la brutalité de sa remarque, car elle se hâta d'ajouter :

— Bien sûr, il sera bouleversé sur le plan personnel, mais vous comprenez que son œuvre doit toujours passer en premier. Vous n'imaginez pas, Mrs Ross, les ravages que fait le fléau de la boisson chez les pauvres. Même si un homme n'a que quelques pennies en poche, il les dépensera en bière ou en alcool, quitte à laisser sa famille mourir de faim. J'aimerais dire que les femmes ne font jamais cela, mais beaucoup sont dans le même cas. Quand Mr Fawcett a commencé son sacerdoce auprès des indigents de Londres, j'ai eu la bonne fortune d'en entendre parler. J'ai assisté à l'un de ses prêches et j'ai été immédiatement convaincue de la valeur de son travail et de la difficulté de sa tâche. Il a souhaité que je voie le problème par moi-même. Je l'ai accompagné à un endroit où l'on vendait de l'alcool bon marché. Il m'a assuré que je n'avais rien à craindre ; comme il était déjà bien connu et respecté dans le quartier, personne n'aurait osé nous insulter ou nous agresser. Je lui ai dit que je n'avais aucune crainte car je m'étais retrouvée à plusieurs reprises dans des lieux dangereux, durant des périodes de grand trouble, et que je savais me comporter face à une populace hostile.

» L'établissement que Mr Fawcett me montra était un *gin palace*. J'ai vu des scènes terribles dans ma vie, Mrs Ross. J'étais avec mon mari en Inde pendant la révolte des cipayes. Mais quand je suis entrée dans ce repaire d'alcoolisme et de désespoir, quand j'ai vu la dépravation gravée sur ces visages brutaux, j'ai cru être arrivée en enfer.

J'étais décontenancée par la férocité de sa voix. Elle au moins croyait en Fawcett et en sa « cause ». Il aurait été vain d'essayer de la persuader que c'était un escroc, comme je le pensais. Il avait bien choisi sa disciple. Il avait eu l'intelligence de lui montrer son ennemi, la boisson, à visage découvert. Il lui avait dit qu'ils devaient le combattre. Elle était veuve de soldat. Elle avait l'habitude des batailles. Elle s'était immédiatement jetée dans la mêlée.

— J'ai été emplie de dégoût, Mrs Ross, comme vous l'auriez certainement été vous aussi. C'était des hommes et des femmes britanniques qui auraient dû gagner leur vie par un honnête labeur et apprendre à leurs enfants à craindre Dieu et à travailler dur. Ils étaient avachis là dans toutes les postures imaginables. Certains étaient seulement à demi conscients, complètement hébétés par la boisson. Nous ne pouvons pas permettre que cela continue, sans quoi la nation tout entière va péricliter. Où trouvera-t-on de robustes jeunes gens pour alimenter les rangs de l'armée et de la marine britanniques ? Qui travaillera dans nos grandes industries ? Où seront les mères travailleuses qui élèvent des enfants en bonne santé ? La faiblesse de caractère comme la faiblesse du corps doivent être éradiquées de notre société !

Ses joues flamboyaient et ses yeux étincelaient. Elle se pencha en avant et serra les poings. Elle voyait Fawcett mener la charge de la cavalerie, et elle se trouvait à ses côtés.

— Et que fait Mr Fawcett pour leur faire changer leurs habitudes ?

— Il organise des réunions parmi eux pour les pousser à se réformer et à voir leur erreur. Il les aide en leur trouvant un honnête gagne-pain. S'ils acceptent de travailler, il leur fournit aussi des chaussures robustes et des vêtements de travail, car beaucoup sont dans la misère et vêtus de haillons.

» Il organise des leçons pour les enfants où on leur apprend à lire afin qu'ils soient mieux armés pour trouver du travail. Ceux qui meurent de faim, il leur fournit de la nourriture. L'argent n'est jamais donné directement, parce que cela les pousserait à reprendre leurs mauvaises habitudes. Bien sûr, cette aide est accordée à la condition que chaque membre de la famille se détourne de l'ivrognerie et de la débauche.

» Il m'a emmenée voir une famille qui avait été sauvée par ses efforts. Le père était désormais employé comme porteur. La femme était habillée décemment, les enfants étaient propres et la pièce dans laquelle ils vivaient bien rangée. Ils ne tarissaient pas d'éloges sur leur bienfaiteur.

— S'il fait tout cela, c'est un travail admirable en effet. Est-ce qu'il prêche seulement à Londres ? Ou ailleurs ? Ici par exemple, à Clapham ?

— J'ai été en mesure de lui présenter bon nombre de gens à Clapham, dit-elle fièrement, lors de mes soirées habituelles.

Et les résidents de Clapham, qui vivaient dans les maisons et les villas confortables que j'avais vues, avaient largement de quoi soutenir financièrement une bonne cause. Je me demandai combien Fawcett était parvenu à collecter depuis le début de sa « mission ». Sûrement beaucoup d'argent. Et qui vérifiait qu'il était bien dépensé de la manière que Mrs Scott avait décrite ?

Je savais comment ces escroqueries fonctionnaient. En tant que médecin de notre petite ville, mon père était au courant de tout ce qui se passait et, lorsqu'il endossait son rôle de légiste, il apprenait les détails de nombreux crimes. Je n'étais pas seulement sa fille, mais aussi son intendante et sa demoiselle de compagnie. Nous passions nos soirées ensemble et il évoquait librement sa journée. Il m'avait parlé d'affaires dans lesquelles de braves gens avaient été abusés et soulagés de leurs économies par des tromperies sophistiquées. Mr Fawcett n'aurait eu aucun mal à présenter une « famille repentie » pour inspection, si nécessaire. Il suffisait de montrer aux visiteurs intéressés une pièce propre et rangée, un chef de famille ayant récemment retrouvé un emploi, une femme et des enfants bien habillés, tout sourire et reconnaissants à Mr Fawcett, comme Mrs Scott l'avait vu.

La « famille repentie » pouvait très bien être payée par Fawcett. Chaque visiteur intéressé verrait la même scène avec les mêmes personnes. En outre, le propriétaire du *gin palace* décrit par Mrs Scott avait pu être payé pour permettre à un bienfaiteur potentiel de visiter son établissement. Un peu d'argent avait peut-être été distribué parmi les habitués pour s'assurer qu'au moment où Fawcett amènerait Mrs Scott ils seraient tous dans le lamentable état qu'elle avait décrit. Mais elle ne me croirait jamais si je lui disais cela.

Je ne pouvais prolonger davantage ma visite. Je n'étais pas sûre qu'elle avait été utile sinon pour confirmer les soupçons de Ben sur la collecte d'argent au cours des soirées et renforcer ma certitude que Fawcett était un charlatan.

Néanmoins, j'allais découvrir un autre détail intéressant sur le chemin du retour.

— Qu'est-ce que la gouvernante t'a dit ? demandai-je à Bessie. Lui as-tu appris que Miss Marchwood était morte ?

Bessie hocha la tête.

— Elle en a été toute retournée. Elle a dit que c'était affreux, que Miss Marchwood était une très gentille dame qui était venue à la maison plusieurs fois pour les soieries.

Bessie me jeta un regard triomphant.

— Ainsi que la dame italienne qui a été étranglée, Mrs Benedict.

Mrs Scott s'était bien gardée de me dire cela !

— Es-tu sûre ? demandai-je à Bessie.

— Mrs Field, la gouvernante, m'a dit qu'une très belle dame venait parfois avec Miss Marchwood et qu'elle était italienne. Elle a vu dans le journal qu'elle aussi avait été assassinée. Elle dit qu'une femme bien peut plus mettre un pied en dehors de chez elle maintenant sans être pourchassée par une brute sanguinaire. Elle a une sœur qui habite Cheapside ; et maintenant elle a peur de prendre le train pour lui rendre visite lors de son jour de congé. Mrs Field est veuve de soldat elle aussi. Son mari était sergent et il a combattu en Inde à la même époque que le major Scott et c'est pourquoi elle est la gouvernante de Mrs Scott aujourd'hui. Elle dit qu'il y avait des gens en Inde qui s'appelaient des thugs. Ils liaient connaissance avec des voyageurs, puis ils les tuaient pour les détrousser. Elle a dit que maintenant ça devenait comme ça aussi en Angleterre. Je lui ai demandé comment Mrs Scott avait réagi à l'annonce du meurtre de la dame italienne.

— Et alors, qu'a répondu Mrs Scott ?

— Que c'était un scandale qu'une telle chose puisse se produire dans un quartier respectable de Londres en plein jour. Et Mrs Field a laissé échapper (Bessie m'adressa un sourire triomphant) qu'elle avait l'impression que Mrs Scott aimait pas beaucoup la dame italienne, donc qu'elle avait été choquée, mais pas vraiment attristée. Elle a entendu Mrs Scott dire une fois à Miss Marchwood que Mrs Benedict n'était « pas dévouée à la cause », ce qui voulait dire, d'après Mrs Field, qu'elle n'allait pas aux réunions. J'ai demandé à Mrs Field si elle-même y était allée. Elle m'a répondu : « Certainement pas. » Donc je lui ai demandé pourquoi, et elle m'a dit qu'elle était une bonne catholique et qu'elle ne marchait pas pour ce genre de harangues. Elle pensait que la dame italienne était sans doute elle aussi catholique et qu'elle n'allait pas aux réunions pour les mêmes raisons. Mais ce n'était pas à elle de suggérer cela à Mrs Scott.

Bessie s'interrompit, songeuse.

— Vous savez, m'dame ? Je crois pas que je vais pouvoir continuer à aller aux réunions ; en tout cas je les aimerai plus comme avant. Dans ma tête, je verrai toujours Miss Marchwood assise là, ou en train de servir le thé. J'espère que l'inspecteur trouvera vite qui est le meurtrier.

CHAPITRE 12

Inspecteur Benjamin Ross

— Il ne fait absolument aucun doute dans mon esprit que Fawcett est un escroc, dis-je à Dunn le lendemain matin après lui avoir relaté la visite de Lizzie à Clapham. Cette Mrs Scott est sa fervente disciple. D'autres qu'elle doivent être aveuglément convaincus. Il faut que nous enquêtions sur lui.

— Cette affaire est déjà en marche. J'ai contacté plusieurs responsables de la police et leur ai transmis la description de Fawcett par Mrs Ross. Toutefois, nous devons nous montrer prudents, sans quoi il devinera ce qui se trame et il s'envolera pour de plus vertes contrées.

— Je sais bien, monsieur, dis-je, morose.

J'étais frustré de ne pas pouvoir arrêter Fawcett et mettre ainsi un terme à sa florissante entreprise, mais Dunn avait raison. Au premier signe de soupçon de notre part, il nous filerait entre les doigts. Il recommencerait son manège ailleurs et on ne pourrait rien faire jusqu'à ce qu'il éveille l'attention de la police dans une autre ville. Bon nombre d'escrocs de son acabit faisaient des affaires pendant des années avant d'être enfin rattrapés par la loi. Et même alors, il était difficile de prouver quoi que ce soit. En effet, ceux qui avaient été trompés rechignaient à témoigner devant un tribunal et à admettre qu'ils avaient été pris pour des idiots. Mrs Scott, par exemple, n'admettrait jamais publiquement la malhonnêteté de Fawcett, même si elle en était un jour convaincue. Son orgueil l'en empêcherait, mais pas seulement. Les Fawcett de ce monde survivent parce qu'ils ne se contentent pas de dérober de l'argent à leurs victimes. Celles-ci leur donnent quelque chose de bien plus précieux : leur confiance et, du même coup, leur cœur. Pour elles, la découverte de la tromperie s'apparente plus à celle de l'infidélité d'un amant qu'à un simple cambriolage. En tant que policiers, nous devons nous contenter d'espérer que la révélation de la vérité engendrera assez de colère pour en faire parler quelques-unes.

Je quittai Dunn en songeant que les choses prenaient mauvaise tournure. Comme souvent, c'est à ce moment-là que le hasard m'apporta une lueur d'espoir.

— Ah, vous voilà, inspecteur ! déclara Morris qui pour une fois affichait un grand sourire. Je l'ai retrouvé, le fameux Seymour ! Comme vous disiez, il était dans les registres de cette agence pour personnel hautement qualifié, à Northwood.

Morris émit un petit ricanement de dérision.

— Inutile de s'adresser à eux si vous voulez une simple bonne à tout faire. Gouvernantes et dames de compagnie, femmes de chambre triées sur le volet, valets et majordomes, voilà dans quoi ils sont spécialisés. Eh bien, Mortimer Seymour est majordome dans une maison près de Newmarket maintenant. Il travaille pour un certain colonel Frey. J'ai l'adresse ici.

Morris agita un morceau de papier.

— Vous voulez que j'aille là-bas lui parler ?

Je lui pris l'adresse des mains.

— Manor House. Nous allons peut-être devoir passer par son employeur pour pouvoir lui parler. Mieux vaut que j'y aille. Ne soyez pas vexé, Morris, mais le colonel appréciera que je sois gradé.

Morris hocha la tête.

— Vous avez raison. Moi on me ferait passer par la porte de service !

— Il semble que vous meniez cette enquête exclusivement par le train ! grommela Dunn. Si vous dépassez votre plafond de frais quotidiens, ne vous donnez pas la peine de me demander de les justifier. Le budget du département n'est pas illimité et bon nombre de vos collègues font leur travail à pied dans les limites de la capitale. Espérons que cette fois-ci sera la bonne.

Je l'espérais aussi. J'eus amplement le temps d'établir une stratégie, tandis que le train me menait à Newmarket à travers la paisible campagne de l'Est-Anglie. Il n'y avait pas moyen de savoir comment le colonel réagirait en voyant sur le pas de sa porte un policier qui voulait questionner un membre de son personnel. Je ne voulais pas faire perdre sa place à Seymour. Je décidai de louer un fiacre pour me conduire de la gare au village où vivait le colonel, puis de trouver une taverne à l'air prospère ou un petit hôtel s'il en existait un, et de déjeuner sur place. Il faudrait que je trouve le moyen d'inclure cela dans mes frais journaliers. Le ou la propriétaire, ou bien le serveur, voire le commis de cuisine aurait bien quelque chose à me raconter au sujet du propriétaire terrien local. Ainsi, une fois informé, je serais mieux armé.

Alors que je roulais dans le fiacre, je me rendis compte que nous étions dans la région des élevages de chevaux de course. Tout le paysage l'indiquait, depuis les chapelets de pur-sang dans les prés jusqu'aux enseignes des pubs qui semblaient toutes directement liées au turf. La taverne dans laquelle je me trouvais était un endroit spacieux et confortable qui s'appelait *La Ligne d'arrivée*.

Un feu ronflait dans la salle à manger et le menu proposait le choix entre côtes de porc et ragoût de mouton. Je choisis le mouton et il arriva, bien fumant et coloré, avec des carottes, des rutabagas et des navets qui flottaient à côté de la viande, et parsemé de grains d'orge perlé. J'en avais l'eau à la bouche.

— Tout cela est cuit dans la bière, monsieur, m'assura le serveur en posant devant moi une portion généreuse.

J'attaquai sans tarder, tout comme les deux autres convives, deux types vêtus de vestes à carreaux criardes, plongés dans une conversation inintelligible. Je ne me suis jamais intéressé aux courses. Heureusement, les deux hommes eurent fini avant moi et ils partirent ; j'étais donc seul quand le serveur m'apporta mon café.

— Pourriez-vous par hasard me dire où je peux trouver Manor House, la résidence du colonel Frey ?

Le visage du serveur s'illumina. Il se pencha en avant avec un air de conspirateur. À voix basse, bien que nous soyons seuls, il souffla :

— Vous devez être l'inspecteur de Scotland Yard !

Je ne pus m'empêcher de montrer ma surprise.

— Vous en attendez un ?

Comment était-ce possible ? Il était improbable que quelqu'un ait prévenu de mon arrivée…

— Nous savons tous que le colonel a demandé qu'on envoie un policier, fit le serveur, tout fier.

— Vraiment ? fis-je tout en révisant mentalement mon approche de la situation. C'est de notoriété publique ?

J'avais découvert que c'était toujours un bon point de départ pour faire parler les gens.

— Nous sommes dans la région des chevaux de course, monsieur, et ce depuis l'époque du bon roi Charles II. Tout ce qui concerne les chevaux, chacun est au courant.

Les chevaux ! J'aurais dû m'en douter. Il ne s'agissait ni d'un horrible meurtre ni d'un cambriolage mais de quelque chose en rapport avec les écuries. Quant à Charles II, décidément, il surgissait à tous les coins de mon enquête. Quand il ne se promenait pas à Green Park, il assistait à une course de chevaux ici, à Newmarket.

— Une sale affaire, dis-je au serveur sur le ton de la confidence.

— Tout à fait, monsieur. La sécurité a été doublée devant toutes les écuries. Le colonel a deux hommes qui montent la garde sur place jour et nuit… avec des fusils de chasse ! Mais j'ai entendu dire qu'il envisageait d'appeler la police.

Il me fallait être prudent. Je ne voulais pas me retrouver nez à nez avec le véritable policier appelé par le colonel et devoir lui expliquer pourquoi je me servais de sa visite comme couverture.

— Nous ne pensions pas que vous viendriez si vite, fit le serveur avec admiration. Je vous tire mon chapeau, on ne vous attendait pas avant la semaine prochaine !

J'avais beaucoup de chance.

— C'est pourquoi le colonel s'est absenté pour un ou deux jours, poursuivit le serveur.

C'était vraiment un excellent informateur. J'aurais bien aimé en avoir quelques-uns comme lui à Londres. Et le colonel était absent ? De mieux en mieux. Après tant de frustrations, cette enquête commençait-elle enfin à prendre meilleure tournure ?

— Il va regretter de vous avoir manqué, dit le serveur.

— Sa euh… dame est-elle à Manor House ?

— Mrs Frey a accompagné le colonel. Je crois qu'ils sont partis rendre visite à leur fils. Il est étudiant à l'université. Oxford, précisa le serveur. Nous pensions que le jeune homme irait à Cambridge mais son père en a décidé autrement.

Il n'y avait guère d'intimité dans de petites communautés comme celles-ci et il semblait que les faits et gestes du colonel et Mrs Frey étaient bien connus de la population locale.

— Un autre policier va venir au retour du colonel, dis-je. En attendant, j'aimerais me rendre au manoir et poser quelques questions.

— C'est à moins d'un kilomètre sur cette route, dit le serveur. Tournez à droite en sortant. Vous ne pourrez pas le manquer.

Heureusement que je ne comptais pas donner de narcotique aux chevaux ! Le colonel avait sans doute bien fait de poster des gardes armés. Toutefois, il serait sans doute plus difficile de franchir les grilles du manoir que de recueillir toutes ces informations.

En effet, je n'aurais pas pu manquer ma destination. Un panneau en bois peint en blanc sur lequel était inscrit Manor Stables étincelait au soleil sur le bord de la route. Le colonel, sans doute retraité de l'armée, avait dû se tourner vers l'élevage ou l'entraînement de chevaux de course.

J'empruntai un sentier et me trouvai face à une immense propriété. À ma droite, le manoir lui-même, un bâtiment gris avec de hautes cheminées qui semblaient dater de l'époque du fameux roi Charles. À ma gauche, plusieurs corps d'écurie autour d'une cour de bonne taille. Derrière, j'apercevais un champ de courses à la pelouse parfaitement taillée, qui se déployait dans la campagne environnante. Un hippodrome, songeai-je, puisant dans mes maigres connaissances du monde des courses.

J'avais tout juste eu le temps d'observer la configuration des lieux quand un homme corpulent, coiffé d'un chapeau melon enfoncé jusqu'à ses oreilles en chou-fleur et portant un tromblon d'apparence menaçante, surgit de derrière un arbre et me barra le passage.

— Bonjour, monsieur, dit-il. Est-ce que vous cherchez quelqu'un ?

Les paroles étaient assez cordiales, mais le fusil ne l'était pas.

— Je suis l'inspecteur Ross, de Scotland Yard. Voulez-vous que je vous montre ma carte ?

Je lui tendis le document et il l'étudia attentivement. À mon grand soulagement, il écarta le canon de son arme.

— Nous vous attendions, monsieur. Mais le colonel n'est pas là.

— C'est dommage, dis-je calmement. Dans ce cas, comme je suis venu de Londres, pourrais-je voir les écuries et parler à celui qui est responsable ? Un de mes collègues reviendra la semaine prochaine quand le colonel sera rentré.

— Vous devriez vous adresser à Mr Smithers. Si vous voulez bien me suivre…

Je m'exécutai et nous arrivâmes dans la grande cour bien balayée où un jeune garçon faisait faire des tours à un cheval sous l'œil attentif d'un homme rougeaud et massif qui portait des guêtres.

— Qui est-ce, Kelly ? demanda l'individu alors que j'apparaissais avec mon escorte armée.

— C'est l'inspecteur Ross, de Scotland Yard, comme l'a ordonné le colonel.

Eh bien, nous étions là pour servir le peuple anglais, après tout ; le colonel Frey avait demandé un enquêteur, je répondais présent.

Smithers, dont le nez pourpre suggérait un penchant pour les alcools forts, se tourna vers le garçon et ordonna d'une voix brusque :

— Continue à le faire marcher, Jim !

Puis il congédia Kelly d'un signe de tête et s'adressa à moi.

— Il faut que je vous montre la disposition des lieux.

— Oui, merci.

Je le suivis tout en lui posant des questions que j'espérais pertinentes et je compris au fur et à mesure que la raison de toutes ces précautions était que des membres connus d'un groupe de dopeurs de chevaux avaient été repérés dans la région.

— Vous savez après qui ils en ont, me dit Smithers. Je vous présente Son Éminence.

Je fus temporairement interloqué par l'irruption d'un dignitaire ecclésiastique dans cette histoire. Mais un renâclement et un hennissement, le bruit des sabots et la tête d'un cheval alezan au-dessus de la porte d'un box m'apprirent qui était Son Éminence. Il coucha les oreilles en arrière et me regarda d'un air circonspect. J'étais content qu'il ne puisse pas parler. Il semblait plus intelligent que les humains qui s'occupaient de lui.

— La saison n'est-elle pas finie ? demandai-je.

— Eh bien, si, monsieur, mais je pensais que le colonel vous avait expliqué que ce n'est pas là le problème, répondit Smithers avec une lueur soupçonneuse dans le regard.

— Je n'ai pas parlé directement au colonel Frey, dis-je vivement. J'ai seulement compris que cela avait un rapport avec un dopage de chevaux.

— Pire que ça, fit Smithers d'un air lugubre. Il s'agit d'empoisonnement, monsieur ! Ils menacent d'assassiner Son Éminence, si le colonel refuse de payer. La perte du cheval serait un coup dur. Le prix des saillies, vous comprenez.

— Du chantage ! m'exclamai-je alors que tout devenait clair.

— Le colonel a apporté toutes les lettres à Scotland Yard. Mais il ne paiera pas !

— Bien sûr que non, dis-je fermement. Non, certainement pas, il ne doit jamais payer. Mais nous attraperons ces bandits, n'ayez crainte.

— Qui que ce soit, ils ont dû engager ces escrocs de dopeurs pour faire leur sale boulot, m'informa Smithers.

— S'ils ont manifesté leur présence, dis-je, c'était sans doute intentionnel. Le maître chanteur a voulu renforcer sa menace en faisant savoir que ses hommes de main étaient dans les parages, au cas où le colonel résisterait.

— Le colonel ne cédera pas. C'est un militaire.

L'heure était venue de m'extirper d'une affaire très intéressante mais qui n'était pas de ma responsabilité. En rentrant à Londres, il faudrait que je trouve lequel de mes collègues s'en occupait, afin de l'informer de mes activités et de la liberté que j'avais prise avec son enquête en guise de couverture.

— Je constate que vous et vos hommes faites un excellent travail, dis-je. Mais si un membre du personnel voyait quelque chose de louche, irait-il prévenir directement le colonel ?

— Il irait sans doute trouver Mr Seymour, le majordome. Puis Mr Seymour parlerait au colonel s'il pensait que c'était sérieux.

— Dans ce cas, avant de partir, je ferais peut-être mieux de parler à Mr Seymour.

C'est ainsi que je me trouvai bientôt assis confortablement dans le salon de la gouvernante, une pièce tapissée de papier fleuri et réchauffée par un feu rougeoyant, une tasse de thé à la main et le mystérieux Seymour enfin face à moi.

Seymour était un homme de petite taille, soigné, avec des cheveux noirs coiffés en arrière qui dégageaient son front pâle. Sa tenue noire était stricte à l'extrême et il m'évoquait un chat noir et blanc. Il me regardait d'ailleurs avec le regard méfiant d'un félin, comme s'il se doutait déjà que j'étais là pour autre chose que les lettres de chantage adressées au colonel.

— Je vais être franc, Mr Seymour, dis-je en posant ma tasse de thé. Il y a une deuxième raison à ma visite.

— Ah bon, monsieur ? fit-il sans sourciller.

— Vous vous attendiez peut-être même à être approché par la police ? Je ne suggère pas que vous ayez été mêlé à une quelconque activité criminelle, pas du tout. Je mène l'enquête sur un meurtre survenu récemment à Londres.

— C'est ce que je pensais, monsieur, dit Seymour avec son impassibilité de majordome.

J'aurais pu tout aussi bien faire allusion à un vin de qualité décevante livré par le fournisseur habituel du colonel. Il pencha la tête.

— J'ai été surpris lorsque Smithers a dit que Scotland Yard avait envoyé un inspecteur. Je ne pensais pas que quelqu'un de ce grade viendrait me voir au sujet des lettres de chantage. J'ai donc pensé qu'une affaire plus grave vous amenait.

Le majordome était bien plus perspicace que le responsable de l'écurie. Tant mieux.

— Dans ce cas, allons droit au but. Vous avez travaillé plusieurs années chez Mr Sebastian Benedict, aux Cèdres, près d'Egham, dans le Surrey ?

— Oui, monsieur, dit Seymour qui ne montra ni surprise ni curiosité à mes paroles.

— Combien d'années ?

— Presque dix ans.

— Était-ce une bonne place ?

— Oui, monsieur. Mr Benedict était un excellent employeur.

— Et Mrs Benedict, la maîtresse de maison ? Comment la décririez-vous ?

J'attendais sa réponse avec impatience. C'était toute la raison de ma venue. Je ne voulais pas retourner devant le superintendant et avouer que j'avais fait chou blanc.

— Je la décrirais comme décédée, répondit Seymour avec un humour noir inattendu. J'ai lu dans les journaux l'événement dont vous parliez et j'en ai été bouleversé. C'était une dame très aimable.

— C'est sur la mort de cette dame que nous enquêtons, comme vous l'avez deviné, poursuivis-je. Nous espérions que sa dame de compagnie,

Isabella Marchwood, serait en mesure de nous donner des informations utiles sur sa personnalité. Mais malheureusement, avant d'avoir pu le faire, Miss Marchwood a été assassinée, dans un train. Vous avez peut-être appris aussi cette nouvelle ?

Seymour hocha la tête et son air méfiant reparut.

— Nous tentons donc d'élargir notre recherche. En tant que majordome pendant une si longue période, j'imagine que vous étiez au courant de tout ce qui se passait.

— C'est mon travail de savoir ce que fait le personnel, répondit prudemment Seymour. En revanche, je n'ai pas à m'immiscer dans la vie privée de mes employeurs.

— Allons, Seymour… Nous essayons de retrouver un meurtrier récidiviste. Combien de femmes voulez-vous voir mourir de cette épouvantable façon ?

Seymour rougit et perdit un peu de sa raideur.

— Aucune, inspecteur ! Pour l'amour du ciel, qu'allez-vous imaginer ? J'avais la plus grande admiration pour Miss Marchwood. C'était une femme de très bonne famille réduite à chercher des positions de dame de compagnie à cause de ses difficultés financières. Elle n'a jamais offensé personne et je ne puis imaginer pourquoi elle a été tuée à bord de ce train. N'est-il pas possible qu'elle ait été prise pour quelqu'un d'autre ? Ou peut-être un vol qui aurait mal tourné ?

Il y avait manifestement une note de désespoir dans sa voix. Ha ha !… songeai-je. Mr Seymour sait quelque chose. Quelque chose qu'il préférerait ne pas me dire. Mais il doit le faire et je pense qu'il va comprendre que c'est son devoir.

— Impossible. Il s'agissait d'un meurtre délibéré. Le sac à main de la dame a été retrouvé dans le compartiment, contenant encore de l'argent. Il y a d'autres détails qu'il est inutile de mentionner pour l'instant.

Seymour soupira.

— Vous venez de me parler de votre travail, de vos devoirs, dis-je. Moi aussi j'ai un travail et des devoirs. Ils sont différents des vôtres mais me donnent des obligations égales. Je dois souvent faire des choses que je préférerais ne pas faire et poser des questions embarrassantes. Je suis résolu à retrouver cet assassin. J'ai besoin de toute l'aide que vous pourrez m'apporter. Peut-être puis-je vous aiguiller un peu. Il y avait une certaine différence d'âge entre Mr Benedict et son épouse, qui de plus n'était pas anglaise et peut-être pas très heureuse en ménage. Seriez-vous d'accord avec cela ?

— Oui, monsieur, dit Seymour au bout de quelques secondes.

— Vous avez quitté la maison de Mr Benedict brusquement. Mr Benedict a été très contrarié. Il n'a engagé personne pour vous remplacer.

Seymour eut l'air troublé.

— Ah ? J'en suis désolé. Je n'aurais pas laissé Mr Benedict dans l'embarras si cela avait pu être évité. Mais la situation était devenue intenable.

— Parce que, comme moi, vous aviez appris des choses que vous auriez préféré ignorer ? demandai-je avec douceur.

Il soupira et hocha la tête.

— Je vous l'ai dit, inspecteur, ce n'était pas mon rôle de m'immiscer dans la vie privée de Mr Benedict. Cependant, étant donné ma position dans la maison, il m'était devenu difficile de faire abstraction de certaines choses.

Il hésita, chercha une issue, et je ne le brusquai pas. Il avait décidé de parler et il allait le faire à son rythme.

— Le personnel de la maison est sous ma responsabilité, commença-t-il. Vous demandiez un peu plus tôt si quiconque ayant noté un comportement louche près des étables le rapporterait au colonel ; Smithers vous a expliqué que les employés passeraient d'abord par moi.

— Oui. Et je vous serais d'ailleurs reconnaissant de faire comme si j'étais venu pour la seule affaire des lettres de chantage.

— Cela me convient, dit Seymour avec franchise. Le meurtre dérange les gens. Je n'ai raconté à personne ici que j'avais été majordome aux Cèdres. Le colonel sait où j'étais employé précédemment parce que Mr Benedict a bien voulu me donner une lettre de recommandation. Mais son attention étant entièrement absorbée par cette histoire de chantage, je doute qu'il ait songé à rapprocher le nom de la victime et celui de mon ancien employeur.

— Dans ce cas, nous avons un pacte, dis-je d'un ton amusé pour l'encourager.

Seymour esquissa un sourire en retour.

— Merci, monsieur. Vous avez mentionné Miss Marchwood. C'était une femme pieuse. Elle s'est impliquée dans les réunions d'une société de tempérance à Londres. Elle s'y rendait tous les dimanches et elle a fait connaissance d'une certaine Mrs Scott. Le... prédicateur de ces rassemblements est un certain Joshua Fawcett. Mr Fawcett parlait souvent à des réunions privées chez Mrs Scott, à Clapham, à ce qu'on m'a dit. Pour autant que je le sache, Mrs Benedict ne s'est jamais rendue aux réunions du dimanche dans le centre de Londres. Mais elle est allée plusieurs fois avec Miss Marchwood à Clapham. C'était une agréable distraction pour elle. Elle ne s'intéressait pas, me semble-t-il, au mouvement pour la tempérance. Mais vous avez raison ; elle était seule et malheureuse. Nous nous en rendions tous compte.

Il soupira.

— Mrs Benedict a été éblouie par ce Fawcett. Je ne l'ai jamais rencontré, mais il paraît qu'il a beaucoup d'allure. Miss Marchwood était également fascinée et ne cessait de nous en parler, et pourtant c'était une femme très raisonnable. Si elle a perdu ses capacités de jugement au sujet de ce Fawcett, alors je ne suis pas surpris que Mrs Benedict aussi. Mrs Benedict est arrivée très jeune dans ce pays. Elle n'avait aucune expérience de la vie et, je vais être franc, Mr Benedict la gardait pour ainsi dire cloîtrée aux Cèdres. Je suis persuadé qu'il avait les meilleures intentions du monde. Il voulait la protéger des dangers de la société. Mais ce faisant, il la laissait sans défense face à quelqu'un comme Fawcett ; vous me suivez, inspecteur ?

— Je vous comprends parfaitement, Mr Seymour, lui assurai-je.

J'avais mis l'isolement d'Allegra sur le compte de la possessivité de Benedict. Seymour l'interprétait de façon plus généreuse. Dans les deux cas, cela avait rendu Allegra vulnérable.

Seymour fit un geste résigné.

— Vous connaissez la vie, inspecteur. Vous pouvez deviner ce qui s'est produit. Une sordide liaison. Je ne doute pas que Mrs Benedict l'ait considérée comme une grande histoire d'amour. La pauvre était complètement transportée. Elle ne pensait pas une seconde à l'avenir, aux conséquences ! Et d'ailleurs, cela ne pouvait se finir que par un désastre mais elle s'y précipitait tête baissée.

Soudain, une image vive et douloureuse surgit dans mon esprit. *Le Triomphe de la Mort*, ce chef-d'œuvre macabre que Sebastian Benedict m'avait montré. Comme les jeunes gens de la fresque, Allegra fuyait l'inévitable vers le refuge illusoire des bras de Fawcett.

— Si j'avais un reproche à faire à Isabella Marchwood, ce serait de ne pas avoir vu non plus ce danger, poursuivit Seymour avec tristesse. Nous avons tous remarqué la transformation chez Mrs Benedict. Elle était heureuse. Très heureuse, surexcitée, comme une enfant. Il y avait des lettres… Miss Marchwood les lui apportait parfois ou postait celles de Mrs Benedict pour Fawcett. Et puis il y avait des réponses de lui, qui bien sûr ne passaient pas par la poste, car elles auraient pu tomber entre les mains de Mr Benedict. Celles-là, Miss Marchwood devait les porter elle-même. Je ne peux comprendre sa complicité. C'était une femme tellement droite !

Seymour agita de nouveau les mains.

— De telles personnes sont souvent les premières à tomber sous le charme d'un homme comme Joshua Fawcett, lui dis-je. Elles sont bonnes et ne voient que le meilleur chez les autres. Mais ces lettres entre Fawcett et Mrs Benedict, vous les avez vues ?

— Henderson, la femme de chambre, les a vues, inspecteur. Elle a surpris à deux reprises Mrs Benedict à les lire et une fois elle a trouvé sa maîtresse à genoux devant la cheminée de sa chambre, en train de les brûler. Il y a aussi eu…

Seymour rougit et pinça les lèvres.

— Allez-y, dis-je doucement.

— Mr Benedict va l'apprendre, je suppose ? me demanda-t-il avec un regard désespéré.

— Je crois qu'il a déjà deviné. Il est possible qu'il n'apprenne pas tous les détails que vous me donnez. Je ne peux rien promettre.

— C'est une triste affaire ! éclata Seymour. Maintenant vous comprenez pourquoi j'ai quitté la maison si brusquement, pourquoi je ne pouvais pas rester une fois que j'avais été informé ?

— Par Henderson, la femme de chambre ?

— Oui, comme je le disais, elle est venue me voir en ma qualité de responsable du personnel, pour me demander conseil. Elle ne savait pas quoi faire. Elle était inquiète, effrayée… La plupart du linge de maison était envoyé chez une blanchisseuse à Egham. Mais Henderson lavait certains des vêtements de Mrs Benedict, les plus personnels et les plus délicats. Cela incluait ses… euh… sous-vêtements.

Seymour avait l'air si malheureux que je fus obligé de l'encourager.

— Je sais ce que vous vous apprêtez à me dire et combien c'est difficile pour vous. Mais, en fait, en tant qu'enquêteur chargé de recueillir des preuves, il faut que je vous entende le dire. Le fait que j'aie deviné ne suffit pas.

— Oui, inspecteur je comprends ; je fais une déposition, c'est bien ça ? Eh bien, Henderson a été choquée de trouver… des taches sur les sous-vêtements de sa maîtresse après certaines de ses excursions à Londres. Soi-disant pour y faire des courses, ajouta Seymour avec amertume. Ne croyez pas que je me sois contenté de plier bagage et de fuir la situation sans avoir tenté d'y remédier, même tardivement. J'ai parlé à Miss Marchwood, je l'ai implorée ! Mais cela n'a servi à rien. La situation était déjà trop avancée. Mrs Benedict se croyait amoureuse. Elle ne voulait pas renoncer à Fawcett et Miss Marchwood ne pouvait rien faire d'autre que laisser les choses suivre leur cours jusqu'à leur triste dénouement. Elle avait peur ; à ce moment-là, elle avait peur. Elle avait commencé à se rendre compte bien trop tard… Mais elle ne voulait rien faire et je ne pouvais rien faire. Avec beaucoup de regret, j'ai donné ma démission.

Seymour se tut et, au bout d'un moment, il sortit un mouchoir et s'épongea le front.

— Vous avez fait au mieux, Mr Seymour, dis-je pour apaiser le pauvre homme.

Sa situation avait été intenable, en effet.

— Il m'était impossible de parler à Mr Benedict. Comment l'aurais-je pu ? Cela aurait signifié la fin de ma position là-bas, qu'il me croie ou non.

Seymour agita désespérément son mouchoir autour de lui.

— Mr Seymour ! lançai-je. Je vous le répète, vous avez fait tout ce qui était en votre pouvoir. Vous ne pouviez vous adresser directement ni à Mr ni à Mrs Benedict et Miss Marchwood était votre seul espoir. Elle vous a déçu.

Seymour rangea son mouchoir et retrouva un peu de sa raideur.

— Elle a manqué à ses devoirs envers Mrs Benedict.

La complicité d'Isabella Marchwood allait bien plus loin que je ne l'avais imaginé ! Il ne s'agissait pas seulement de rencontres fugaces dans un parc. Pas seulement de lettres d'amour puériles. Pas étonnant que la dame de compagnie ait été dans l'incapacité d'avouer tout cela à la police, ou que la réaction de Seymour soit survenue trop tard.

La fureur de Benedict n'aurait pas connu de limites. La réputation d'Isabella elle-même aurait été en lambeaux. Plus personne ne l'aurait jamais employée. Allegra n'avait pas couru seulement à sa propre perte. La malheureuse compagne avait été entraînée dans son sillage.

— Dites-moi, inspecteur, fit Seymour à voix basse. Pensez-vous que ce misérable Fawcett ait pu tuer Mrs Benedict pour préserver sa propre réputation ?

— Je ne sais pas, dis-je sincèrement.

C'était vrai. Cela n'aurait pas été la première fois qu'une maîtresse, devenue une gêne et un danger, aurait constitué un obstacle à écarter par tous les moyens. Mais je ne pensais pas qu'Isabella Marchwood, même si elle était terrifiée pour elle-même, aurait délibérément conduit Allegra Benedict à un rendez-vous dans le brouillard avec son meurtrier. À un rendez-vous, oui, presque certainement un rendez-vous amoureux. Mais à la mort ? Non, il y avait un autre élément là-dedans et nous ne l'avions pas encore découvert.

C'était en substance ce que je racontai au superintendant Dunn à mon retour à Scotland Yard.

Dunn, à ma grande inquiétude, relégua immédiatement Benedict au deuxième rang de la liste des suspects et installa Fawcett à sa place. Nous tenions notre homme. Nous pouvions en être sûrs. Il se mit à s'agiter, passant la main dans ses cheveux hirsutes jusqu'à ce qu'ils ressemblent aux piquants d'un hérisson, tout en faisant les cent pas dans son bureau.

— Nous allons convoquer cet individu pour l'interroger. Nous savons maintenant que lui et la Benedict avaient une liaison. Il a un mobile, Ross, un mobile puissant !

— Oui, monsieur, mais je ne suis pas convaincu que cela suffise à faire de lui notre homme. Je crois qu'il s'agit d'un escroc, roublard et vif d'esprit. Toutefois, irait-il jusqu'à tuer ? Faire quelque chose d'aussi affreux ? C'est un intellectuel, pas une brute.

— S'il y était acculé, pourquoi ne pas tuer ? Tuer n'est pas la prérogative des brutes. Combien d'hommes tranquilles, en apparence inoffensifs, respectés dans leur quartier, avez-vous vus pendus pour meurtre ? Combien d'élégants, qui se sont trouvés dans des situations délicates, ont décidé de se débarrasser du problème de façon radicale ? Un certain nombre, comme vous et moi le savons bien. Cela ne s'appliquerait-il pas à Fawcett ? C'est un joueur et tôt ou tard la chance finit par tourner.

Dunn claqua des doigts et se rassit dans son fauteuil, ravi de son envolée.

— Il va prendre la fuite, objectai-je. Nous n'avons pas assez de preuves pour le retenir. Le faire venir pour l'interroger, peut-être, mais rien de plus. Quelles preuves pourrions-nous lui opposer ? L'accuserons-nous de cette liaison sur la base de lettres entraperçues par une femme de chambre à peine éduquée ? Ou de taches d'une origine incertaine ? Nous pouvons être à peu près certains qu'Allegra Benedict avait un amant, mais si Fawcett nie, comment prouver ce que nous avançons ? La seule personne qui aurait pu tout nous raconter était Isabella Marchwood ; et elle ne nous apprendra plus rien, la pauvre. Et sa mort à elle ? Pensez-vous que Fawcett l'ait tuée aussi, en plus de sa maîtresse ?

Dunn se pencha en avant et m'adressa un sourire machiavélique.

— Tuer la première fois est difficile, Ross, mais la seconde ou la troisième, c'est différent… Cela devient peu à peu plus facile, surtout quand le meurtrier a l'impression qu'il pourra s'en sortir indemne…

— Il va s'enfuir ! répétai-je obstinément. Nous savons qu'il est capable de resurgir sous une nouvelle identité. Il a certainement joué à ce petit jeu ailleurs. Vous n'avez pas eu de nouvelles de vos homologues dans d'autres villes, je suppose ?

— Si j'en avais eu, rétorqua Dunn avec brusquerie, je vous aurais prévenu. Non, pas encore, mais j'espère que la dépense engendrée par l'envoi de tous ces télégrammes ne se révélera pas inutile.

Il s'assit et posa ses doigts boudinés sur le bureau.

— De toute façon, nous n'allons pas le faire venir pour l'interroger sur ses activités dans le cadre de sa société de tempérance. Nous l'interrogerons au sujet du meurtre et, s'il s'enfuit à ce moment-là, alors nous saurons qu'il est coupable.

Il était inutile de discuter plus longuement avec Dunn à ce sujet. J'estimais prématuré de convoquer Fawcett. En même temps, je dois admettre que j'étais curieux de faire la connaissance de l'individu. De toute façon, la décision appartenait à Dunn et il l'avait prise.

Je quittai le bureau de Dunn afin de retrouver le collègue qui avait reçu la tâche d'enquêter sur la tentative de chantage auprès du colonel Frey. Il s'appelait Phipps. Je lui parlai de ma visite à Newmarket et lui racontai que l'on m'avait pris pour lui.

— J'espère, dis-je, que je n'ai pas porté tort à votre enquête. Je n'ai pas cherché à me faire passer pour vous. Ils ont fait des suppositions et je ne les ai pas détrompés. Je ne pouvais faire autrement sans expliquer la raison de ma présence à la terre entière. Or je ne voulais pas effrayer Seymour ; et je ne voulais pas rencontrer le colonel à moins d'y être obligé. L'occasion s'est présentée et je l'ai saisie, voilà…

— Ah, le colonel, vous auriez pu le croiser ici même il y a quelques jours. C'est un vieux barbon irascible. Il est entré en trombe avec son tas de lettres et s'est adressé à moi comme si j'étais son subalterne. Ces lettres sont écrites par un illettré, d'ailleurs. Je lui ai dit de ne pas répondre, de ne pas payer et d'embaucher un garde armé, ce qu'il a fait apparemment. Que veut-il que nous fassions de plus ? J'ai lancé des demandes de renseignements parmi les escrocs connus dans le milieu des courses. Nous allons peut-être retrouver l'auteur de ces lettres. Mais d'après moi, si le cheval est trop bien surveillé et que le colonel tient bon, ils abandonneront. De plus, avec autant d'agents de Scotland Yard autour de la propriété, ils vont garder leurs distances !

Il me jeta un regard éloquent et je m'excusai de nouveau.

— Oh, vous savez, j'aurais agi comme vous, dit aimablement Phipps. Vous avez bien fait d'éviter le colonel. Je préviendrai celui qui se rendra sur place la semaine prochaine de corroborer votre histoire. Cela ne sera pas si mal, après tout, si le colonel Frey comme le maître chanteur croient que nous mettons sur l'affaire tous nos hommes disponibles.

Je quittai le bureau de Phipps soulagé qu'il ait si bien pris mon intrusion. Je retournai au mien où je trouvai le constable Biddle.

— Oh, Mr Ross, m'interpella-t-il dès qu'il me vit. On a retrouvé la fille, Clarrie Brady !

— Retrouvée ! Dieu merci ! Où cela ? m'exclamai-je.

— Dans la Tamise, dit Biddle.

CHAPITRE 13

Inspecteur Benjamin Ross

Clarrie Brady reposait à la morgue réservée aux cadavres repêchés dans le fleuve, à Wapping. Morris et moi étions debout auprès de la table où elle était étendue, avec Daisy qui avait été convoquée pour identifier son amie. Un sergent de la police fluviale observait la scène d'un regard morne. Il avait vu trop de filles comme Clarrie arrachées à l'étreinte du fleuve.

— C'est elle, murmura Daisy en reniflant. C'est la pauvre Clarrie. Qui lui a fait ça, Mr Ross ? C'est le spectre ?

Elle indiquait la corde enroulée autour du cou de la morte. Il était difficile de dire si elle avait été jolie. L'immersion dans l'eau n'avait pas arrangé les ravages de la mort et de la strangulation. La cicatrice laissée par Jed Sparrow ressortait, livide sur son visage boursouflé, tout comme le grain de beauté sur son front. Elle avait des cheveux très noirs qui ne devaient pas être teints, contrairement aux tresses rouquines de Daisy. À part cela, elle était toute chétive, pauvre poupée cassée rejetée par un enfant capricieux.

— Merci, Daisy, d'être venue et d'avoir confirmé son identité. Je comprends combien c'est triste pour vous. J'aimerais pouvoir vous dire qui l'a tuée, mais pour être franc, je n'en sais rien. Bien sûr, je n'ai pas oublié ce que vous m'avez dit au sujet du spectre du fleuve. C'est à lui que je pense, cependant peut-être devrais-je aussi envisager d'autres pistes.

La journée était froide. L'hiver commençait à s'installer pour de bon et, dans cette pièce austère et sombre à un jet de pierre du fleuve, l'air était empli d'une humidité malsaine. Daisy avait passé sur sa robe légère un châle en laine bleu qui jurait avec ses cheveux rouge vif. Elle tremblait depuis que nous étions arrivés, sans doute à la fois de froid et de peur. Elle ramena le châle sur ses frêles épaules et me regarda, les yeux brillants de larmes.

— Que vont-ils faire d'elle maintenant, Mr Ross ?

— Faire d'elle ?

Cette question me prit au dépourvu. Mais Clarrie avait été l'amie de Daisy et il était naturel qu'elle veuille se renseigner sur l'inhumation.

— Eh bien, il va y avoir une enquête du coroner, commençai-je.

Elle m'interrompit.

— Non, je veux dire, est-ce qu'ils vont la donner aux anatomistes ?

Cela non plus ne m'avait pas effleuré. Daisy craignait qu'elle ne soit pas enterrée du tout.

Je bégayai, mal à l'aise :

— Je ne sais pas, euh, non, je ne pense pas…

Elle m'attrapa par la manche et me regarda dans les yeux. Les plumes de son chapeau penchaient et lui donnaient l'air d'un coq dépenaillé.

— Ne les laissez pas la donner aux apprentis docteurs, Mr Ross. Ils font ça avec les corps de gens comme nous qui sont pauvres et que personne réclame.

— Est-ce que personne ne va réclamer le corps de Clarrie ? Sa mère ?

— Oh, elle a disparu depuis longtemps, fit Daisy avec un revers de main. Clarrie était une orpheline, comme moi. On s'est enfuies toutes les deux de l'hospice[1]. Ils nous ont jamais récupérées. Enfin je pense qu'ils nous ont pas beaucoup cherchées. Les orphelins, c'est pas ce qui leur manque. Alors Clarrie et moi on a fini sur le trottoir, à gagner notre vie de la seule manière possible. Au début, nous partagions notre argent, donc, quoi qu'il arrive, on avait à manger toutes les deux. Ensuite Jed Sparrow a mis la main sur elle. Il aurait bien voulu mettre aussi la main sur moi mais j'ai réussi à garder mes distances. Je me doute que vous approuvez pas ce que je fais, Mr Ross, et votre femme non plus. Mais vous voyez, cette vie, elle m'a permis d'éviter de retourner à l'hospice. Bref, la mère de Clarrie elle s'est pas mariée, je crois, les gens comme nous sont jamais mariés. Si l'hospice a eu un jour trace de son nom, je suis sûre qu'ils l'ont perdue depuis bien longtemps. Et quand il y a pas de lien de parenté officiel, ils refusent de vous donner le corps.

— Peut-être que Sparrow pourrait la réclamer ? suggérai-je, tout en sachant que c'était une suggestion idiote.

1. *Workhouse*, en anglais. Établissement dans lequel les malheureux recueillis (enfants, personnes âgées, filles mères et autres indigents) vivaient dans des conditions d'une extrême précarité et travaillaient jusqu'à dix-huit heures par jour. Familles séparées, châtiments corporels, privation de nourriture y furent monnaie courante, jusqu'en 1930, date à laquelle le système des *workhouses* fut aboli.

— Jamais ! aboya Daisy. Il s'en moque, et de toute façon ça serait pas légal non plus, il était pas son mari et il voudra pas payer son enterrement.

Son étreinte sur ma manche se resserra et le désespoir se peignit sur son visage.

— Oh, Mr Ross, s'ils la découpent, elle pourra jamais se lever pour le Jugement dernier !

J'étais complètement décontenancé.

— Pour le Jugement dernier, Daisy ? Qu'est-ce qui vous fait penser cela ?

— Comment elle pourra se relever si elle a été coupée en petits morceaux par les anatomistes ? lança Daisy, éperdue. Il y aura des petits morceaux d'elle un peu partout. C'est dans la Bible. Je l'ai jamais lue mais on m'en a parlé. Il y aura un ange qui sonnera une trompette et tous les morts se relèveront et danseront. Mais vous pouvez pas danser si votre tête est quelque part et vos jambes ailleurs, si vos intestins sont dans un bocal et que quelqu'un a égaré vos bras… L'ange aura beau souffler de toutes ses forces dans la trompette, ça marchera pas. Ce sera comme ça pour la pauvre Clarrie si les apprentis docteurs la découpent !

Elle était tellement affolée par cette idée que je tentai de l'apaiser.

— Je doute fortement que le corps soit en assez bon état pour intéresser les écoles de médecine, Daisy. Elle est restée trop longtemps dans l'eau.

Daisy relâcha son étreinte sur ma manche.

— J'espère, fit-elle tristement. Vous pourrez parler au coroner, Mr Ross ? Demander qu'elle soit pas découpée en petits morceaux ?

— Je demanderai, promis-je. Mais je ne crois pas que cela risque d'arriver, comme je vous l'ai dit. Les corps destinés aux étudiants en médecine doivent être encore frais.

Daisy renifla et se frotta vigoureusement le nez du revers de la main avant de marmonner :

— Bon, je vais y aller, alors. Merci de l'avoir retrouvée, Mr Ross. Vous me l'aviez promis.

Sur ce, elle s'enfuit de la pièce en courant.

— J'aurais voulu la retrouver vivante, murmurai-je pour moi-même.

J'interrogeai Morris du regard.

— Qu'est-ce que c'était que ce blabla sur le Jugement dernier à votre avis ?

Le sergent de la police fluviale, jusque-là silencieux, répondit :

— Les pauvres sont très superstitieux, vous savez. Ce n'est pas la première fois que je suis témoin d'une terrible inquiétude quand un corps non réclamé est légué à une école de médecine. C'est la crainte que le défunt ne rate la résurrection, comme cette fille le disait. Beaucoup d'entre eux pensent que le corps devrait rester d'un seul tenant, vous voyez. Cela ne sert à rien de les raisonner ; ils n'en démordront pas. Mais vous avez sans doute raison. Celle-là, je ne crois pas que la Faculté en voudra.

Morris, qui contemplait le cadavre de Clarrie avec une compassion muette, demanda :

— Vous croyez que c'est l'œuvre du spectre, monsieur ?

— C'est fort possible. Pourrions-nous ôter la corde autour de son cou, sergent ?

L'homme de la police fluviale s'avança et coupa la corde. Celle-ci, une fois détachée, révéla un double nœud à l'arrière.

— Je vais l'emporter avec moi, lui dis-je. Cette corde est identique à celle utilisée pour étrangler Allegra Benedict à Green Park.

Morris se frotta la moustache avec l'index et grommela :

— Vous croyez qu'il a d'abord tué cette fille ? Avant Mrs Benedict ?

— C'est fort possible, dis-je. Daisy Smith m'a dit que personne n'avait vu Clarrie depuis le vendredi matin, la veille de l'assassinat de Mrs Benedict. Si le même homme les a tuées toutes les deux, alors peut-être a-t-il tué Clarrie le vendredi. Ou bien le samedi, le jour du meurtre de Green Park. En pleine folie meurtrière, il aura tué Allegra juste après Clarrie. Enfin c'est une hypothèse.

— Pourquoi aurait-il tué la pauvre petite ? fit Morris en désignant le corps. Surtout si c'est le spectre. Il se contentait jusque-là d'épouvanter les filles, en mettant ses mains sur leur gorge. Pourquoi en tuer une ? Parce que celle-ci l'avait vu ? Il portait son déguisement. Et, de toute façon, son témoignage devant un tribunal n'aurait pas été pris au sérieux.

— Pour s'entraîner, dis-je avec amertume. Comme l'a dit Mr Dunn, tuer la première fois est difficile et après, cela devient plus facile. Il avait l'intention de tuer Allegra Benedict ; mais il voulait savoir si la méthode qu'il avait choisie serait aisée à mettre en œuvre et efficace. Alors il l'a essayée sur cette pauvre fille, après quoi il l'a jetée dans le fleuve et est passé au meurtre d'Allegra. Il n'est pas tombé par hasard sur elle dans le brouillard en la prenant pour une prostituée, comme nous l'avions envisagé. Il s'est mis en route ce jour-là pour la tuer, elle spécialement, et il y a une raison à cela. C'est un monstre de sang-froid, Morris, sans aucune trace de sentiment.

— Ou bien un fou, fit le policier sur un ton lugubre.

— Il a suffisamment sa tête pour savoir ce qu'il fait. Il a projeté avec soin le meurtre d'Allegra. Maintenant, il dispose d'une méthode qu'il a éprouvée au moins trois fois en comptant Miss Marchwood. Il n'hésitera pas à l'utiliser encore. Aucune femme n'est en sécurité.

Ce même soir, on alla chercher Joshua Fawcett là où il logeait à Clapham afin de l'amener au Yard et on le laissa dans une cellule pendant la nuit. Dunn pensait que cela ferait comprendre à notre invité la gravité de la situation. Je n'en parlai pas à Lizzie en rentrant à la maison ce soir-là. Si nous le gardions, la nouvelle ne tarderait pas à s'ébruiter ; mais je ne pensais pas qu'elle atteindrait ma propre maison dès le soir même. Je préviendrais Lizzie dès que nous aurions inculpé ce triste sire, le cas échéant. Dunn était sûr qu'un ou deux interrogatoires suffiraient à obtenir la confession dont nous avions besoin. Je n'en étais pas du tout persuadé.

De bonne heure le lendemain matin, je me trouvai face au prédicateur et pus enfin voir l'homme de mes yeux. Le sergent Morris et un autre agent avaient procédé à son arrestation la veille au soir. Morris avait dit qu'il était venu sans faire d'histoire. Une nuit en cellule ne semblait pas l'avoir ébranlé (il me vint à l'esprit qu'il avait peut-être une certaine habitude des postes de police à travers le pays). En entrant dans la pièce, il regarda autour de lui d'un air blasé et s'assit sans y avoir été invité. Ses longues boucles effleuraient son col, mais l'épingle en diamant qui brillait habituellement sur sa cravate noire n'était pas là. Elle lui avait été retirée pour sa propre sécurité et pour celle des policiers qui l'approcheraient. À part cela, il avait sans doute son apparence habituelle.

Non seulement il ne semblait guère troublé, mais on aurait dit que c'était lui qui était là pour m'interroger.

— Je suppose, dit-il calmement alors que je m'asseyais en face de lui, qu'il ne servira à rien de protester contre ce traitement scandaleux. Mais je proteste tout de même et je souhaite que cela soit dûment noté.

— Ce sera noté, dis-je sur un ton destiné à lui faire comprendre qu'il pourrait protester tant qu'il le voudrait, cela n'impressionnait personne ici.

Des protestations, nous avions l'habitude d'en entendre de chaque voleur, chaque souteneur, chaque Jed Sparrow. Biddle, assis avec son papier et son porte-plume, commença à écrire laborieusement, sans doute pour retranscrire la protestation de Fawcett. Celui-ci lui jeta un regard et un bref sourire se peignit sur son visage.

Mais il ne souriait plus quand il se tourna vers moi.

— Vous n'avez aucune raison de procéder ainsi. En quoi pourrais-je vous aider à quoi que ce soit ?

— J'espère que vous nous serez d'une grande aide dans notre enquête au sujet du meurtre d'Allegra Benedict.

Il secoua la tête, comme s'il n'en croyait pas ses oreilles.

— J'ai du mal à saisir le fonctionnement de votre esprit, inspecteur Ross.

— Vous ne niez pas que vous connaissiez cette dame ?

— Non, mais je pourrais difficilement dire que je la connaissais bien. Je l'ai rencontrée. Elle a assisté à une ou deux soirées chez Mrs Jemima Scott, une fidèle de ma congrégation, qui travaille sans relâche à notre cause. Miss Isabella Marchwood, un autre pilier de notre cause, malheureusement décédée aussi aujourd'hui, l'avait amenée avec elle. Mrs Benedict était, je m'en souviens bien, une femme charmante, italienne ou française, je crois. J'ai naturellement été attristé d'apprendre sa mort tragique, tout comme celle de Miss Marchwood. Mrs Scott aussi en a été très affligée. Qui ne le serait pas ? Une affaire terrible !

Il se pencha légèrement en avant.

— Mais je ne puis vous aider à trouver le responsable.

Dunn s'était trompé en ordonnant de le faire venir ! songeai-je, furieux. Il savait que nous n'avions rien sur lui à part des suppositions. Il était prêt à me regarder me ridiculiser. Cependant, j'étais bien obligé d'aller jusqu'au bout.

— Nous croyons que votre relation avec Mrs Benedict était bien plus intime que ce que vous dites, Mr Fawcett. Permettez-moi de vous poser une question directe.

Une lueur passa brièvement dans ses yeux. Lizzie m'avait rebattu les oreilles au sujet de leur couleur remarquable, une sorte de bleu vert lumineux. Pour moi, ils étaient très étranges, comme les yeux de verre d'une poupée. Je suppose que les femmes sont impressionnées par ce genre de chose. La lueur disparut presque tout de suite et son irritante sérénité revint. Je ne pouvais m'empêcher de sentir mes poils se hérisser devant ce personnage si imbu de lui-même. Malgré mes efforts pour dissimuler mes sentiments, il se rendait parfaitement compte de mon animosité envers lui.

— Je vous écoute, inspecteur.

— Samedi en quinze, le jour de sa mort... s'il vous plaît, ne me dites pas que vous ne vous en souvenez pas... il y avait un brouillard inhabituel et la nouvelle du meurtre s'est répandue le lendemain, le dimanche. Ce qui veut dire que Miss Marchwood, que vous avez mentionnée, n'est pas venue à la réunion de votre société de tempérance le dimanche. Elle était la dame de compagnie de Mrs Benedict. Donc ce samedi-là, aviez-vous organisé un rendez-vous avec Mrs Benedict à Green Park ? Disons autour de quatre heures de l'après-midi ?

— Non.

Le léger sourire reparut.

— Quelle question extraordinaire !

Je m'efforçai de faire abstraction de son arrogance, mais c'est d'une voix bourrue que je demandai :

— Où étiez-vous ?

— Chez moi, à Clapham, répondit-il tout de suite.

— Vous en avez l'air très sûr, fis-je remarquer. Vous n'avez pas eu besoin de réfléchir ?

— Je n'en ai pas eu besoin. Je suis toujours chez moi le samedi après-midi. Voyez-vous, inspecteur – il se pencha en avant pour insister –, pour la plupart des hommes, le dimanche est un jour de repos. Pour nous autres hommes d'Église, c'est notre jour le plus occupé puisque nous sommes au service de Dieu. C'est aussi le jour où nous donnons notre sermon le plus important de la semaine ; le samedi, Mr Ross, j'écris mon sermon pour le dimanche. Comme nous sommes aujourd'hui vendredi, je peux déclarer sans risque que demain après-midi, je serai plongé dans la même tâche. D'une semaine sur l'autre, inspecteur, c'est ma routine.

Il se laissa aller contre le dossier de sa chaise avec un air de pieuse patience qui me donna envie de me jeter sur lui et de l'étrangler à mains nues.

Toutefois, il y avait une logique irréfutable à sa réponse. Chaque samedi de l'année, les hommes d'Église à travers tout le pays devaient probablement s'atteler à la même tâche. Je poursuivis malgré tout :

— Est-ce que quelqu'un vous y a vu ? Votre logeuse ? Un visiteur ?

Il prit l'air blessé.

— Je fais bien comprendre à ma logeuse que je ne veux pas être dérangé. La rédaction de mon sermon me prend tout l'après-midi. Je ne le bâcle pas en quelques minutes. Il requiert de la réflexion. Les exemples pour l'illustrer doivent être choisis attentivement. Le prédicateur doit atteindre le cœur et l'esprit de ceux qui l'écoutent, inspecteur, sans les désorienter. J'ai souvent peiné jusque tard dans la nuit pour les écrire.

Je refusai de me laisser distraire par l'image de Fawcett travaillant à la lumière d'une bougie.

— Mais il y a eu une réunion cet après-midi-là à la salle paroissiale, près de Waterloo, lui objectai-je. Notre bonne, Bessie Newman, y est allée pour prendre des tracts.

— C'est ce que j'ai entendu dire. Je suis désolé qu'on lui ait donné des tracts à distribuer sans votre permission. J'ai dit à votre épouse que je le regrettais. Mais je n'étais pas présent à la salle paroissiale ce samedi, ni d'ailleurs aucun samedi. Mr Walters a dirigé la réunion ce jour-là. Si vous voulez bien demander à votre bonne, elle le confirmera.

— Vous avez un tas de fidèles, dis-je.

J'essayais toujours de ne pas montrer combien il m'irritait, j'échouais atrocement, et il semblait se délecter de ma frustration. Il hocha la tête gracieusement pour acquiescer.

— Mais vous n'avez pas persuadé Allegra Benedict de se joindre à eux ?

— Non, elle était d'une autre sensibilité religieuse. Mais vous avez raison, elle ne faisait pas partie de ma congrégation, donc je me demande pourquoi vous croyez que j'aurais arrangé un rendez-vous avec elle. Et à Green Park ? (Il secoua la tête.) Vous vous faites des idées, inspecteur !

— On va voir si je me fais des idées ! m'écriai-je, suscitant de nouveau ce petit sourire narquois.

Il m'avait vraiment ébranlé et j'avais failli craquer. Il fallait que je retrouve mon sang-froid.

— Je crois que, bien qu'elle n'ait pas assisté à vos réunions du dimanche, vous étiez néanmoins en contact avec elle. Elle connaissait vos prétendues bonnes œuvres parce qu'elle vous avait entendu en parler chez Mrs Scott. Elle avait été encouragée à contribuer à votre collecte de fonds, soit parce qu'elle croyait que vous feriez bon usage de son argent, soit parce qu'elle avait une autre raison de vouloir vous faire plaisir. Dans tous les cas, elle vous a retrouvé ce jour-là pour vous donner l'argent de la vente d'un bijou de famille qu'elle venait tout juste de conclure dans une boutique de la Burlington Arcade. Nous avons parlé au bijoutier.

Il cilla à cette mention. Ce n'était pas une pure supposition de ma part. Allegra avait bien vendu le bijou.

— J'ignore totalement pourquoi cette dame avait besoin de liquidité, mais ce n'était certainement pas pour m'en donner. Vous pouvez fouiller mon logement. Vous ne trouverez aucune somme en ma possession. Je dépense tout pour mon œuvre.

Il pinça les lèvres.

— J'ai cru comprendre que son mari était fortuné. Le fait qu'elle ait dû vendre un bijou est un peu surprenant ; si vous dites qu'elle l'a fait, je vous crois. Mais je ne peux deviner son intention.

Il secoua la tête.

— Il y a tellement d'âmes torturées, inspecteur. Qui sait ce qu'elle avait en tête ?

J'inspirai profondément. Puisque j'y étais, autant poursuivre.

— De plus, je suis persuadé qu'elle et vous aviez une liaison secrète.

Cette fois, il se raidit, rougit et son front se plissa sous les jolies boucles à la Byron : l'incarnation de l'innocent faussement accusé.

— Voilà une suggestion tout à fait insultante, inspecteur Ross ! Je proteste ! Je nie vigoureusement ! Non seulement parce que je suis un homme d'Église, dévoué à son travail et tenu par les exigences de la religion ; mais elle est… était une femme mariée tout à fait respectable. J'espère que vous n'avez pas présenté cette théorie scandaleuse et diffamatoire au mari de la défunte ? Salir ainsi la mémoire de quelqu'un qui ne peut pas se défendre ? Est-ce à ça que sont réduits les officiers de police ?

Il était troublé. Cette dénégation véhémente avait été exprimée avec tant de passion qu'elle me semblait née d'une véritable inquiétude. Certes, n'importe qui aurait pu être troublé par mon accusation, même un innocent. Mais j'ai interrogé bon nombre de coupables au cours de ma carrière et je ne pensais pas me tromper sur ce point. Ah ah, songeai-je, Mr Fawcett, vous ne vous attendiez pas à ce que votre amourette soit révélée au grand jour !

— J'insiste, dit-il, pour savoir sur quelle base vous fondez ces sordides accusations. Vous ne pouvez avoir aucun argument raisonnable !

— Nous croyons, poursuivis-je en ignorant sa demande, que Miss Marchwood portait votre correspondance à Mrs Benedict.

À présent, il se sentait rassuré. Je le vis se détendre et je maudis ma maladresse. Miss Marchwood ne pouvait plus être appelée à témoigner.

— Elle vous a dit cela elle-même ? Miss Marchwood ? Elle a fait cette ridicule assertion ?

Ses yeux lançaient des éclairs. De nouveau, j'ignorai sa question.

— Nous avons des témoignages concordants de la femme de chambre personnelle de Mrs Benedict et d'un ancien majordome employé par Mr Benedict.

Morris s'était rendu à Englefield Green pour interroger Henderson, la femme de chambre, qui heureusement, habitait toujours aux Cèdres. Morris sait s'y prendre avec les membres du personnel. Henderson avait volontiers témoigné, une fois informée de la déclaration de Seymour. Elle avait bien surpris sa maîtresse en train de brûler des lettres et une fois (elle avait confessé cela en rougissant), elle avait récupéré un fragment de lettre dans l'âtre, par curiosité. Elle était signée *Jos*… La dernière partie du nom avait été réduite en cendres mais elle était certaine des trois premières lettres. Malheureusement pour nous, elle n'avait pas gardé le fragment.

Fawcett leva les mains.

— Ah, les ragots des domestiques ! Voyons, inspecteur, un homme de votre expérience n'accorde certainement pas crédit à ce genre d'informations. Vous me surprenez. Croire une femme de chambre peu éduquée, dont l'esprit est fortement influencé par de médiocres romans à l'eau de rose ? Et un ancien majordome ? Un domestique renvoyé qui garde rancune à ses maîtres ?

Il secoua la tête, chagriné par ma crédulité.

— Aucun tribunal n'ajouterait foi à de tels témoignages, inspecteur.

Il avait raison. Je ne pouvais rien prouver et il le savait. Si je persistais maintenant, j'aurais l'air de plus en plus désespéré.

— J'aimerais que les choses soient claires, inspecteur, poursuivit Fawcett. Êtes-vous en train de suggérer – j'ai du mal à le croire mais on dirait que c'est ce que vous faites – que j'aurais une responsabilité dans le meurtre de la malheureuse Mrs Benedict ?

— Nous vous demandons seulement votre coopération dans le cadre de notre enquête, m'entendis-je répondre.

— Et Miss Marchwood ? Imaginez-vous que je puisse vous aider aussi dans cette odieuse affaire ? Y a-t-il d'autres crimes non résolus que vous souhaiteriez me mettre sur le dos ? Je commence à me sentir un peu comme le bouc émissaire de l'Ancien Testament, envoyé dans le désert chargé des péchés des enfants d'Israël.

— Je n'ai plus de questions pour le moment.

Il était en position de force.

— Est-ce que vous allez m'inculper de quelque chose ? demanda-t-il.

— Pas pour l'instant.

— Alors je suis libre de m'en aller ?

— Oui, vous êtes libre.

Je vis Biddle dans son coin qui m'adressait un regard effaré. Biddle était jeune et il avait encore beaucoup à apprendre.

Fawcett se leva élégamment et épousseta ses manches.

— Je suppose que mon épingle de cravate va m'être restituée immédiatement ? Je n'aimerais pas qu'elle soit perdue par la police.

Je me penchai au-dessus de la table.

— N'exagérez pas, Fawcett. Oui, vous pouvez partir. Mais ne quittez pas Londres.

— Pourquoi le ferais-je ? répondit-il. Bonne journée, inspecteur.

Peu après, regardant par la fenêtre, je le vis passer tranquillement. Dunn avait sans doute raison et il ne s'enfuirait pas, du moins pas tout de suite. Nous avions dévoilé notre main et elle s'était révélée trop faible. Il n'avait rien avoué et nous ne pouvions rien prouver. Tout de même, le fait que nous soyons au courant de sa liaison avec Allegra devait l'inquiéter. Il lui fallait prendre des précautions pour l'avenir. Qu'allait-il concocter maintenant ?

CHAPITRE 14

Inspecteur Benjamin Ross

Je me dirigeai vers le sud en direction de la Tamise, ce vendredi soir-là, plongé dans mes pensées. Comment allais-je expliquer à ma femme et à notre bonne, puisque je ne pouvais y échapper, le tour qu'avaient pris les événements ? Il y avait une petite chance qu'elles n'aient pas encore appris la nouvelle, ce qui m'accorderait un peu de répit, mais je ne pouvais pas trop y compter. Il était fort probable que la rumeur se soit déjà répandue jusque chez moi. On savait que Lizzie était mariée à un policier. Une commère pouvait espérer glaner des informations. C'était d'ailleurs une raison de plus pour ne pas avoir prévenu Lizzie plus tôt ; non pas qu'elle risque d'être indiscrète, mais Bessie aurait pu faire une gaffe.

La plupart des hommes, songeai-je avec amusement, n'auraient pas jugé nécessaire de rendre des comptes à une domestique. J'avais la malchance que notre bonne soit à la fois un membre enthousiaste de la congrégation de Fawcett et qu'elle n'ait pas sa langue dans sa poche. Donc, Ben Ross, me dis-je, tu ne peux pas gagner. Bessie va sans doute être horrifiée d'apprendre que Joshua Fawcett a été arrêté et obligé de passer une nuit en cellule ; et Lizzie sera déçue d'apprendre qu'il a été relâché (et vexée que je ne lui aie pas parlé de son arrestation la veille).

Une bruine régulière s'était mise à tomber. Déjà les trottoirs et les rues scintillaient à la lueur des réverbères. Les gens rentraient chez eux en hâte, comme moi. Les prostituées londoniennes étaient de sortie malgré le mauvais temps, en quête des premiers clients de la soirée. En passant devant une porte, je m'entendis appeler « Chéri » et on m'invita à venir me « détendre ». La voix semblait jeune. Je ralentis et regardai dans l'ombre, à moitié décidé à arrêter la fille pour son bien et à l'enfermer, à l'abri de la rue et de ses dangers ne serait-ce que pour une nuit.

Il y eut un petit cri étouffé. La lumière du réverbère le plus proche éclairait mon visage et la fille me distinguait bien mieux que je ne la voyais.

— C'est vous, pas vrai ? Vous êtes l'inspecteur qu'est venu au pub pour parler à Jed.

— Approchez ! ordonnai-je. Je veux vous voir.

Une silhouette émergea de la pénombre et je reconnus la fille au bonnet mauve qui accompagnait Jed Sparrow au *Conquering Hero*. Elle portait toujours le même chapeau, bien que peu adapté à la saison, et une robe légère, avec des jupons assez courts pour révéler ses bottines et ses bas tachés de boue. Pour se tenir chaud, elle avait posé sur ses épaules une petite cape avec une bordure en fourrure qui ressemblait fort à du poil de chat. Elle avait aussi un parapluie qu'elle ouvrit pour s'abriter, et peut-être aussi pour mettre une barrière entre elle et moi.

— Je me souviens de vous, dis-je. Vous étiez assise à la table de Sparrow avec une autre fille. Alors comme ça vous êtes dehors pour ramasser des chiffons, hein ?

Elle partit d'un petit rire.

— C'est la plaisanterie de Jed.

— Sparrow ferait bien de ne pas plaisanter avec les représentants de la loi. Comment vous appelez-vous ?

Elle hésita.

— Rose, dit-elle enfin, ajoutant d'une voix craintive : Vous allez pas me coffrer maintenant, hein ? Je viens d'arriver. J'ai pas encore gagné d'argent.

— Et Sparrow, en guise de plaisanterie, va vous faire un œil au beurre noir si vous rentrez les mains vides. Tout comme il frappait Clarrie Brady.

— Vous avez retrouvé Clarrie, pas vrai ? dit-elle doucement.

— J'ai vu son corps à la morgue. Ce n'est pas moi qui l'ai retrouvée, c'est la police fluviale. Elle a été sortie de la Tamise.

Elle soupira.

— C'est pas juste. C'est le spectre du fleuve qui lui a fait ça, hein ?

Elle avait prononcé ces paroles avec une certitude résignée bien plus poignante qu'un grand discours.

— Vous avez peur qu'un soir il vous attaque aussi ?

— Je l'ai déjà rencontré.

Je ne m'y attendais pas.

— Quand ? Où ? Pas ce soir ?

— Non, c'était il y a une quinzaine de jours, juste avant que Clarrie disparaisse. Je l'ai vue ce jour-là et après ça, plus jamais. Je savais que le spectre l'avait attrapée. Elle avait peur de lui. On avait toutes peur de lui, mais Clarrie, elle se doutait qu'il la cherchait.

— Daisy Smith m'a dit la même chose.

— Daisy et Clarrie, elles étaient bonnes copines.

— Rose, dis-je doucement, racontez-moi où vous avez vu le spectre et comment ça s'est passé.

— C'était au cours de la semaine avant ce grand brouillard, je crois que c'était le jeudi. (Elle s'interrompit.) Mais il faisait mauvais. La brume était montée du fleuve, pas aussi terrible que par la suite, mais quand même épaisse. En bas, près de l'eau, ça faisait des tourbillons et c'était bizarre pour ceux qui se trouvaient dehors comme moi. Le froid vous transperçait jusqu'aux os. Je me suis arrêtée pour acheter une patate chaude à un marchand ambulant. Je suis restée un peu près de son feu pour me réchauffer en la mangeant. Je le connais, ce marchand. Je lui achète souvent une patate quand il fait froid. Un peu plus tard, je venais de repartir et j'ai entendu des bruits de pas qui se rapprochaient de moi à toute allure. Je me suis vite retournée… mais pas assez vite. Il était là, vêtu d'une grande robe blanche, comme un linceul, avec des trous noirs qui me fixaient à la place des yeux… Il m'a parlé.

C'était la première fois que j'entendais dire que quelqu'un avait entendu la voix du prédateur.

Je lui demandai avec impatience :

— Qu'a-t-il dit ? Comment était sa voix ?

— Très douce, dit-elle. C'est bizarre, on aurait pu croire qu'elle serait rauque, dure. Mais elle était très douce et elle aurait pu être agréable si elle ne venait pas de ce visage. Il m'a traitée de catin, de pécheresse, et il a sifflé un peu comme un serpent… Je me suis mise à hurler et le marchand de pommes de terre, pas loin, a entendu et il est arrivé en courant. Il a crié : « Qu'est-ce qui se passe ? » Quand le spectre a entendu quelqu'un venir, il a disparu, il s'est tout simplement évanoui dans le brouillard. Le temps que le marchand de patates arrive, j'étais encore toute tremblante, mais le spectre était parti.

Rose avait croisé Clarrie le jeudi et rencontré le spectre le même soir. Mais s'il avait cherché Clarrie le jeudi soir, il ne l'avait pas trouvée puisque Daisy l'avait vue près d'un marchand de café le vendredi matin.

— Vous avez eu de la chance, dis-je à Rose.

Elle l'avait échappé belle, car elle aussi l'avait vu de près et avait entendu sa voix, et c'était peut-être seulement l'intervention du marchand qui l'avait sauvée. Si le spectre avait voulu s'entraîner avec une corde ce soir-là, c'est le corps de Rose que j'aurais découvert à Wapping.

— Peut-être.

Ses pensées faisaient écho aux miennes.

— Il aurait peut-être mieux valu que je le voie pas. Clarrie l'a vu et regardez ce qui lui est arrivé. Peut-être qu'il me cherche maintenant.

Elle leva les yeux vers moi sous son parapluie.

— Vous allez m'embarquer ? Faites pas ça, s'il vous plaît !

— Non, soupirai-je. Je ne vais pas vous arrêter. Mais soyez prudente et restez à un endroit où il y a du passage.

— Daisy a bien dit que vous étiez un brave type.

— J'en suis reconnaissant à Daisy. Bonne nuit, Rose.

— Bonne nuit, Mr Ross.

Je me remis en route, mais la rencontre avec cette jeunesse m'avait déprimé. J'enrageais à l'idée de cette crapule de Jed Sparrow qui attendait qu'elle lui rapporte l'argent qu'elle avait gagné. Je me retournai vers elle.

Elle était debout là où je l'avais laissée, sous son parapluie, mais apparemment elle avait attrapé un client. Un homme bien habillé lui parlait, sans doute pour marchander. Il leva les yeux et regarda dans ma direction, comme s'il sentait qu'ils étaient observés, et, à la lumière du gaz, je reconnus Sebastian Benedict.

Ma première réaction fut la surprise. Puis celle-ci s'évanouit et fut remplacée par un mélange d'émotions. L'explication la plus généreuse de sa présence était la solitude d'un homme malheureux d'avoir perdu sa femme et qui était venu chercher un peu de réconfort. À moins que cela n'ait été son habitude, et à cette idée je fus pris de colère. Même du vivant de sa magnifique épouse, il était l'un de ces hommes qui trouvent plus de plaisir et d'excitation avec des prostituées. Il y a bon nombre d'hommes riches de cet acabit. Mais j'étais tout de même choqué que Benedict en fasse partie.

Je tournai les talons, écœuré, et poursuivis mon chemin, mais j'entendis bientôt un bruit de pas derrière moi.

— Ross !

Je m'arrêtai et attendis. Benedict me rattrapa, quelque peu essoufflé. Je notai qu'il était toujours en grand deuil, à part le ruban de soie noir qui avait disparu de son haut-de-forme. Ses domestiques auraient remarqué s'il s'était changé pour venir en ville, donc il était obligé de rechercher ses plaisirs toujours vêtu du noir le plus profond.

— Vous êtes surpris de me voir, dit-il avec un air de défi.

— Je suis policier. Peu de choses me surprennent, Mr Benedict.

La froideur de mon ton avait fait son effet. Je m'imaginai même que je le voyais rougir à la lueur du bec de gaz.

— Vous me jugez ! dit-il avec colère.

— J'enquête sur la mort de Mrs Benedict. Vos faits et gestes ne m'intéressent que dans la mesure où ils touchent à mon enquête.

— Diantre ! s'exclama-t-il. Je ne suis quand même pas le seul homme à…

— Absolument, monsieur, admis-je, impassible.

— Mais je suis en deuil, et vous désapprouvez ma présence ici pour cette raison, dit Benedict.

Comme je ne répondais pas, il poursuivit :

— Quand je vous ai dit que j'aimais ma chère épouse, c'était la vérité.

— Oui, monsieur.

Il hésita.

— Je voudrais que vous compreniez, Ross, je veux vous expliquer… Voyez-vous, ma femme était… C'était une œuvre d'art. Aucun sculpteur, aucun peintre n'aurait pu produire une forme si parfaite. J'ai toujours redouté qu'elle… qu'elle ne tombe enceinte.

À présent, je ne pouvais plus cacher ma stupéfaction.

— Vous le redoutiez ? La plupart des couples ont hâte de fonder une famille.

Comme Lizzie et moi, si tout allait bien.

— Mais ce ne sont pas mes affaires, monsieur, ajoutai-je sur un ton d'excuse, car même si cela me semblait étrange, cela ne me concernait pas.

— Comprenez-moi, poursuivit-il, je n'aurais jamais pu supporter de voir ce corps parfait se déformer, se distendre avec un enfant. J'ai observé des femmes enceintes avec le visage bouffi et la démarche bancale. Qu'Allegra devienne comme ça ? Non. (Il s'interrompit.) Donc, voyez-vous, Allegra et moi partagions rarement le même lit.

Cet aveu inattendu et indélicat touchait finalement à mon enquête. Était-ce l'absence de relations conjugales qui avait conduit Allegra à rechercher l'amour ailleurs ?

— Et votre femme, comment le prenait-elle ?

Il aboya avec fureur :

— Une femme raffinée n'éprouve pas de vils désirs !

Quel imbécile ! songeai-je. Croit-il vraiment cela ? Alors il est idiot, naïf ou simplement égoïste et il se sert de cette excuse pour fréquenter des prostituées. Mais j'avais eu raison à son sujet. Il considérait bien Allegra comme une possession, un objet à ajouter à sa collection d'œuvres d'art, et non pas comme un être humain qui vivait avec lui, animé d'émotions et vulnérable. Il est trop tard pour en discuter avec lui, songeai-je. Après tout, je ne suis ni son médecin de famille ni son confesseur. Qu'il croie à ces sornettes si cela l'amuse. Cela lui a apporté le malheur une première fois et ne manquera pas d'arriver de nouveau. J'espère seulement qu'il ne gâchera pas la vie d'une autre femme comme il a gâché celle d'Allegra. En attendant, il ne m'apprécie pas et je ne l'apprécie pas non plus, inutile de prendre des gants.

— Très bien, vous feriez mieux de retourner voir votre belle de nuit. Toutefois, il est de mon devoir de vous avertir que ces femmes ne sont pas toujours ce qu'elles paraissent. Si vous avez des objets de valeur sur vous, prenez garde. Elle peut servir de leurre à un brigand qui guette dans la pénombre. Et je n'ai pas besoin de vous signaler les maladies dont ces filles sont souvent porteuses.

Sur ce, nous nous séparâmes. Au moins lui avais-je donné matière à réflexion.

Chez moi, j'étais attendu par deux paires d'yeux brillants. Comme je l'avais soupçonné, la nouvelle de l'arrestation de Fawcett et de son bref séjour derrière les barreaux s'était répandue. Mon mince espoir de répit fut aussitôt anéanti.

— Alors ? demanda ma femme.

— Qu'avez-vous fait du pauvre Mr Fawcett ? demanda Bessie, moins subtile et plus partisane.

— Que le diable emporte ton Mr Fawcett ! aboyai-je, irrité.

Rencontrer Fawcett et Benedict le même jour, c'était trop pour un seul homme.

— Ben… murmura ma femme avec un regard en biais à notre bonne.

— J'ai dû le laisser repartir, dis-je.

— Vous voyez, fit Bessie, ravie, je savais bien que le pauvre Mr Fawcett n'avait rien fait de mal.

— Va éplucher les pommes de terre, Bessie, ordonna Lizzie.

Bessie partit, non sans me jeter un dernier regard de triomphe.

— Tu ne m'as pas dit que tu l'avais arrêté, hier soir, me reprocha Lizzie.

— Nous ne l'avions pas inculpé, rétorquai-je faiblement. Le moment où on fait venir un homme pour l'interroger est délicat. J'ai jugé préférable de garder le silence hier soir et d'attendre de lui avoir parlé aujourd'hui.

Je me laissai tomber dans un fauteuil.

— Et, comme je viens de vous le dire, j'ai été obligé de le relâcher.

Lizzie s'installa face à moi.

— Alors il n'a rien pu vous apprendre du tout ? demanda-t-elle.

— Il n'a pas pu, ou plutôt il n'a pas voulu, marmonnai-je, agacé. Je savais que ce serait une erreur de l'arrêter, mais Dunn n'en démordait pas. Fawcett n'a même pas avoué sa liaison avec Allegra Benedict alors que nous avons deux témoignages de domestiques qui concordent.

— Quel minable ! explosa Lizzie.

J'espérai qu'elle parlait de Fawcett.

— Alors que va-t-il se passer maintenant ?

— Il faut souhaiter qu'il ne prenne pas la fuite. Dunn a peut-être raison, il ne va pas oser décamper tout de suite. Cela le rendrait suspect du meurtre. C'est une chose d'être percé à jour comme escroc. C'en est une autre de se retrouver candidat à la potence.

— Crois-tu qu'il l'a tuée ? chuchota Lizzie malgré le vacarme qui venait de la cuisine – Bessie n'était pas du genre à travailler en silence.

Je soupirai.

— Je n'en ai aucune idée. Dunn le pense. Il avait un mobile. Allegra était amoureuse. Pour Fawcett, cela aurait normalement signifié qu'elle était à sa merci, mais dans le cas présent, elle était italienne. Elle avait un tempérament latin : elle était passionnée et imprévisible. Tout son comportement avait changé. Elle voulait montrer son bonheur au monde entier. Nous savons que les domestiques des Cèdres avaient déjà deviné la cause de cette transformation. Son mari n'aurait pas tardé à avoir des soupçons. Je suis persuadé que Fawcett avait hâte de se sortir de cette situation. Mais aller jusqu'au meurtre ? C'est autre chose. À mon avis, il est plus probable que Fawcett, s'il était dos au mur, aurait tout simplement fait ses valises et disparu dans la nature. Certes, cela aurait impliqué d'abandonner une entreprise profitable. Cependant, étant donné le risque de scandale si Allegra faisait une gaffe, eh bien, c'est ce qu'il aurait fait. Non, je ne crois pas qu'il l'ait tuée. Mais peut-être l'avenir me donnera-t-il tort… Elle a pu commettre une imprudence qui aura provoqué la panique de Fawcett.

— Je vais aller à la réunion dimanche après-midi, déclara Lizzie après avoir pris le temps de réfléchir à tout cela.

Je n'étais pas ravi.

— Tu vas être particulièrement mal accueillie là-bas à cause de moi, l'avertis-je.

— Je crois bien que je n'étais pas franchement la bienvenue même avant cela, retorqua mon épouse sans se démonter. Mais cela m'intéressera de voir comment Mr Fawcett se conduit maintenant, après son petit séjour en cellule.

Et, je devais l'admettre, moi aussi. Quant à ma récente rencontre avec Benedict, et ce que j'avais appris au sujet de ses relations matrimoniales, je n'en avais pas parlé à Lizzie et je ne comptais pas le faire. Que Benedict ait été en quelque sorte l'artisan de ses propres malheurs n'excusait en rien Fawcett, qui avait profité d'une femme seule et désespérée.

Je crois que le superintendant Dunn fut un peu déconfit que nous ayons été obligés de relâcher Fawcett. Toutefois, il allait rapidement retrouver sa bonne humeur. Le samedi matin, alors que je me dirigeais vers mon bureau, je fus intercepté par le zélé Biddle.

— Mr Dunn est là aujourd'hui, et il a des visiteurs, chuchota-t-il.

Il n'y avait aucune raison de baisser le ton ainsi. Biddle a le goût du drame. Avec un peu de chance, il le perdra.

— Des visiteurs venus du Nord ! poursuivit Biddle, avec de grands gestes vers la fenêtre, dans ce qu'il devait vaguement espérer être la bonne direction. Et il veut vous voir tout de suite, dans son bureau.

— Qu'est-ce qu'il y a encore ? marmonnai-je dans ma barbe en me mettant en route.

Dunn ne venait jamais d'habitude le samedi. Il avait dû y être obligé.

J'entendis d'abord les voix puis je découvris Dunn en compagnie de deux hommes qui n'étaient manifestement pas d'ici. Ils portaient des chapeaux hauts de forme et de gros manteaux d'hiver ; il flottait autour d'eux une vague odeur de suie et d'huile de moteur, ce qui signifiait qu'ils étaient venus directement de l'une des grandes gares de Londres.

Dunn semblait particulièrement content de lui.

— Ah, Ross. L'homme de la situation. Cette fois, je crois que notre chance a tourné ! Je vous présente l'inspecteur Styles et le sergent O'Reilly. Ils viennent de Manchester et débarquent tout juste de la gare d'Euston. Ils sont venus par le premier train porteurs d'un…

Biddle n'était pas le seul à avoir le goût de la mise en scène ce matin-là. Dunn ramassa une feuille de papier et l'agita triomphalement dans ma direction.

— … d'un mandat d'arrêt au nom de Jeremiah Basset.

Dunn se pencha en avant.

— Également connu sous le nom de Joshua Fawcett.

— Nous avons reçu avec intérêt le télégramme du superintendant Dunn avec la description de l'homme en question, dit Styles.

Sa voix était si grave qu'elle semblait provenir du sol sous lui. C'était un type solide, au visage rouge, avec une belle barbe. Malgré cette concession à la mode, il y avait chez lui quelque chose de campagnard. À le voir à côté de Dunn, on aurait dit deux fermiers en train de discuter le prix du bétail.

— Nous avons deviné que c'était notre homme. Nous sommes à la recherche de Basset depuis un bout de temps. Il y a un certain nombre de personnes à Manchester qui brûlent d'envie d'avoir une petite conversation avec lui.

— Pas seulement à Manchester, intervint O'Reilly, dont la voix fluette et nasillarde, avec une pointe d'accent irlandais, contrastait avec celle de son supérieur. Il est recherché à Preston, Sheffield, Bradford et Leeds.

— Mais c'est nous qui sommes arrivés les premiers ! gronda Styles d'un air triomphal. Et nous aimerions le ramener avec nous, si cela ne vous dérange pas, ajouta-t-il avec un regard à Dunn qui se rengorgeait derrière son bureau.

— Pour ma part, je n'y vois pas d'inconvénient, dit Dunn. Mais si vous souhaitez emmener cet individu hors de Londres, il faut que je demande la permission en haut lieu. Cela ne devrait pas prendre trop de temps.

— Nous sommes certains, n'est-ce pas, que Basset et Fawcett sont le même homme ? Il n'y a pas de doute possible ? C'est un type qui a plus d'un tour dans son sac et nous ne voudrions pas qu'il nous file entre les doigts. Je suppose que le superintendant Dunn vous a prévenus que nous l'avons interrogé ici dans le cadre d'une affaire de meurtre. Nous avons été obligés de le relâcher.

Dunn eut l'air déconcerté, puis il ajouta, irrité :

— En l'absence de preuve directe, nous n'avons pas pu le retenir. Nous n'avons rien pu trouver contre lui malgré tous nos efforts et notre certitude qu'il pourrait bien être notre homme, ajouta-t-il avec un regard d'excuse pour les visiteurs.

Il poursuivit en se tournant vers moi :

— Voyez, Ross, ces messieurs ont un mandat d'arrêt contre lui. Ils peuvent l'inculper ; et s'il pourrit dans une cellule à Manchester, nous n'aurons plus à craindre qu'il ne disparaisse. Nous saurons où le trouver si jamais nous avons besoin de lui par la suite.

— Il est d'autant plus important, insistai-je, d'être certains que nous parlons bien du même homme.

— Il est très doué pour disparaître, notre Mr Basset, grommela Styles. Mais je vais vous montrer ceci, Mr Ross, comme je l'ai montré à Mr Dunn.

Il fouilla dans sa poche et en sortit un morceau de carton rectangulaire qu'il me passa.

C'était une photographie d'un petit groupe de gens, réunis dans le jardin d'une grande maison. Vêtus de leurs plus beaux vêtements, alignés de façon irrégulière, ils adressaient tous un sourire gêné au photographe, à l'exception d'un homme en bout de rang qui aurait manifestement souhaité être ailleurs. On le comprenait. Être immortalisé par la technique moderne de la photographie n'était pas à son goût. Je vis qu'il avait déjà acquis son épingle de cravate en diamant.

— C’est bien Fawcett, ou Basset, comme vous l’appelez, sans aucun doute, dis-je en leur rendant la photographie. Par qui a-t-elle été prise ?

— Ah ça… fit Styles en remettant la photographie en sécurité dans sa poche. Notre Mr Basset, votre Mr Fawcett a commis ses escroqueries dans tout le pays. Il passait pour un vrai gentleman. Quand il est arrivé à Manchester, il devait se croire en veine. Plusieurs de nos concitoyens ont fait fortune dans la fabrication et l’importation de la soie et du coton. Leurs usines sont des merveilles des temps modernes, avec toutes sortes de nouvelles machines inventées très récemment. L’air de notre région est tout à fait adapté à la filature du coton. Vous ne le saviez peut-être pas.

Dunn et moi avouâmes notre ignorance d’un signe de tête.

— C’est l’humidité, déclara O’Reilly d’une voix morose. Les fils de coton se brisent facilement sous un climat trop sec. Personne ne pourrait accuser Manchester d’être trop sec.

Styles reprit le contrôle de la conversation.

— Nous appelons nos plus grands propriétaires d’usines les « rois du coton ». Basset a réussi à se faire présenter à l’épouse de l’un d’eux et une fois qu’elle l’a eu pris sous son aile et qu’elle a eu persuadé son mari que Basset était un type merveilleux, eh bien, il a fait la connaissance de tous les autres et de leurs familles. Les dames en particulier l’aimaient bien.

O’Reilly sourit de toutes ses dents mais se reprit avant que Styles ne le remarque.

— Nous croyons aux institutions philanthropiques à Manchester, déclara Styles.

D’après ce que je savais des conditions de travail dans les filatures, toutes modernes qu’elles soient, la philanthropie n'était pas le premier souci des rois du coton. Je me contentai cependant de hocher la tête.

— Et donc voilà qu'arrive Basset avec un projet pour sauver les enfants des pauvres, éviter qu'ils soient livrés à eux-mêmes et tombent dans la boisson et le crime, et qui se propose de les former à devenir d'honnêtes travailleurs.

— Dans les filatures, ne pus-je m'empêcher de dire.

Styles hocha la tête.

— Tout à fait. Notre industrie prospère a besoin d'une main-d'œuvre qualifiée, inspecteur. Naturellement, les gens l'ont écouté…

— Et ils ont dit au revoir à leur argent.

Styles fronça les sourcils en direction de son subalterne.

— Mais cette photographie pourrait bien causer sa perte. Quelques-unes des dames concernées ont décidé de donner une garden-party pour lever des fonds. C'était une fête superbe, la crème de la région était présente. Un compte rendu a même été rédigé dans un journal local. Et quelqu'un a eu l'idée de faire venir un photographe pour immortaliser l'événement. Vous savez comment ça se passe, tout le monde aime se faire tirer le portrait, surtout en si belle compagnie ! Cette image photographique, dit Styles en tapotant sa poche, en a été le résultat, qui rend très bien d'ailleurs. Tout le monde souriait dessus, sauf notre Mr Basset ou Fawcett. Il se trouve que l'une de ces dames a une sœur qui habite Leeds. La sœur en question est venue lui rendre visite peu après cette fête et la dame s'est empressée de lui raconter la fête et le projet. Elle a montré à sa visiteuse un tirage de la photographie, et que pensez-vous qu'il se soit passé ?

— Il a été reconnu, fis-je avec un brin d'impatience.

— Eh oui. Immédiatement. La sœur s'écrie : « Mais, c'est notre Mr Denton, qui a convaincu les gens de chez nous de débourser une fortune afin de construire un hôpital pour les enfants tuberculeux des usines ! Il s'est volatilisé avec l'argent au moment où l'on commençait à poser des questions sur le début des travaux ! »

» La dame a été horrifiée et elle a tout raconté à son mari qui est venu nous voir. Nous nous sommes immédiatement rendus chez lui pour l'arrêter, mais Basset (ou Denton ou Fawcett, comme vous voudrez) avait eu vent de notre venue, on ne sait comment, et il s'était envolé. Il était parti en pleine nuit, sans dire un mot ni payer son loyer. Je suppose qu'à peine cette photographie prise, il s'était douté que son petit jeu allait bientôt prendre fin. Les notables n'ont rien récupéré de leur argent. Vous devinez combien ils ont hâte de le revoir, ajouta Styles sur un ton sévère.

— Ainsi il se sert aussi du nom de Denton, remarquai-je.

— Il a une demi-douzaine d'identités, me dit O'Reilly. Nous nous sommes donné du mal pour retrouver sa trace. Nos questions auprès des autres services de police nous ont assez vite informés de ses précédentes activités, mais pas de sa situation actuelle, nous n'avions aucune piste.

— Comme je le disais, interrompit Dunn qui semblait trépigner d'impatience, cela ne devrait pas exiger beaucoup de temps de prendre des dispositions pour que vous puissiez le ramener dans le Nord avec vous. Je suggère que vous vous rendiez dans un des excellents restaurants du quartier et que vous reveniez ensuite.

L'idée sembla plaire aux visiteurs et ils partirent.

— C'est un suspect dans une enquête pour meurtre, lançai-je avec énergie à Dunn quand nous fûmes seuls. Vous n'allez peut-être pas être autorisé à le laisser emmener par nos collègues pour affronter un chef d'accusation bien moindre, si loin de Londres. Et la police de Leeds ? Et celle des autres villes ? Il va être demandé là-bas aussi.

— C'est pour cela que j'en réfère aux autorités, déclara Dunn d'un air obstiné. Styles et O'Reilly ont des preuves et des témoins disposés à l'identifier et à le démasquer. Vous n'avez pas été capable de lui faire dire quoi que ce soit quand vous l'avez interrogé. Vous aviez peur qu'il ne quitte Londres. Laissez donc Manchester s'occuper de lui. Je vais aller voir le préfet et obtenir son accord. Il ne m'en voudra pas de le déranger un samedi si c'est pour une bonne raison.

Apparemment, le fait que nous ayons perdu notre temps en arrêtant Fawcett n'était pas la faute de Dunn : c'était la mienne.

— Bien, dis-je, au moins je sais où le trouver. Nous sommes samedi et, cet après-midi, notre prédicateur sera en train de rédiger son sermon de demain chez lui à Clapham. Enfin, s'il m'a dit la vérité là-dessus. Comme il a menti sur tout le reste, nous ne pouvons qu'espérer, n'est-ce pas ?

Dunn m'adressa un regard quelque peu inquiet.

CHAPITRE 15

Inspecteur Benjamin Ross

Je dois avouer que je n'en menais pas large en partant pour Clapham cet après-midi-là, en compagnie de nos deux visiteurs du Nord. Si Fawcett n'était pas chez lui, non seulement j'aurais l'air d'un idiot devant Styles et O'Reilly, mais Dunn me reprocherait d'avoir laissé échapper notre proie. Fawcett serait prévenu de notre visite par sa logeuse et il plierait immédiatement bagage. Le superintendant déclarerait, avec justesse, que j'avais fait passer Scotland Yard pour un ramassis d'incompétents. Tout cela pouvait fort bien se produire car j'étais loin d'être sûr que nous trouverions Fawcett à son domicile.

Mes deux compagnons, en revanche, semblaient de fort belle humeur. Peut-être grâce au bon repas ou parce qu'ils avaient confiance en moi et ne doutaient pas un instant du succès de notre entreprise. Ou peut-être étaient-ils exaltés à la perspective de ramener triomphalement Fawcett à Manchester. Ils avaient sans doute hâte de recevoir les remerciements des notables de la ville et des rois du coton dont les familles avaient été si joliment grugées.

Je priai seulement pour que nous ne fussions pas tous venus en vain.

— Alors, Mr Ross… fit Styles avec jovialité tandis que nous nous dirigions vers la gare de Waterloo en fiacre, l'urgence de notre mission ayant justifié cette dépense. Ainsi, votre superintendant pense que notre homme pourrait bien être un meurtrier en plus d'un escroc ? Est-ce également votre opinion ?

Tout en parlant, il me fixait d'un regard intense qui contrastait avec son ton badin.

— Il se trouve que non, répondis-je. Fawcett a certainement joué un rôle dans le meurtre d'Allegra Benedict. Si je ne me trompe pas, son nom a été utilisé pour attirer la malheureuse dans le parc ce samedi-là. Maintenant, le savait-il ? De toute façon, tant qu'il n'aura pas avoué sa liaison avec la femme assassinée, je ne peux pas aller plus loin. Je ne crois pas qu'il l'ait étranglée. D'un autre côté, si ce n'est pas lui, qui était-ce ? C'est un peu la position du superintendant. J'aimerais beaucoup interroger Fawcett encore une fois avant que vous l'emmeniez à Manchester.

— Je suis sûr que ce sera possible, marmonna Styles. Mais je doute que vous réussissiez à arracher la vérité à cet individu. C'est un menteur invétéré et il est intelligent. Si vous voulez mon avis, c'est le genre d'escroc qui entre si pleinement dans le rôle qu'il s'est donné qu'il finit par croire à ce qu'il raconte. Comme un acteur de théâtre. C'est fort dommage qu'il ne se soit jamais servi de son talent à des fins légitimes.

À moins que ce ne soit une bénédiction. Je me souvins de l'opinion de Lizzie selon laquelle Fawcett aurait pu convaincre n'importe qui de faire n'importe quoi.

Le voyage en train entre Waterloo et Clapham était très bref. Tandis que nous roulions, je songeai à Miss Isabella Marchwood qui avait trouvé la mort quelque part sur cette ligne. Nous n'avions fait aucun progrès dans notre enquête. Burns n'avait rien découvert, malgré de nombreuses questions dans toutes les gares entre Egham et Waterloo.

— Pourquoi cela ? marmonnai-je.

Mes deux compagnons me regardèrent puis se regardèrent l'un l'autre. Mieux valait que je garde mes pensées pour moi. Mais pourquoi les agents de la police des chemins de fer, malgré tous leurs efforts, n'avaient-ils pas trouvé une seule personne ayant remarqué quelque chose d'inhabituel le matin où Isabella Marchwood était morte ? Je repensai au garde de la Burlington Arcade, Harry Barnes. Il n'avait pas su nous donner d'information substantielle, cependant cela même m'avait suggéré que l'histoire racontée par Miss Marchwood n'était pas toute la vérité. La police des chemins de fer n'avait-elle rien découvert parce que la personne qui avait tué Isabella était une habituée de la ligne ? Son visage était familier. Le meurtrier montait et descendait de ce train régulièrement. Il traversait les quais et le hall de la gare avec l'assurance de l'habitude. Avais-je affaire à Sebastian Benedict ?

Benedict avait été le premier suspect de Dunn, jusqu'à ce que le superintendant abandonne cette théorie au profit de Fawcett. Mais Fawcett aurait-il pris le risque de monter dans le train et d'étrangler sa victime en plein jour ? Certes, Isabella lui aurait fait bon accueil. Elle n'aurait eu aucune crainte ni aucune raison de s'attendre à être attaquée. Le crime aurait été facile à exécuter.

— Dites-moi, dis-je à Styles (puisqu'il m'avait demandé mon opinion, j'avais le droit de lui demander la sienne). Vous connaissez Fawcett depuis plus longtemps que moi. Pensez-vous qu'il soit capable de meurtre ?

— Pas d'un d'assassinat, fit Styles après avoir réfléchi. Pourtant, il est capable de préméditer à peu près n'importe quoi. Il est malin comme un singe. Malgré cela, je ne le vois pas prendre cette décision de sang-froid. Il ne procéderait pas de cette manière. Lui, il s'appuie sur son charme et ses qualités d'orateur pour se sortir de toutes les situations. Mais vous savez aussi bien que moi, Ross, que tous les meurtres ne sont pas soigneusement préparés. Prenez n'importe quel voyou, s'il se trouve au pied du mur et qu'il panique, il sera capable de tuer. Si notre escroc s'était senti menacé…

— Je ne sais toujours pas si vous êtes d'accord avec le superintendant ou avec moi, dis-je avec humeur.

O'Reilly intervint.

— Si vous l'interrogez de nouveau, prenez tout ce qu'il vous dira avec des pincettes. Il a une imagination débordante, ce Jeremiah Basset, ou Joshua Fawcett, comme vous l'appelez.

Je craignais qu'il n'ait raison. Mais était-il notre assassin ? Ce n'est pas comme ça qu'un escroc procède, me dis-je encore une fois. Styles pense la même chose, malgré sa réponse prudente. Mais est-ce que nous nous trompons tous les deux ? Un homme assez désespéré, comme Styles venait de le dire…

— Vous n'êtes pas de Londres, Mr Ross, j'imagine, fit soudain observer Styles, interrompant le cours de mes pensées.

— Non, je viens du Derbyshire.

— Ah bon ? Qu'est-ce qui vous a amené ici ?

O'Reilly et lui me regardaient, l'air aussi étonné l'un que l'autre.

— J'espérais faire fortune, leur dis-je ironiquement.

— En tant que policier ? fit O'Reilly avec un sifflement.

— Je ne m'en suis pas mal sorti, dis-je avec colère, pour un garçon qui a commencé sa carrière dans une mine.

— Il se trouve que j'ai une tante qui habite dans le Derbyshire à Ashby-de-la-Zouch, déclara Styles. Quand elle était jeune, elle a eu un malheureux accident, qui a eu pour conséquence de l'obliger à porter une jambe de bois.

Je me résignai à écouter l'histoire de la tante de Styles et de sa jambe de bois mais, heureusement, nous arrivâmes avant qu'il ait pu se lancer.

Nous trouvâmes sans trop de difficulté la maison où logeait notre homme et observâmes les fenêtres du premier étage, en nous demandant s'il nous avait vus et s'apprêtait à fuir.

— Y a-t-il une sortie par-derrière ? demanda Styles, soudain sérieux. O'Reilly, allez donc voir. S'il nous repère, il va fuir.

— Il y a peut-être une ruelle qui dessert l'arrière des jardins, dis-je en pensant à ma propre maison.

O'Reilly s'éloigna en trottinant docilement à la recherche d'une éventuelle issue à l'arrière du bâtiment. Styles et moi nous approchâmes de la porte d'entrée. Il vérifia que le mandat d'arrêt était toujours dans la poche de son manteau et j'actionnai le heurtoir en bronze poli, en forme de fer à cheval. Peut-être cela nous porterait-il chance.

La porte fut ouverte par une femme d'allure respectable, dodue et vêtue d'un tablier recouvert de farine. Nous l'avions interrompue en pleine pâtisserie.

Nous lui demandâmes si nous pouvions parler à Mr Fawcett.

— Oh, Seigneur, est-ce qu'il y a encore des soucis avec quelqu'un qu'il a sauvé ? demanda la logeuse. Le pauvre Mr Fawcett a été parti toute la nuit de jeudi à vendredi après que deux policiers sont venus le voir ici. Il m'a dit en rentrant qu'il avait été se porter garant de la moralité de l'un de ces nécessiteux qu'il avait persuadé de se réformer mais qui hélas avait repris ses habitudes d'ivrogne et était retombé dans ses activités criminelles. Mr Fawcett avait fait tout ce qu'il pouvait pour aider ce malheureux.

J'échangeai un regard entendu avec Styles. Il pensait sans doute comme moi que Fawcett ne manquait pas d'aplomb. Il avait été arrêté chez lui par deux policiers, avait passé la nuit en prison et il avait cependant réussi à persuader sa logeuse que c'était pour une bonne cause.

— N'ayez crainte, madame, dis-je, nous souhaitons seulement discuter de quelque chose avec lui. Si vous pouviez lui dire que nous sommes là et que nous aimerions lui parler ?

— Écoutez, messieurs, dit la logeuse, je ne demande qu'à vous rendre service, mais…

Mon cœur flancha… Styles marmonna quelque chose dans sa barbe.

— Il n'est pas là ? demandai-je d'une voix rauque.

— Non, monsieur.

— Pourtant, dis-je, désespéré, je croyais qu'il serait en train d'écrire son sermon pour demain.

Comme j'avais l'air bête ! Comment avais-je pu croire à ses mensonges ?

— Eh bien, oui, d'habitude, c'est ce qu'il fait mais aujourd'hui il s'est absenté.

— Absenté où ? éclata Styles.

— Il est allé prendre le thé chez une dame qui est membre de sa congrégation, nous dit-elle. Elle habite Clapham et donne parfois des réunions chez elle. Il y en a une aujourd'hui.

— Mrs Scott ! m'écriai-je.

Me tournant vers Styles, je poursuivis :

— La maison s'appelle Wisteria Lodge et je connais l'adresse.

Je remerciai la logeuse éberluée, coupant court aux louanges sur son excellent locataire et son travail infatigable auprès des plus démunis, tandis que Styles récupérait O'Reilly dans la ruelle où il attendait en embuscade. Nous partîmes d'un pas vif vers Wisteria Lodge. Mes compagnons étaient désormais aussi tendus que moi. Nous courions presque.

Une fois devant la villa, nous discutâmes de la meilleure manière de procéder. O'Reilly fut encore une fois envoyé à l'arrière du bâtiment. Alors que Styles et moi approchions de la porte d'entrée, nous entendîmes des bruits de voix et le tintement de la porcelaine.

— Elle a rassemblé un grand nombre de gens pour l'écouter, murmura Styles. Comment va-t-elle réagir en nous voyant faire irruption chez elle ?

— Mal. Tenez prêt votre mandat d'arrêt. Elle va exiger de le voir.

La gouvernante qui nous ouvrit ne montra aucune surprise. Elle s'effaça même pour nous laisser passer, avec un sourire et un geste de bienvenue.

— Le révérend vient de commencer, dit-elle.

Je compris qu'elle croyait que nous étions venus assister à la réunion, dont j'entendais mieux le brouhaha à présent. Je discernais le ton sirupeux de Fawcett, qui pérorait. Mon cœur bondit. Il était là !

— Nous souhaiterions parler à Mrs Scott en privé, dis-je. Serait-il possible de lui demander de venir sans attirer l'attention ? Je ne voudrais pas déranger l'orateur, ajoutai-je hypocritement.

Fawcett serait sans doute sur ses gardes. S'il avait le moindre indice de notre présence, il saurait tout de suite que nous avions quelque chose de nouveau contre lui. Pourvu qu'O'Reilly soit bien en place.

La gouvernante hésitait. Elle se rendait compte que quelque chose clochait.

— Je suis l'inspecteur Ross, dis-je. Ma femme est venue récemment rendre visite à Mrs Scott.

La gouvernante se détendit.

— Oh, oui, Mrs Ross, je me souviens. Attendez un instant, messieurs, je vous prie.

Elle se dirigea vers une porte sur la gauche qui devait donner sur le grand salon d'où venait le bruit de voix et de tasses de thé. Je sortis sur le perron et me permis de jeter un rapide coup d'œil par la fenêtre. Il y avait foule, en majorité des dames. Et notre homme était là debout au milieu ! Fort heureusement, il ne regardait pas vers la fenêtre. C'était un vrai dandy, avec sa redingote, son beau pantalon et sa lavallière piquée d'une épingle ; il faisait d'amples gestes pour illustrer ses propos. Je vis la gouvernante traverser la pièce et se baisser pour chuchoter discrètement à l'oreille de la maîtresse de maison. Fawcett, emporté par son élan, n'y prêta pas attention.

Profitez-en, Mr Fawcett, songeai-je. C'est votre dernier sermon avant très, très longtemps.

Je rejoignis Styles dans l'entrée. Il m'interrogea du regard et je lui fis signe que notre homme était bien là. Les dents blanches de Styles se dévoilèrent en un sourire carnassier. Il y eut un froufrou de jupes et, soudain, Mrs Scott arriva droit sur nous, l'air combatif.

Elle s'adressa à moi, ignorant Styles.

— Inspecteur, vous avez mal choisi le moment de votre visite. Votre épouse et vous semblez penser que vous pouvez frapper à ma porte à toute heure du jour. Je reçois un groupe d'amis. Allez-vous-en.

Cela avait le mérite d'être clair. Styles n'apprécia pas. La mine sévère, il fouilla dans sa poche pour y prendre le mandat.

— Voici l'inspecteur Styles qui est venu de Manchester, dis-je à Mrs Scott.

Elle regarda Styles droit dans les yeux et celui-ci lui rendit son regard.

— Ah bon ? fit-elle avec dédain. Et à Manchester, on fait des visites à toute heure du jour et de la nuit, je suppose ?

Un grondement volcanique montait de la barbe de Styles.

— L'inspecteur Styles, dis-je vivement, a un mandat pour l'arrestation d'un homme que nous croyons présent à votre réunion.

Styles tendit son mandat, qui lui fut arraché des mains.

— Pff ! fit Mrs Scott après l'avoir lu.

Elle le rendit à Styles.

— C'est un mandat d'arrêt à l'encontre d'un dénommé Jeremiah Basset. Je connais le nom de toutes les personnes présentes dans cette pièce, inspecteur, et aucune ne s'appelle Basset.

— Vous connaissez le dénommé Joshua Fawcett, dis-je.

Un petit cri étouffé lui échappa et son cou et ses joues s'empourprèrent.

— Sornettes !

— Absolument pas. Il a été reconnu. Il a utilisé différentes identités par le passé. Je dois vous demander de nous laisser faire notre devoir.

Styles ne comptait pas s'encombrer de politesses. Il se dirigea vers la porte du salon sans craindre de la bousculer.

— Je ne vous autorise pas à déranger mes invités ! cria Mrs Scott d'une voix forte qui devait s'entendre de l'intérieur.

— Mince, murmurai-je en m'élançant derrière Styles.

La porte s'ouvrit à toute volée et nous entrâmes en trombe dans le salon. La pagaille qui suivit était prévisible mais tout de même impressionnante. Les dames se mirent à crier, les rares messieurs présents bondirent, la porcelaine tomba et se brisa, le thé et les gâteaux furent projetés un peu partout. Un perroquet se mit à lancer un flot de cris assourdissants, en battant des ailes et en faisant des bonds sur les barres métalliques de sa cage.

Au milieu de la pièce, Fawcett réagit comme on pouvait s'y attendre. À la seconde où Styles entra, le prédicateur bondit vers la porte du fond de la pièce sans tenter de se justifier. Styles et moi nous lançâmes à sa poursuite, mais nous fûmes ralentis par les mouvements de foule et les tables basses couvertes de gâteaux sur des présentoirs à étages. Nous envoyâmes tout valser sur notre passage. Des cris stridents et des lamentations s'élevèrent et au moins deux dames s'évanouirent. Deux hommes essayèrent de nous immobiliser, mais nous nous en débarrassâmes et l'un d'eux tomba à la renverse, entraînant dans sa chute une armoire vitrée qui s'écrasa sur le sol avec tout son contenu.

La porte par laquelle notre homme s'était enfui menait dans une pièce à l'arrière de la maison. Nous nous y engouffrâmes à la suite de Fawcett et l'aperçûmes qui descendait dans le jardin par la fenêtre.

Celle-ci était étroite et, dans notre hâte, Styles et moi nous bousculâmes. Comme j'étais plus mince et plus agile que mon compagnon, je me faufilai le premier. Derrière moi, j'entendis Styles, plus corpulent, qui poussait des jurons en se hissant péniblement par l'ouverture.

Fawcett traversait en courant la pelouse vers des buissons de rhododendrons. Il semblait savoir où il allait. Il y a une grille quelque part, songeai-je tout en le poursuivant, essoufflé. Il le sait et il se dirige droit dessus. Où est O'Reilly ?

Comme en réponse à ma supplique muette, O'Reilly surgit des rhododendrons. Fawcett, emporté par son élan, n'eut pas le temps de l'éviter. Ils entrèrent en collision avec un bruit mat terrifiant. Le sergent fut renversé et Fawcett perdit l'équilibre. Ils tombèrent tous deux au sol, sonnés. Styles et moi nous saisimes de Fawcett et le hissâmes sur ses pieds, laissant à un O'Reilly haletant le soin de se relever sans aide quand il le pourrait.

— Jeremiah Basset ! tonna Styles, j'ai ici un mandat d'arrêt contre vous…

Le regard affolé de Fawcett était fixé sur moi. Tout vestige de mondanité avait disparu. C'était un animal traqué qui avait été pris au piège, haletant et échevelé. Sa belle redingote et son pantalon étaient tachés de boue et d'herbe. Il s'était fait une grande déchirure à la manche, sans doute en sautant par la fenêtre.

— Ce n'est pas moi ! hurla-t-il.

— Le mandat d'arrêt, lui dis-je, concerne l'argent que vous avez obtenu par tromperie à Manchester. Une escroquerie similaire à celle à laquelle vous vous êtes livré ici, je suppose ! Nier ne vous servira à rien. La loi vous a rattrapé !

— Oui, c'est vrai, sanglota-t-il. Mais je n'ai rien à voir dans l'autre histoire ! Je le jure, Mr Ross ! Je n'ai rien à voir dans la mort d'Allegra ni dans celle d'Isabella Marchwood. Je vous jure devant Dieu que je ne suis pas un meurtrier !

O'Reilly s'était enfin remis debout et il sortit de sa poche une paire de menottes.

— Passez-les-lui, ordonna Styles.

Fawcett regarda, éberlué, ses poignets menottés, puis leva les yeux vers moi.

— Vous me croyez, n'est-ce pas, Mr Ross ?

CHAPITRE 16

Inspecteur Benjamin Ross

Il avait été décidé que Styles et O'Reilly ramèneraient Fawcett à Manchester pour y faire face à ses accusateurs. Auparavant, Styles me laissa m'entretenir une dernière fois avec lui. Je continuai de désigner le misérable par le nom sous lequel nous le connaissions à Londres. Nous n'avions pas encore découvert sa véritable identité ; peut-être Styles réussirait-il à le persuader de la révéler, à moins que Fawcett, tel un comédien qui avait joué trop de rôles, ne sache plus lui-même comment il s'appelait.

L'élégant faisait peine à voir en ce dimanche matin. C'était habituellement le jour où il régnait sur ses ouailles, transporté par leur adoration, exalté par le pouvoir qu'il exerçait sur leurs émotions et leur volonté. Cette fois, il était assis dans une cellule nue qui empestait le désespoir et il posait sur moi un regard affolé. Le dandy n'était plus qu'une caricature de lui-même, hagard, hirsute, agité de tics nerveux. Cet entretien était fort différent du précédent.

— Je ne suis pas un meurtrier, répétait-il. Je le jure.

Il était presque en pleurs.

— Je ne vous accuse pas de meurtre, du moins pas encore, dis-je. Mais je vous accuse d'obstruction à nos enquêtes concernant les deux meurtres d'Allegra Benedict et Isabella Marchwood. Gêner la police dans de tels cas est, comme vous le savez, un délit.

— En quoi vous ai-je gênés ? s'exclama-t-il en se prenant la tête entre les mains. Je ne savais absolument rien !

Je me penchai en avant.

— Fawcett, je dois savoir avec certitude si, oui ou non, vous aviez une liaison avec la victime, Allegra Benedict. Vous avez sans doute cru être discret. Mais une ou plusieurs autres personnes étaient au courant, en plus d'Isabella Marchwood qui était dans le secret depuis le début. Il est possible que cette autre personne, ou ces autres personnes se soient servies de cela pour envoyer un faux message à Mrs Benedict, et l'attirer dans le parc cet après-midi-là. Voulez-vous que l'on retrouve le véritable meurtrier ?

— Bien sûr ! cria-t-il. Tant que l'assassin n'aura pas été retrouvé, je resterai suspect. Vous croyez que ça me plaît ? Je n'ai aucune envie de me balancer au bout d'une corde pour le crime d'un autre !

— Alors aidez-moi à retrouver notre homme, Fawcett, dis-je.

Puis je me redressai dans mon siège et j'attendis.

Il soupira et haussa les épaules, avant de se laisser aller.

— Très bien, je l'admets. Oui, c'était idiot de ma part, mais… j'ai eu une aventure avec Allegra Benedict. Normalement, je n'aurais pas pris ce risque. Je ne l'avais jamais fait avant. Et non par manque d'opportunités, précisa-t-il avec un sourire désabusé. Je ne me vante pas, pourtant vous devez comprendre, inspecteur Ross, qu'il y a un certain type de femmes qui tombent sous le charme d'un prédicateur à succès ou de n'importe quel homme en position d'autorité. Non seulement elles croient aveuglément tout ce qu'il dit, mais elles nourrissent une passion pour l'homme lui-même. J'ai toujours été conscient du danger que cela représentait et évité de me mettre dans cette situation. Mais Allegra était différente.

Il garda le silence un moment. Je ne le poussai pas à continuer. Il y avait sur son visage l'expression d'un sentiment que je n'avais pas vu chez lui auparavant et que peu de gens éprouvent : un regret sincère.

— Vous ne l'avez pas connue quand elle était en vie, Mr Ross. Elle était non seulement d'une beauté remarquable, mais aussi pleine de désirs cachés, d'une soif de vivre et de possibilités que personne n'avait encore découvertes.

Il eut un petit rire honteux.

— On dirait un auteur de romans de quatre sous, mais dans son cas c'était vrai. Vous connaissez le conte de la Belle au bois dormant, je suppose. Elle était comme cela par certains côtés. N'importe quel homme aurait rêvé de l'embrasser et de la ramener à la vie.

Il sourit tristement.

— Et c'est ce que j'ai fait.

— Mais vous vous êtes rendu compte que vous aviez réveillé une dangereuse créature endormie, suggérai-je.

Il hocha la tête.

— Oh oui, son mari allait finir par tout découvrir. C'était un homme influent, qui aurait pu obtenir le divorce aux torts de sa femme. Mon nom aurait été cité.

» J'ai essayé de faire comprendre à Allegra le sérieux de la chose, le besoin de discrétion absolue et la nécessité d'être en permanence sur nos gardes. Mais ces mots n'avaient aucun sens pour elle. Elle adorait le risque.

Il soupira.

— Malgré tout, j'étais persuadé que personne n'avait encore appris notre liaison.

Il haussa les épaules, irrité.

— Oh, Isabella Marchwood savait, et elle était nécessaire à nos projets, mais, à part cela, je croyais disposer d'encore un peu de temps. Je savais qu'au bout d'un moment je serais obligé de couper les ponts et de fuir. Mais je ne pensais pas que ce jour était arrivé. Je me persuadais que non.

— Vous étiez amoureux, dis-je doucement, ce qui me surprit moi-même autant que Fawcett.

Il réfléchit.

— Oui, dit-il, je suppose que c'était ça.

— Vous était-il arrivé de la retrouver à Green Park ?

— Oui, plusieurs fois. Ensuite nous prenions un fiacre jusqu'à un petit hôtel discret.

Il y avait plusieurs établissements de cet acabit à Londres, qui n'avaient d'hôtel que le nom. Certains étaient pratiquement des bordels et fournissaient des filles si besoin. Les amoureux clandestins ainsi que les gens ayant besoin d'un endroit discret pour discuter d'affaires très secrètes pouvaient aussi s'y retrouver. Ceux qui prenaient une chambre ne restaient souvent qu'une heure ou deux. Mais le « personnel de l'hôtel » (comme s'appelaient la tenancière du bordel et ses sbires) fermaient les yeux et n'auraient jamais transmis à quiconque ces informations.

— Quand j'ai appris sa mort, j'ai été anéanti, me dit Fawcett avec sincérité. Mais je ne pouvais pas le montrer. Je devais paraître calme et normal. Vous n'imaginez pas combien ce fut difficile, Ross. Vous me direz que j'avais une grande expérience pour tromper les autres mais cela a requis tout mon talent. Je me suis entretenu avec Miss Marchwood, je lui ai expliqué qu'elle ne devait parler à personne de… de mon amitié avec Allegra. Miss Marchwood était le maillon faible, si vous voulez, mais je pensais qu'elle aurait trop peur pour parler.

Oui, songeai-je, c'était la petite scène à laquelle Lizzie avait assisté à la fin de la réunion. Vous n'étiez pas en train de consoler une femme en deuil mais vous lui donniez grosso modo un ordre. *Taisez-vous. Ne dites rien.* Lizzie avait essayé un peu plus tard d'inciter la malheureuse à se confier à elle sans succès, sans doute parce que les instructions de Fawcett étaient encore trop fraîches dans son esprit. Mais le lendemain, elle avait pris le train pour Londres avec un but en tête. La nuit lui avait porté conseil. Je soupçonnais fortement qu'elle voulait se rendre à la police… ou essayer de trouver Lizzie.

— Mrs Benedict vous a-t-elle jamais donné de l'argent, pour votre prétendue œuvre ou pour toute autre raison ? demandai-je à Fawcett qui avait les yeux baissés.

Il releva la tête et hésita.

— Allons, lui enjoignis-je. Moi je ne vous inculpe de rien du tout à ce sujet. Vous devrez répondre de ces accusations à Manchester et dans les autres villes où vous avez persuadé des gens crédules de vous faire don de leur argent ou d'objets de valeur. Je veux seulement savoir si Allegra Benedict aurait accepté une suggestion de vendre un bijou, par exemple, pour vous donner l'argent.

— Je n'ai rien suggéré de tel ! s'écria-t-il. Ce n'est pas moi qui lui ai mis cette idée en tête !

— Mais l'a-t-elle fait ? A-t-elle vendu un bijou pour vous donner l'argent de la vente ?

— Oui, et c'était son idée.

Il se pencha vers moi.

— Un jour, elle a vendu un collier de perles. Mais, je le répète, pas à ma suggestion. C'est la vérité, je le jure. Elle m'a dit que les perles avaient appartenu à sa mère et que son mari ne connaissait pas leur existence. Elle a fait cela sans m'en parler, puis m'a apporté l'argent, heureuse comme une enfant. Je l'ai accepté. Oui, je l'ai fait à contrecœur, même si vous ne me croyez pas. J'avais peur, si je refusais, qu'elle ne comprenne pas et que cela ne mène à une dispute. Elle serait rentrée chez elle en colère et Benedict aurait voulu savoir ce qui n'allait pas. Je me suis mis à redouter ce qui arriverait si ces cadeaux devenaient une habitude. J'avais déjà découvert, voyez-vous, à quel point elle pouvait être imprévisible.

Il fit une grimace ironique.

— D'ailleurs, cela m'a fait penser que l'heure était peut-être venue de quitter Londres et de retourner en province. Les dames de province font parfois les yeux doux au prédicateur mais elles vivent dans de petites communautés où tout se sait. Elles sont observées par leurs amis et leur famille. Elles sont moins enclines à faire des folies. Les ragots sont le pain quotidien de la vie sociale des petites villes, inspecteur ! Alors elles flirtent mais cela ne va pas plus loin. Si elles commettent l'adultère, ce n'est qu'en pensée.

» Quant à Allegra, eh bien, je ne savais pas ce qu'elle risquait de faire. Après tout, la vente d'un bijou implique deux parties, le vendeur et l'acheteur. Elle n'avait rien dit à son mari, mais le bijoutier pouvait très bien le mettre au courant.

— Lui avez-vous demandé de vendre une broche, ou vous a-t-elle parlé de son intention de le faire ? demandai-je.

Il secoua la tête, faisant voler ses cheveux.

— Non, non ! Je vous l'ai dit. J'aurais eu peur que son mari ne s'en aperçoive. Peut-être n'aurait-il rien remarqué, comme elle semblait le croire, mais peut-être que si. Je ne souhaitais pas prendre le risque. Après avoir accepté l'argent de la vente du collier, je lui avais dit qu'elle ne devait plus jamais recommencer.

Il me paraissait sincère. Des bijoux manquants auraient pu mettre Benedict sur la voie. Ou bien le bijoutier, craignant que Mrs Benedict ne soit tombée entre les mains d'un escroc, aurait bien pu parler. Comme il connaissait Allegra depuis l'enfance, Tedeschi n'aurait jamais trahi sa confiance, mais Fawcett ne pouvait pas le savoir. Ainsi, malgré ses suppliques, Allegra n'en avait fait qu'à sa tête et elle avait vendu la broche afin de lui faire une surprise.

— Vous avez bien fait de m'avouer tout cela, dis-je à Fawcett. Je crois que j'ai maintenant une idée précise du déroulement de l'après-midi jusqu'à ce qu'Allegra arrive dans le parc.

— J'ai réfléchi à ce qui avait pu se passer un millier de fois, répliqua doucement Fawcett. Mais je ne suis pas à blâmer. Si quelqu'un avait découvert notre secret et l'a utilisé à mauvais escient, ce n'est pas ma faute.

Je n'allais pas tenter de le contredire. J'aurais perdu mon temps car il n'était pas dans sa nature de se faire des reproches. Je me levai et m'apprêtai à prendre congé.

— Vais-je être emmené à Manchester aujourd'hui ? demanda-t-il.

— Vous partirez cet après-midi sous la garde de l'inspecteur Styles et du sergent O'Reilly. Je vous accompagnerai jusqu'à la gare. Une fois que vous serez dans le train, vous ne serez plus sous la responsabilité de Scotland Yard. Et si cela peut vous consoler, ajoutai-je tristement, vous m'avez privé de mon dimanche.

Elizabeth Martin Ross

L'absence de Ben rendait ce dimanche très calme pour Bessie et moi. Du coup je décidai, bien que Fawcett soit encore en prison, de me rendre à la réunion de la société de tempérance, afin de découvrir comment ses ouailles prenaient la nouvelle. Je supposais qu'elles avaient appris l'arrestation de Fawcett puisqu'elle s'était faite en public. Toutefois, ceux qui prenaient le thé à Wisteria Lodge ne faisaient pas partie du même cercle que les fidèles des réunions. Quant à Mrs Scott, elle ne serait sûrement pas présente, après l'humiliation subie la veille dans sa propre maison. Or c'était la seule que je craignais un peu.

— Nous n'allons pas être les bienvenues, pas vrai ? fit Bessie quand je lui fis part de ma décision.

Depuis qu'elle avait appris que Fawcett était un escroc recherché dans tout le pays, elle était d'humeur morose et n'arrivait pas à se concentrer sur son travail.

— Tu n'es pas obligée de m'accompagner, Bessie, si tu n'en as pas envie.

Ses yeux lancèrent des éclairs d'indignation.

— Je ne vais quand même pas vous laisser y aller toute seule ! Oh que non ! Je vais venir en renfort.

J'appréciais sa loyauté mais je me demandais comment elle se proposait de me protéger dans le cas d'une dispute. Peut-être craignait-elle qu'ils ne me jettent les livres de cantiques à la tête pour m'expulser.

— Ils devraient nous être reconnaissants, dis-je fermement. On les a dupés. Ils devraient être contents que quelqu'un leur révèle la vérité.

— Eh bien, m'dame, ils seront pas contents, fit Bessie, plus habituée que moi aux réactions du peuple de Londres. Pour eux, c'est que des mauvaises nouvelles et personne aime ça, les mauvaises nouvelles, pas vrai ? Surtout quand ça leur donne l'air d'un troupeau de moutons imbéciles.

— Non, ils ne seront pas contents, acquiesçai-je. Mais j'ai quand même l'impression que c'est mon devoir de leur faire face.

C'est ainsi que je me mis en route vers la salle paroissiale, suivie de Bessie qui maugréait et protestait.

Nous arrivâmes en plein tohu-bohu. Une foule s'était rassemblée devant l'entrée, tous gesticulaient et criaient. Oh que oui, ils avaient appris la nouvelle ! Parmi les membres de la congrégation, j'aperçus Mr Walters sur le seuil de la porte, en haut des marches. Ses favoris tremblotant d'émotion, il apprenait à la foule l'injustice faite à Fawcett tout en réclamant en vain le calme. À côté de lui se tenait Mrs Gribble avec son accoutrement coloré, qui gémissait en se tordant les mains. Il y avait Pritchard, le chef de chœur, qui secouait tristement la tête. Ces cérémonies du dimanche avaient été un moment de petit triomphe pour lui, comme un pâle écho de la gloire de Fawcett. Il y avait aussi des membres du chœur d'enfants, qu'apparemment personne n'avait prévenus. Ils étaient venus chanter leur petit couplet du jour, sans savoir que la réunion était annulée. Ravis de ce bouleversement, ils sautillaient un peu partout, le visage rayonnant. Un groupe de petits garçons s'étaient déjà rendu compte que la quête n'aurait pas lieu, et qu'ils pourraient donc garder les piécettes que leurs parents leur avaient données ! Ils s'étaient rassemblés pour évaluer leur butin et décider qu'en faire avant que leurs parents le leur réclament. Comme je le pensais, il n'y avait pas trace de Mrs Scott, qui devait méditer sur son humiliation et ressasser sa colère à Clapham.

Bessie me tira par la manche.

— Ça me dit rien qui vaille, m'dame. Ils vous écouteront pas. Ils sont un peu bouleversés.

Et encore, c'était un euphémisme. Je songeai, un peu tard, que Bessie avait peut-être raison. On dit que le courage, c'est aussi savoir renoncer. Mais il était trop tard pour nous éclipser. Nous avions été repérées.

Mr Walters, plus haut que les autres sur son podium improvisé, nous aperçut par-dessus les têtes de la foule. Il tendit la main vers nous en rugissant comme un prophète d'antan.

— Traîtresses ! cria-t-il.

Traîtresses ? Je n'en croyais pas mes oreilles. Fawcett les avait bernés pendant des semaines et le méchant de l'histoire, ce n'était pas lui, mais moi ?

— Courez ! me souffla Bessie qui s'apprêta à s'élancer elle aussi.

— Certainement pas, dis-je. Tout ceci est absurde.

Je relevai mes jupes et m'avançai en fendant la foule. Ils semblèrent déconcertés et hésitants. Certains regardèrent Mr Walters. Celui-ci, surpris de me voir avancer vers lui, eut un instant d'hésitation.

C'est la petite Mrs Gribble qui réagit la première. Elle courut vers moi, le visage plein de larmes.

— Oh, Mrs Ross, Mrs Ross, qu'est-ce que vous avez fait ?

— Je n'ai rien fait ! lançai-je d'une voix forte. Mais votre Mr Fawcett a été très occupé.

— Peu importent vos agissements, madame, s'écria Mr Pritchard, nous exigeons de savoir ce que la police a fait du pasteur !

— Ce n'est pas un pasteur ! répliquai-je avec véhémence. C'est un escroc qui vous a menti ; il a joué ce lamentable jeu dans plusieurs villes d'Angleterre.

— Mais c'était notre pasteur, Mrs Ross ! sanglota Mrs Gribble.

— Oui, oui, un excellent prédicateur ! brailla Mr Walters depuis son perchoir. Un homme animé d'un rare don, et au service d'une noble cause !

— Certes, fit Mr Pritchard, il a une éloquence rare.

— Et il s'en est servi à mauvais escient, insistai-je.

— Jamais ! tonna Walters. Vous ne me ferez pas croire à sa culpabilité, jamais !

Cela semblait être l'opinion générale. La foule murmurait et prenait une attitude qui ne me disait rien qui vaille. Des images de la populace de Paris se rassemblant autour des charrettes en route pour la guillotine me vinrent à l'esprit.

— Quoi, c'est quand même pas la faute de Mrs Ross ! cria Bessie, qui accourut à mon secours, en se plaçant entre la foule et moi.

— Honte à vous, madame ! rugit Walters, ignorant Bessie. Honte à vous d'être venue ici aujourd'hui.

N'avez-vous aucune pudeur, à montrer ainsi votre visage en sachant ce que vous avez fait ?

— Mais avez-vous perdu la raison ? éclatai-je, furieuse contre eux tous. Ce misérable Fawcett a abusé de votre confiance, il vous a extorqué de l'argent et vous a abreuvés de toutes sortes de mensonges…

— Mais non, Mrs Ross, interrompit Mrs Gribble en tirant sur ma manche. Ce n'était pas des mensonges ! La boisson est un terrible péché. Elle conduit les gens à leur perte. C'est la vérité.

— Oui, oui ! crièrent quelques voix dans la foule.

— Est-ce que vous osez le nier ? demanda Walters.

— Non, bien sûr que non, dis-je. Mais Fawcett n'a pas utilisé votre argent comme il vous avait dit qu'il le ferait.

— Mais ça nous faisait plaisir d'aider ! dit Mrs Gribble, avant d'ajouter avec une franchise désarmante : Et puis j'aimais tellement quand on prenait le thé à la fin.

J'avais détruit leur illusion, leur certitude d'œuvrer pour le bien commun. Fawcett leur avait donné de la fierté et à présent ils étaient perdus et désorientés.

— Je suis désolée, dis-je, que vous ayez tous de la peine. Quand vous aurez eu le temps de vous remettre du choc, je suis sûre que vous comprendrez qu'il fallait arrêter Fawcett. Viens, Bessie.

Nous nous retirâmes calmement, observées par la foule toujours hostile mais muette.

— Ouf ! s'écria Bessie une fois que nous fûmes en sécurité un peu plus loin. J'aimerais pas revivre ça !

— Je ne leur reproche rien, dis-je. J'aurais dû comprendre ce qu'ils allaient ressentir.

Nous marchâmes quelque temps en silence.

— M'dame, fit Bessie, qui avait l'air d'avoir quelque chose sur le cœur, je sais que Mr Fawcett c'était pas quelqu'un de bien. Je sais qu'il a volé de l'argent. Mais ce qu'il racontait, c'est quand même vrai. Comme ils le disaient tous là-bas, il les a fait réfléchir à la boisson et aux dégâts que ça cause dans la vie des gens. Donc au bout du compte, même s'il l'a pas fait pour de bonnes raisons, ça peut avoir un bon résultat, si vous voyez ce que je veux dire.

— Oui, je vois, dis-je en cherchant une réponse. Mais il leur a fait subir une cruelle désillusion. Le plus triste, c'est qu'une fois remis du choc et de la colère ils auront perdu à tout jamais le désir d'écouter un prédicateur, bon ou mauvais. Ils ne feront plus confiance à aucun réformateur. Et ces petits enfants de la chorale ? Ils vont grandir en pensant qu'on ne peut faire confiance à personne et que ce qui semble une bonne cause est seulement un moyen d'obtenir de l'argent. C'est terrible, c'est une affreuse déformation de la réalité. Je crois que Fawcett était et est toujours un homme très mauvais. Ce qu'il a fait va les poursuivre pendant des années.

Voyant la mine de six pieds de long de Bessie, je poursuivis.

— Puisqu'il n'y a pas de réunion, Bessie, si tu prenais un peu de temps libre ? Tu n'es pas obligée de rentrer à la maison avec moi. Il n'y a personne à qui tu aurais envie de rendre visite ?

— Pas par ici, dit Bessie. Les gens que je connaissais ils sont à Marylebone, où j'habitais avant chez Mrs Parry.

— Eh bien… (je fouillai dans mon sac à main), voici de l'argent pour prendre un fiacre. Va à Marylebone voir Mr et Mrs Simms. Je crois qu'ils sont toujours chez ma tante comme majordome et cuisinière. Ils seront contents de te voir et que tu leur racontes toute l'histoire.

Le visage de Bessie s'éclaira. Elle se réjouissait d'avoir des nouvelles si dramatiques à raconter à tout le personnel, non seulement chez ma tante Parry mais dans toutes les maisons de Dorset Square et d'être ainsi au centre de l'attention.

— Ça me plairait bien, dit-elle. Merci beaucoup, m'dame.

Je la regardai s'éloigner en courant et poursuivis mon chemin seule. Le jour baissait. L'allumeur de réverbères faisait sa ronde. Je me demandai si Ben serait rentré de la gare après avoir accompagné Styles, O'Reilly et leur prisonnier. Mais notre petite maison était vide et silencieuse.

J'enlevai mon châle et mon bonnet, ranimai le feu du salon et passai dans la cuisine. Je ne savais pas si Ben aurait eu le temps de déjeuner. Il avait sans doute attendu le départ du train pour Manchester, puis trouvé une taverne dans les environs de la gare d'Euston. Mais j'allais préparer quelque chose au cas où. Dans le garde-manger, je trouvai un jambon bouilli à peine entamé. Je décidai de faire cuire quelques pommes de terre pour accompagner les tranches de viande. Je nouai un tablier à ma taille, pris une casserole et m'assis pour éplucher des pommes de terre.

Derrière moi, la porte de la cuisine qui donnait sur le jardin de derrière s'ouvrit et un courant d'air froid me caressa la nuque.

— C'est toi, Ben ? appelai-je, sans tourner la tête. Je prépare le dîner.

Il n'y eut pas de réponse et je fis volte-face pour voir qui était entré.

Ce n'était ni Ben ni Bessie, mais une créature de cauchemar. Le spectre ! Il était sorti de sa tanière et j'étais prise au piège avec lui dans ma cuisine.

L'apparition était enveloppée jusqu'au cou dans un drap ou un linceul taché de sang. Le visage était un masque blanc, avec deux trous noirs brillants à la place des yeux. Il flottait autour de lui une atmosphère maléfique et menaçante. Alors que j'étais paralysée d'horreur, il commença à se balancer de gauche et de droite dans une danse hypnotique et un froufrou du linceul. La silhouette semblait scintiller à la lumière du gaz et prit un aspect vraiment fantomatique. Puis elle commença à proférer une série de grognements et se baissa comme si elle s'apprêtait à bondir.

Ma paralysie initiale disparut. Je me levai d'un bond, faisant tomber ma chaise avec fracas. Sous mes yeux horrifiés, alors que je ne pouvais bouger à cause de la table qui me barrait le passage, le spectre se mit à s'avancer vers moi. Je ne pouvais détacher mes yeux de cette vision surnaturelle. Je le sentais à présent. Il dégageait une odeur répugnante de sang séché, d'eau croupie et de pourriture. Lentement, il leva les bras et tendit vers moi ses mains aux doigts crochus.

Je tenais encore le petit couteau dont je m'étais servie pour éplucher les pommes de terre. C'était une piètre arme, avec sa lame émoussée de quelque six centimètres de long, mais c'était tout ce que j'avais. Je retrouvai ma voix.

— Reculez ! ordonnai-je en le tendant vers la créature.

Il hésita une fraction de seconde et poussa un long soupir de colère. Je voyais maintenant que son visage était bien un masque en papier mâché. Il avait été peint ou blanchi à la chaux, pour créer un ensemble uniforme et mat. Les trous pour les yeux étaient bordés d'une substance noire semblable à ce que Bessie utilisait pour astiquer le fourneau de la cuisine. Derrière les trous, les yeux fixés sur moi brûlaient de haine.

Je savais que j'étais en grand danger et qu'il voulait me tuer. Mais en même temps, ma peur superstitieuse du monstre s'était envolée. Il représentait certes une menace, mais c'était un homme, pas un spectre. Il n'avait aucun pouvoir surnaturel, c'était quelqu'un vêtu d'un costume amateur. Dans mon village, les enfants fabriquaient des masques semblables pour Halloween et passaient de maison en maison pour extorquer des biscuits et des bonbons.

— Vous avez peut-être réussi à faire peur aux filles des rues et à leur faire croire au spectre du fleuve, dis-je vivement. Mais qui que vous soyez, vous ne m'impressionnez pas. Vous avez l'air ridicule.

À ces mots, il poussa un long cri et bondit vers moi, fou furieux. La colère et la haine le submergeaient et lui donnaient une force surhumaine. Le petit couteau me fut arraché des doigts. La créature m'attrapa et essaya de serrer les mains autour de ma gorge. Je me débattis et nous tombâmes sur le sol.

Aucune des filles des rues ne s'était débattue et il n'avait pas prévu une lutte. Nous étions tous les deux empêtrés dans nos mouvements. Mes jupes me gênaient, mais son volumineux linceul l'entravait lui aussi. Sans cela, je crois qu'il aurait réussi à m'enserrer le cou. Je savais que je ne devais le laisser faire cela sous aucun prétexte, sans quoi je perdrais conscience et il aurait tout le temps de m'étrangler. Il ne cessait de haleter et de siffler. Il semblait reprendre des forces et je me demandais ce qui allait m'arriver.

Soudain, un remue-ménage se produisit et, au même moment, l'étreinte de la créature se relâcha.

Je parvins à repousser ses mains. La créature tomba brusquement à la renverse, loin de moi, me laissant respirer. J'en profitai pour m'écarter. Curieusement, d'autres corps s'étaient jetés dans la mêlée et le champ de bataille s'était déplacé. J'entendis un cri perçant qui ne venait ni de moi ni du spectre. Je haletais et sanglotais, mes cheveux étaient défaits et tombaient autour de mon visage. Mais quand je les eus écartés pour mieux voir, je découvris une scène extraordinaire.

Le spectre était étendu sur le sol de la cuisine. Daisy et Bessie, surgies de nulle part, étaient occupées à le rouer de coups.

— Tu vas pas faire du mal à ma patronne ! criait Bessie.

— Tu as tué la pauvre Clarrie ! beuglait Daisy d'une voix qui aurait surpassé celle de n'importe quelle poissonnière.

Le malheureux spectre essayait de les repousser mais il n'avait aucune chance contre ces deux furies, animées du même désir de vengeance que lui. On aurait dit qu'elles voulaient le mettre en pièces. Le masque avait glissé sur le côté, si bien que les trous n'étaient plus en face des yeux et que la créature était aveuglée. Elle agitait les bras et battait des pieds mais ne pouvait pas voir ses assaillantes et frappait dans le vide la moitié du temps.

Quand j'étais petite, mon père avait acheté une tortue à un homme qui était apparu un jour sur le marché de notre petite ville sous les yeux émerveillés de la foule, fascinée par ses spécimens exotiques. Ma tortue avait l'âme aventurière, elle aimait grimper par-dessus les obstacles, et parfois elle tombait et atterrissait sur sa carapace, avec ses jambes écailleuses qui s'agitaient dans le vide. Elle n'était pas capable de se remettre d'aplomb, pas plus que le spectre à présent. Le linceul s'était resserré autour de l'homme à terre alors qu'il roulait de droite à gauche pour tenter d'échapper aux coups. Il proférait des cris inarticulés sous son masque, tout en essuyant une pluie impitoyable de coups de poing.

Je me rendis compte que cela allait trop loin.

— Attendez, attendez !

Bessie s'arrêta et leva les yeux vers moi :

— Ça va, m'dame ?

Daisy, pour sa part, immobilisa l'intrus en s'asseyant tout simplement sur lui. À présent, il ne pouvait même plus rouler sur le côté et restait étendu sur le dos, la tête et les chevilles dépassant de sous les jupes de Daisy, soufflant et gargouillant de manière horrible.

— Je vais bien, dis-je. Mais je croyais que tu étais partie à Marylebone ?

— Je me suis mise en route, expliqua Bessie. Mais avant que j'aie pu trouver un fiacre, j'ai rencontré Daisy dans la rue et je lui ai raconté pour Mr Fawcett. Puis elle a dit qu'elle voulait venir ici vous remercier ; parce que si vous ne l'aviez pas amenée ici ce soir-là, l'inspecteur n'aurait pas recherché Clarrie. Donc je suis revenue avec elle et nous voilà !

— Je vous suis très reconnaissante à toutes les deux, dis-je avec sincérité.

Le spectre glapit et souffla :

— Je ne peux plus respirer !

— Peut-être que vous ne devriez pas rester assise sur sa poitrine, Daisy, suggérai-je.

— C'est bon, dit Daisy. Enlevons-lui son masque et voyons s'il est devenu bleu. Sinon, c'est qu'il respire encore.

Elle se pencha sur lui et lui arracha le masque d'un coup.

— Ça, par exemple ! m'exclamai-je. Mr Pritchard !

Ses accroche-cœurs enduits de saindoux étaient en désordre ; la graisse avait fondu et coulé sur son visage déformé par la haine.

— Tout ça, c'est votre faute ! éructa-t-il en grimaçant. Vous avez lancé votre mari aux trousses de notre pasteur. Vous avez fait l'œuvre du diable !

— C'est vous le diable, vous ! lui cria Daisy avec fureur. Est-ce que ça ne suffisait pas de terroriser toutes les filles ? Vous étiez obligé de tuer Clarrie ? Qu'est-ce qu'elle avait fait de mal ?

— Une catin ! croassa Pritchard. Une fille scandaleuse ! Comme vous avec vos cheveux teints, votre visage peint et votre robe indécente ! J'aurais dû vous trouver et vous tuer. Vous êtes toutes les mêmes, filles du péché !

— Quoi ? cria Daisy. Mes cheveux ils sont pas teints et ils sont pas non plus maintenus en place par une demi-livre de saindoux !

Elle l'attrapa par les oreilles, lui leva la tête et la cogna contre le sol de la cuisine.

— Bessie, dis-je précipitamment, tu ferais bien de courir à la recherche d'un constable.

CHAPITRE 17

Inspecteur Benjamin Ross

J'ai croisé des assassins de tout poil. Certains arrogants, certains terrifiants, d'autres provocateurs, quelques-uns pétris de remords. Certains avouent, d'autres nient jusqu'à l'échafaud. Certains, parfois, n'ont aucune idée de ce qui les a menés à de telles extrémités. Mais cet assassin-là était l'un des plus étranges du lot : un petit homme insignifiant avec les cheveux collés au crâne par du saindoux, le visage déformé par un tic nerveux au coin de la bouche, qui roulait des yeux et se tordait les mains. Tour à tour vantard ou apitoyé sur lui-même, il était par-dessus tout convaincu de la justice de ses actes odieux.

C'était bien lui notre meurtrier : Owen Pritchard, boucher de son état. J'avais eu tort d'exclure la possibilité que le spectre et l'assassin d'Allegra Benedict ne fassent qu'un. J'avais retenu la leçon. Avant de savoir qui est votre homme et comment fonctionne son esprit, vous ne pouvez faire aucune hypothèse.

Nous fouillâmes son logement, au-dessus de sa boutique de Clapham, où nous trouvâmes le type de cordon utilisé pour étrangler Clarissa Brady, Allegra Benedict et Isabella Marchwood. Il aurait pu l'utiliser pour étrangler ma femme s'il l'avait eu sur lui à la salle paroissiale cet après-midi-là. Il avait apporté son linceul et son masque du spectre parce que, nous avait-il avoué, il avait l'intention de faire peur à des prostituées en rentrant à Clapham, comme à son habitude. Mais il n'avait pas apporté le cordon et cela avait tout changé.

Les choses auraient pu tourner différemment. Le sang se glaçait dans mes veines à cette idée : Pritchard, dans son déguisement de spectre, se glissant derrière Lizzie avec sa corde.

Mais cela ne s'était pas passé ainsi. Lizzie s'était retournée juste à temps et Pritchard avait été obligé de se servir de ses mains nues. Il n'avait jamais tué de cette façon. Il ne s'était pas entraîné comme il s'était entraîné sur la pauvre petite Clarrie Brady avec son lacet avant de tuer Allegra. Lizzie s'était défendue vigoureusement… et Bessie et Daisy étaient arrivées à point nommé.

Tout cela, je le sais, et je ne cesse de me le répéter, pourtant cette image ne me quitte plus. Parfois je rêve encore que c'est en train de se produire. Dans mon cauchemar, j'assiste à la scène, horrifié et impuissant. Je veux crier pour avertir Lizzie, ma voix se coince dans ma gorge et je ne peux que chuchoter. Je veux courir vers eux, attraper Pritchard et sauver Lizzie, mais mes pieds sont collés au sol. C'est là que je me réveille en sueur, paniqué. Lizzie se réveille elle aussi et me demande ce qu'il y a. Je lui dis que c'était seulement un rêve et j'accuse la bière que j'ai bue au dîner.

Une pelote de corde comme celle que nous avions découverte chez lui à Clapham peut se trouver dans n'importe quel foyer et aucun tribunal n'aurait considéré cela comme une preuve de sa culpabilité. Mais nous avions aussi déniché, cachée sous une latte du parquet, la petite bourse en daim rose d'Allegra, qui contenait encore l'argent que Tedeschi lui avait donné pour la broche.

C'était cela qui le ferait pendre. Benedict avait identifié la bourse comme appartenant à sa femme et Tedeschi la reconnaissait aussi. Le veuf avait été convoqué à Londres, par télégramme. Dunn avait calculé que cela coûterait moins cher que de me laisser prendre une fois de plus le train pour Egham.

Benedict avait eu l'air ému à la vue de l'aumônière, et c'est d'une voix amère qu'il avait déclaré :

— Oui, elle appartenait à ma femme.

En quittant nos bureaux, il s'était arrêté près de moi pour me lancer :

— Alors, vous l'avez retrouvé, hein, Ross !

J'avais perçu le soulagement dans sa voix. Il savait que tant que nous n'avions pas trouvé le coupable, lui aussi demeurait suspect.

— Oui, monsieur, avais-je dit.

J'avais vu dans son regard qu'il repensait à notre rencontre précédente, quand je l'avais aperçu en compagnie d'une prostituée. Il me haïrait à tout jamais pour cela. Je m'étais demandé s'il allait dire autre chose. Mais il avait hoché simplement la tête et était parti. C'était tout ce que Scotland Yard et moi aurions en guise de remerciements.

Dunn montrait à présent l'aumônière en daim à Pritchard dans la salle réservée à l'interrogatoire.

— Vous avez volé ceci à votre victime, Mrs Allegra Benedict, déclara le superintendant. Elle la portait quand elle est entrée dans Green Park et nous la cherchions.

Pritchard cessa de s'agiter et lança d'une voix étonnamment forte :

— Je ne suis pas un voleur ! Comment osez-vous dire que je suis un voleur ? Je n'ai rien volé !

— Alors comment cet objet est-il entré en votre possession ? tonna Dunn.

Pritchard se calma et prit l'air boudeur.

— C'était un coup de malchance. Je n'en ai jamais eu l'intention, jamais ! Elle a dû la faire tomber. Je l'ai sentie sous mon pied alors que je m'en allais. Je l'ai ramassée sans réfléchir. Mon seul souhait était de m'en aller. Je l'ai mise dans ma poche. Une fois chez moi, je me suis rendu compte que j'avais encore cette satanée bourse. Je ne savais pas quoi en faire alors je l'ai cachée. Je voulais m'en débarrasser plus tard, vous voyez. J'aurais fini par y arriver si vous n'étiez pas venu vous en mêler et fouiller ma maison sans ma permission ! (Il essaya d'adopter un ton de défi mais cela n'était pas très convaincant.) Je ne voulais pas la garder ! Vous pouvez compter l'argent, tout est là.

— Nous avions un mandat, lui dis-je. Nous n'avions pas besoin de votre autorisation pour fouiller votre boutique ou votre appartement.

— Je suis un citoyen respectable, insista Pritchard, alors que le tic au coin de sa bouche reprenait de plus belle. Tout le monde vous le dira. Demandez à n'importe qui à Clapham. Ils connaissent tous la boucherie Pritchard. Je n'ai jamais vendu de viande de mauvaise qualité. Ma boutique est d'une propreté irréprochable. Il n'y a ni odeur ni mouches.

— Ce n'est pas votre boutique qui nous intéresse ! explosa Dunn. On vous accuse de quelque chose de bien plus grave, des assassinats. Trois assassinats, je vous le rappelle ! Penchons-nous sur le premier que nous avons découvert. Vous étiez à Green Park, comme vous l'avez avoué, dans le brouillard, et c'est là que vous avez croisé et tué Allegra Benedict. Est-ce que vous l'aviez suivie ou l'avez-vous rencontrée par hasard ? Pourquoi l'avez-vous tuée ?

Pritchard leva des yeux étincelants de colère.

— Mais il fallait bien le faire, n'est-ce pas ? C'était une femme adultère ! Celle par qui le scandale arrive ! Elle avait dévoyé le pasteur par sa beauté et ses charmes d'étrangère. Elle allait causer sa perte. Il fallait l'arrêter !

— Cessez de l'appeler « le pasteur » ! ordonnai-je. Il ne peut aucunement prétendre à ce titre.

— Qu'est-ce que cela peut faire ? demanda Pritchard. C'est un merveilleux prédicateur.

— Commençons par le commencement, suggérai-je, refusant de m'embourber dans une controverse au sujet de Fawcett.

Ce monsieur serait bientôt en train de casser des cailloux à Dartmoor et son éloquence ne lui serait d'aucune utilité là-bas.

Étant donné qu'il avait agressé ma femme, je n'aurais peut-être pas dû assister à l'interrogatoire de Pritchard avec Dunn et Biddle qui écrivait furieusement dans son coin. Mais cet homme avait occupé mes journées et hanté mes nuits. Cette enquête m'appartenait depuis le début et je tenais toutes les pièces du puzzle dans ma main. J'allais enfin pouvoir les assembler.

— Vous vous déguisiez comme un spectre ou un fantôme afin d'effrayer les femmes qui se prostituaient au bord de la Tamise, n'est-ce pas ?

— Des catins ! cracha Pritchard. Elles ne voulaient pas renoncer au péché. J'ai voulu les en détourner par la peur !

— Et vous avez tué l'une d'elles, Clarissa Brady, connue sous le nom de Clarrie.

— Je ne connaissais aucun de leurs noms, précisa-t-il, pointilleux.

— Mais vous avez bien étranglé l'une d'elles avec un morceau de corde et poussé son cadavre dans le fleuve ?

Il m'adressa un regard rusé.

— Celle-là, je l'avais cherchée, et j'ai fini par la trouver. Cela n'a pas été difficile de lui mettre le cordon autour du cou. Elle n'a presque pas résisté, vous savez. Elle restait là à sangloter. Il était bien temps de se repentir de ses péchés !

— Elle était pétrifiée par la peur ! criai-je.

— Elle n'a eu que ce qu'elle méritait, grommela Pritchard.

— Le meurtre de Clarissa Brady vous a permis d'essayer la technique de strangulation au cordon que vous vouliez utiliser sur Allegra Benedict, n'est-ce pas ? Comment celui-là s'est-il passé ?

— J'ai attendu, et quand elle est venue, je l'ai tuée, dit-il simplement.

— Vous saviez qu'elle viendrait sous ce chêne dans le parc ? Est-ce que vous lui avez envoyé un message, en vous faisant passer pour Fawcett ?

Il fit non de la tête.

— Non, non, je n'avais rien à voir avec cela. Mon rôle était seulement d'être là et de me tenir prêt quand elle arriverait.

Il fronça les sourcils.

— Nous n'avions pas prévu le brouillard. C'était un cadeau du ciel pour nous aider !

— « Nous » ? Qui cela, « nous » ? Qui a écrit le billet demandant à Mrs Benedict de venir au parc cet après-midi-là ?

Il fit de grands signes de dénégation.

— Personne n'a écrit de billet. Miss Marchwood lui a dit que Mr Fawcett serait là et l'attendrait. C'était ce qu'elle faisait toujours, vous savez, elle transmettait des messages de vive voix. Elle était coupable aussi, Isabella Marchwood. Elle a servi de complice à la Benedict pour séduire le pasteur.

— Isabella Marchwood était complice ? s'exclama Dunn, horrifié. Du meurtre de son employeuse ?

De nouveau, Pritchard fit non de la tête.

— Mais non, bien sûr que non, elle croyait que nous voulions seulement parler à la Benedict, la persuader de laisser le pasteur tranquille.

— Alors, éclatai-je, impatient, Miss Marchwood et vous étiez de mèche ? Elle a transmis un faux message. Vous avez attendu près du chêne et Mrs Benedict vous a trouvé à la place de Fawcett. Mais vous aviez décidé, sans le dire à votre complice, de tuer Mrs Benedict. C'est vous qui en avez eu l'idée ?

— Non, admit-il à regret, ce n'est pas moi. C'est elle.

— Ce que vous dites n'a aucun sens, grommela Dunn.

Je commençais à comprendre.

— Ce n'était pas votre idée de tuer la dame et la pauvre Miss Marchwood l'ignorait aussi. Il y a une troisième personne dans tout ceci. Vous et une autre avez fomenté ce plan diabolique. La malheureuse Miss Marchwood n'était qu'un pion. On vous a donné l'ordre de tuer Mrs Benedict, n'est-ce pas, et peu après, on vous a donné l'ordre de tuer Miss Marchwood de peur qu'elle n'avoue la vérité à la police ?

— C'est ça, acquiesça Pritchard. J'ai exécuté les ordres.

Il sourit fièrement.

— Mais, rugit Dunn, qui vous a donné ces ordres ?

Pritchard le regarda, surpris.

— Eh bien, c'est elle, Mrs Scott !

Son visage s'éclaira.

— Mrs Scott est une dame très bien. Elle a de grands principes… Et elle a toujours été une bonne cliente.

Il avait réussi à nous clouer le bec à tous les deux. Biddle, lui, avait la mâchoire entrouverte. Soudain, il lâcha sa plume. Le bruit du porte-plume sur le sol et le marmonnement d'excuses de Biddle rompirent l'enchantement.

— Que s'est-il passé ensuite ? demandai-je.

— Rien, dit Pritchard. Je suis rentré à la boutique.

— Et Mrs Scott, qu'a-t-elle fait pendant que vous attaquiez la victime ? Et ensuite ?

— Mrs Scott n'était pas là, dit-il. J'étais tout seul.

— Mais vous êtes allé lui faire votre rapport ? demanda Dunn. Vous n'avez sûrement pas attendu qu'elle découvre la nouvelle dans les journaux ?

— Ah oui, c'est vrai, fit Pritchard. Je suis allé chez elle le soir même pour la prévenir.

— Et qu'a-t-elle dit ?

— Je crois qu'elle était satisfaite, dit Pritchard, l'air content de lui. Elle m'a dit de retourner à mes affaires et de n'en parler à personne.

Dunn et moi échangeâmes un regard. Ainsi Mrs Scott n'avait pas été surprise. Elle savait que Pritchard allait tuer Allegra Benedict.

— Parlez-nous du meurtre suivant, celui d'Isabella Marchwood, demanda Dunn à notre prisonnier.

La satisfaction de Pritchard s'envola.

— Celui-là, je l'ai vraiment regretté. C'était une femme bien, pieuse. Mais elle avait quitté l'étroit sentier de la vertu. Elle avait porté des messages entre la Benedict et le pasteur. Puis elle a été submergée de remords, sachant ce qu'elle avait fait ! Mrs Scott craignait qu'elle ne parle, peut-être même à la police et plus probablement à Mr Benedict. Miss Marchwood habitait toujours chez lui, vous savez. Les Cèdres, ça s'appelle, une belle maison. Bref, le mari était sur place et elle était rongée par la culpabilité. Donc c'était probable, n'est-ce pas ? Qu'elle lui en parle ?

— Dites-nous comment cela s'est passé, ordonnai-je.

Pritchard ne demandait pas mieux.

— Alors, vous voyez… je prends toujours le train de Waterloo à Clapham après les réunions de la société de tempérance et c'est ce que j'ai fait ce dimanche-là. En quittant la salle, j'ai vu que Miss Marchwood parlait à Mrs Ross dehors…

Pritchard me jeta un regard sévère.

— Votre femme, elle est du genre à se mêler de ce qui ne la regarde pas, si je puis me permettre.

Non, il ne pouvait pas se permettre, mais avant que j'aie pu rétorquer, Dunn l'encouragea à poursuivre.

— Je suis donc retourné à l'intérieur et j'ai attendu que Mrs Ross et Bessie Newman aient disparu. Je ne voulais pas que Mrs Ross se mette à me poser des questions. Je ne savais pas ce qui lui passait par la tête, vous voyez, à votre femme…

Il me jeta un autre regard désapprobateur.

— Puis je suis allé rapidement à Waterloo, j'avais hâte de rentrer chez moi.

— Vous n'aviez pas le projet de vous déguiser et de faire peur à des prostituées ce soir-là ?

Il secoua la tête, avec regret.

— Non, je me disais que le spectre ferait mieux de se tenir tranquille pendant un moment. Les journaux en faisaient tellement d'histoires !

Il ne put réprimer un sourire. Sa notoriété semblait lui apporter un grand plaisir. Puis il poussa un petit soupir.

— Mais cela m'a manqué, vous savez, de sortir avec mon linceul. Je m'étais donné du mal pour le faire. J'ai utilisé du sang de l'arrière-boutique pour le tacher. Donc au bout de quelques jours, j'ai pensé recommencer. C'est pourquoi j'ai repris le costume après l'arrestation de Mr Fawcett. Il ne pouvait pas faire son œuvre divine.

» Bref, quand je suis arrivé à Waterloo ce dimanche-là, j'ai rencontré Miss Marchwood qui attendait le train pour Egham. Elle était contente de me voir et elle m'a demandé si je pourrais porter un billet à Mrs Scott. Je n'avais pas de porte-plume mais j'avais un crayon à papier que je lui ai prêté et nous nous sommes servis d'un des prospectus. Elle a écrit au verso, espérant que Mrs Scott l'excuserait pour ce papier à lettres inhabituel. Elle l'a plié et me l'a donné.

» Je lui ai promis de l'apporter à Wisteria Lodge, la maison de Mrs Scott à Clapham, une très belle résidence également, et de la lui donner le soir même. Puis j'ai pris mon train pour Clapham. En chemin, j'ai déplié la lettre et lu ce qui était écrit. Cela m'a inquiété, je l'avoue.

— Et vous l'avez portée à Mrs Scott le soir même, le dimanche ?

Il hocha la tête.

— J'y suis allé directement depuis la gare. Je ne suis pas rentré chez moi avant. Cela m'a paru important. Mrs Scott était d'accord. Elle n'était pas rentrée depuis longtemps, puisqu'elle avait déposé Mr Fawcett avec sa voiture. Elle m'a dit qu'il fallait neutraliser Miss Marchwood, tout comme Mrs Benedict. Miss Marchwood lui disait dans la lettre qu'elle viendrait la voir à Clapham le lendemain, lundi. Elle lui donnait même l'horaire de son train afin que Mrs Scott sache à quelle heure l'attendre à Wisteria Lodge.

» "Vous savez ce qu'il faut faire, Pritchard !" m'a dit Mrs Scott. Et en effet, je savais. Le lendemain matin, de bonne heure, j'ai laissé mon apprenti s'occuper de la boucherie et j'ai pris un train pour Egham. Je comptais attendre devant Les Cèdres, la maison des Benedict, et intercepter Miss Marchwood tandis qu'elle descendait la colline. Cela aurait été le meilleur endroit pour la surprendre. Elle serait morte loin de Londres et la police aurait sans doute soupçonné Mr Benedict. Il n'y aurait eu aucun lien entre sa mort et les réunions. Mais je n'ai pas eu de chance, poursuivit-il tristement. Il y avait une charrette sur la route, bien chargée, et qui gravissait péniblement la colline. Le cheval avait vraiment du mal. J'ai même cru qu'il allait trébucher et tomber. Pendant tout le temps où Miss Marchwood a descendu la colline – et que je la suivais de loin – nous étions l'un ou l'autre dans le champ de vision du charretier. Je ne pouvais donc pas me cacher, j'étais obligé de marcher normalement et je craignais qu'elle ne me voie si elle tournait la tête. J'avais préparé une histoire au cas où elle m'apercevrait : je dirais que j'étais venu exprès pour lui parler. Mais je n'ai pas eu à m'en servir.

» À la gare, elle est montée dans le seul compartiment de première classe, juste derrière la locomotive.

Je suis monté en troisième classe à l'arrière du train. À chaque arrêt, je sortais la tête par la fenêtre et je vérifiais que personne ne montait en première classe avec Miss Marchwood. Personne n'est monté. Ce n'était pas l'heure à laquelle les gens aisés voyagent. Il y avait toutefois un contrôleur. Il remontait le train de l'arrière vers l'avant et changeait de voiture à chaque arrêt. Il aurait pu poser problème. Mais à Twickenham, il est monté en première. Ce qui veut dire qu'il est redescendu à Richmond, et s'est mis à parcourir toute la longueur du train pour recommencer. C'était ma chance. Je me suis faufilé jusqu'à la première classe dans le dos du contrôleur une fois qu'il fut passé devant moi et il ne m'a pas remarqué.

— Miss Marchwood a dû être surprise de vous voir, interrompit Dunn, et inquiète ; est-ce qu'elle a compris que c'était vous et non pas un inconnu, qui avait assassiné sa patronne à Green Park ?

Pritchard eut un sourire satisfait.

— Peut-être, mais le train avait redémarré et elle ne pouvait pas s'échapper.

Cela avait donc été facile pour lui. Jusqu'à ce que les trains soient construits avec un couloir pour relier les voitures, un projet à l'étude d'après Burns, une femme seule dans sa voiture serait vulnérable.

— C'était une attaque d'une grande lâcheté ! déclarai-je.

Pritchard prit l'air maussade.

— J'avais mes ordres.

C'est ainsi que je me retrouvai de nouveau à Wisteria Lodge. Mrs Scott me reçut dans son salon sans manifester aucune surprise. Elle devait m'attendre. Elle savait, une fois qu'elle avait appris l'arrestation de Pritchard, qu'il parlerait, fier de ce qu'il avait accompli. La police ne tarderait donc pas à venir l'arrêter elle aussi.

Le salon que Styles et moi avions bouleversé en poursuivant Fawcett avait été parfaitement rangé. Il n'y avait aucun signe d'une activité inhabituelle, à part le perroquet qui avait perdu quelques plumes en se cognant d'excitation contre les barreaux de sa cage. Je m'imaginais même qu'il ne m'avait pas oublié, comme étant la cause de ce tohu-bohu. Il me fixait de son regard mauvais depuis que j'étais entré dans la pièce. De temps à autre, il se déplaçait sur son perchoir et émettait un petit cri rauque, comme pour indiquer que si on le libérait de sa prison, il se ferait un plaisir de s'attaquer à moi.

Sa maîtresse devait sans doute nourrir les mêmes sentiments à mon égard mais elle était assise, bien droite, dans un fauteuil au dossier arrondi, les mains jointes sur les genoux. La gouvernante qui m'avait fait entrer s'était aussi souvenue de moi et elle m'avait regardé avec appréhension, se demandant sans doute ce que j'allais casser cette fois-ci.

— Vous devez savoir pourquoi je suis là, dis-je. Nous nous sommes longuement entretenus avec Owen Pritchard et il a détaillé longuement son rôle dans les assassinats, et nous a parlé du vôtre.

Elle ne répondit pas mais afficha un air dubitatif.

Le perroquet attrapa un barreau de sa cage avec son bec et se mit à le grignoter, démontrant ce qu'il aimerait me faire subir. J'englobai la pièce d'un geste.

— C'est ici qu'Allegra Benedict a rencontré Joshua Fawcett, n'est-ce pas ? Dans votre salon, au cours de l'une des soirées où vous aviez invité Fawcett comme orateur ?

Mrs Scott poussa un long soupir.

— Miss Marchwood l'a amenée avec elle, sans doute dans l'espoir que Mrs Benedict soutiendrait notre cause. Au lieu de quoi, elle a tout détruit ! Dès le moment où cette femme a posé les yeux sur Mr Fawcett, j'ai vu qu'elle avait décidé de le séduire. C'était une coquette, dépourvue de toute décence dans ses manières. Il était sans défense face à ses artifices. Comme tant d'hommes dont l'esprit est préoccupé par des choses plus élevées, Joshua n'avait aucune expérience de ce genre de femme.

Pour ma part, j'étais persuadé du contraire.

Mrs Scott pinça les lèvres.

— Elle est venue deux fois je crois. Après cela, on ne l'a plus revue et j'ai d'abord été soulagée. Je pensais que le danger était passé. Mais un jour, Isabella Marchwood est venue me voir, bouleversée.

Mrs Scott secoua la tête.

— Miss Marchwood voulait bien faire, mais elle manquait de bon sens. À ma grande horreur, elle a expliqué que Joshua avait été entraîné dans une liaison sordide qui allait causer sa perte. La Benedict n'avait aucune honte ni aucune discrétion et Miss Marchwood craignait que le mari trompé ne le découvre bientôt. Miss Marchwood elle-même avait été persuadée de faciliter la liaison en portant des messages. Comme je vous l'ai dit, elle n'était pas particulièrement intelligente. Tout de même, je ne comprends pas ce qui a pu lui faire accepter d'être leur messagère. Je ne vois qu'une explication, Allegra Benedict exerçait un pouvoir sur elle, tout comme sur Joshua Fawcett. Isabella Marchwood ne savait pas quoi faire. Elle s'est tournée vers moi.

» J'ai compris qu'il fallait agir. Elle m'a appris que les amants se retrouvaient souvent sous un chêne à Green Park. “Très bien, lui ai-je dit. Prévenez

Mrs Benedict que Mr Fawcett veut la voir là samedi après-midi. Mr Pritchard et moi l'attendrons, en tant que représentants de notre petit groupe." Je lui ai expliqué que je comptais parler très sérieusement à Mrs Benedict, je lui dirais que la liaison était déjà de notoriété publique et que son mari ne tarderait plus à découvrir le pot aux roses. Le fait que Pritchard et moi fussions déjà au courant devrait l'effrayer suffisamment pour qu'elle rompe. Miss Marchwood accepta notre plan, ravie de se reposer sur Pritchard et moi.

Elle se tut et je demandai :

— Était-ce vraiment votre intention, de parler à Mrs Benedict, rien de plus ? Ou bien était-ce la version que vous avez donnée à Miss Marchwood pour la convaincre de vous aider ?

— Rien de plus, bien entendu, dit-elle calmement.

J'étais fasciné par cette odieuse femme. Elle parlait de son plan diabolique avec une telle froideur ! Elle n'avait eu aucun scrupule et à présent elle n'exprimait aucun remords.

— Et vous étiez prête à rester les bras croisés tandis que Pritchard la tuerait ? demandai-je d'une voix tremblante malgré mes efforts.

— Bien sûr que non ! Comme je vous l'ai dit, je comptais seulement parler sévèrement à Mrs Benedict. Il se trouve que les choses ne se sont pas déroulées comme prévu. J'avais dit à Miss Marchwood que je serais là mais, le jour venu, un épouvantable brouillard s'est levé et il s'est étendu depuis le centre de Londres jusqu'à Clapham. J'ai passé de nombreuses années dans des climats chauds et secs et le temps humide affecte ma santé. Je n'ai pas osé sortir de peur de prendre froid. Je suis restée chez moi et Pritchard est allé seul retrouver Mrs Benedict. Il a décidé de la tuer de son propre chef.

Elle me regarda droit dans les yeux. Je ne pouvais rien prouver. Elle le savait. C'était sa parole, celle d'une femme de la bonne société, contre celle de Pritchard. Quel jury croirait qu'une telle femme, dans sa douillette et respectable maison de Clapham, ait pu projeter un meurtre de sang-froid ?

Bon, elle allait peut-être échapper à ses responsabilités dans la mort d'Allegra ; celle d'Isabella Marchwood était une autre affaire. Elle n'allait pas pouvoir s'en disculper si facilement.

— Qu'avez-vous pensé quand Pritchard vous a dit qu'il l'avait étranglée ? commençai-je.

— Je me suis dit que c'était sans doute pour le mieux, dit-elle avec ce même calme inhumain. Cela allait faire grand bruit, mais il faudrait bien le supporter. Cela finirait par se calmer.

— Mais Miss Marchwood n'a pas disparu si facilement, dis-je avec aigreur.

À ce changement de ton, le perroquet poussa un cri perçant.

— Non, dit sa propriétaire, songeuse. En effet. Je me doutais, bien sûr, qu'elle serait bouleversée. Mais je pensais que la crainte que l'on ne découvre son rôle dans tout cela suffirait à la faire taire.

— Le dimanche soir, veille de sa mort, Miss Marchwood s'est approchée de votre voiture – ma femme l'a vue – et a demandé à vous parler. Vous lui avez dit de venir vous voir chez vous.

Elle plissa légèrement le front.

— Oui, Mrs Ross m'a dit cela. Je n'ai pas vu Mrs Ross dans la rue. Je me demande où elle était.

Je n'allais pas révéler à cette femme que Lizzie se cachait dans une écurie…

— Quand nous avons trouvé le corps de Miss Marchwood dans le train à Waterloo, j'ai tout de suite pensé qu'elle venait voir la police ou essayer de trouver ma femme. Or je me trompais, n'est-ce pas ? Elle ne se rendait pas au centre de Londres mais à Clapham, où elle comptait vous rendre visite.

Elle haussa les sourcils comme pour manifester son ignorance.

— Quand ma femme est venue vous voir ici, le lendemain de la mort de Miss Marchwood, vous avez désapprouvé le fait qu'elle arrive sans prévenir chez vous.

— Ce n'est pas ainsi que l'on procède d'habitude.

— Miss Marchwood n'aurait jamais fait fi des conventions de cette manière.

— Non, en effet.

— Ainsi, quand elle a rencontré Pritchard à la gare de Waterloo le dimanche soir, elle lui a demandé de vous porter un billet, expliquant qu'elle viendrait le lendemain, lundi, avec l'horaire du train qu'elle prendrait d'Egham, afin que vous sachiez à quelle heure l'attendre. Ce billet était écrit au crayon au dos d'un prospectus annonçant les réunions de la société de tempérance.

— Non, je n'ai jamais reçu de message.

— Pritchard dit qu'il vous l'a apporté le dimanche soir, dès son arrivée à Clapham.

— Pritchard est venu me voir ici, corrigea-t-elle fermement, mais il n'a pas apporté de lettre. Il se trompe là-dessus, ou bien, pour une raison connue de lui seul, il a inventé cela. Pritchard m'a parlé et il a exprimé ses craintes. Il a sollicité mes conseils. Il était inquiet au sujet de Miss Marchwood et aussi, je dois vous l'avouer, à cause de l'intérêt manifeste de votre femme pour cette affaire.

J'ignorai le détestable sous-entendu selon lequel Lizzie serait à blâmer pour la mort d'Isabella Marchwood.

— Vous avez compris que vous ne pouviez être sûrs qu'elle ne parlerait pas de votre machination, dis-je.

— Je me suis rendu compte qu'elle n'était pas fiable. Elle n'avait aucune force de caractère. Je me disais que votre femme réussirait peut-être à la faire parler.

— Vous avez donc dit à Pritchard qu'elle ne devait jamais arriver jusqu'ici.

— Est-ce ce qu'il prétend ? demanda-t-elle avec un regard rusé.

— Tout à fait. Pritchard a reçu des ordres, comme la fois précédente, et il les a exécutés.

— Vous vous trompez. J'ai apaisé les craintes de Pritchard et je lui ai promis que je parlerais à Miss Marchwood, que je lui expliquerais qu'elle devait garder le silence. C'est ce j'avais l'intention de faire.

— Ce que vous aviez l'intention de faire quand elle viendrait vous voir le lundi matin ?

Elle ne tomba pas dans le piège. Elle m'adressa un petit sourire avant de me répondre :

— Il n'y avait aucun arrangement de la sorte, aucune lettre écrite au dos d'un prospectus ou sur autre chose. Je vous l'ai dit. C'est une invention de Pritchard.

J'insistai :

— Il a décrit l'enchaînement de ses actions de la journée. Après avoir étranglé Miss Marchwood, il est descendu du train à Clapham. Il s'est éloigné calmement avec les autres passagers, laissant le cadavre de la pauvre femme dans la voiture, et il est retourné à sa boutique. Le corps n'a pas été découvert avant l'arrivée au terminus, à Waterloo. Cela a dû vous sembler un coup de chance.

— Elle serait toujours en vie si elle avait gardé son sang-froid, fit Mrs Scott avec dédain. Si elle n'avait pas inquiété Pritchard.

Elle lissa un pli de sa jupe avec soin.

— Quand votre femme est venue me voir de façon tout à fait inattendue ce mardi matin, avec la nouvelle de la mort d'Isabella, c'était la première fois que j'en entendais parler. J'en ai été désolée. J'ai compris que Pritchard s'était peut-être un peu emballé. Si vraiment c'était l'œuvre de Pritchard.

— Vous ne vous émouvez pas facilement, lui fis-je remarquer. Et la fille, Clarissa Brady ? Saviez-vous que c'était aussi l'œuvre de Pritchard, comme vous dites ?

Jusque-là, je ne lui avais rien appris, quoi qu'elle en dise, mais ce nom-là était nouveau pour elle. Elle trahit brièvement sa surprise.

— Qui est-ce ?

Une fois n'est pas coutume, elle semblait légèrement mal à l'aise.

— C'était la première victime de Pritchard, une prostituée. Il s'est entraîné sur elle à la méthode de la strangulation avant d'aller assassiner Allegra. Il a poussé son corps dans la Tamise, où il a été retrouvé un peu plus tard par la police fluviale.

— Je ne sais rien de tout cela ! nia-t-elle vigoureusement. Une prostituée, dites-vous ? Comment connaîtrais-je une personne de ce genre ?

— Saviez-vous que Pritchard avait pris l'habitude de se déguiser avec un linceul et de sortir les nuits de brouillard pour effrayer les filles des rues qui travaillaient près du fleuve, en leur mettant les mains autour de la gorge ?

Elle parut intriguée.

— Mais pourquoi aurait-il fait cela ?

— Il dit qu'il voulait leur faire peur pour qu'elles changent de vie.

— Oh, fit Mrs Scott, dans ce cas il agissait pour la bonne cause.

— Peut-être que vous ne saviez pas qu'il avait étranglé Clarissa Brady, dis-je. Mais je pense que vous étiez au courant de ses activités nocturnes et c'est pourquoi vous l'avez choisi pour tuer Allegra Benedict. Il se pliait facilement à votre volonté et acceptait votre autorité. C'est peut-être même vous qui lui avez soufflé l'idée du spectre. Vous l'avez envoyé en mission avec son drap taché de sang et son masque en papier mâché. Avant de concentrer votre attention sur le fléau de la boisson, vous aviez décidé de faire quelque chose pour débarrasser les rues des prostituées.

— La police ne semble pas faire grand-chose pour y parvenir ! éclata-t-elle soudain. Ce pays court à sa perte et les autorités ne font rien. Il est du devoir de tous les bons citoyens de se battre contre toutes les débauches de notre société. Qu'y avait-il de mal dans le petit jeu de Pritchard ?

Elle se mordit les lèvres, se rendant compte qu'elle en avait trop dit.

— Un bon citoyen, dis-je, serait certainement allé prévenir la police après avoir appris l'assassinat d'Allegra Benedict par Pritchard. Si ce que vous m'avez dit est vrai, si vous n'aviez aucune intention de la tuer, vous semblez avoir pris la nouvelle de sa mort avec un calme remarquable et vous n'avez rien fait pour que l'assassin soit traduit devant la justice.

— Je me suis dit qu'il avait montré un peu trop de zèle, mais nous étions parvenus au résultat escompté.

Joshua était libéré de cette femme. C'est tout ce qui comptait.

Ses yeux gris, jusque-là si froids, lancèrent des éclairs de triomphe.

— Nous avions accompli notre mission.

Je ne pouvais pas rester assis là plus longtemps. Je me levai et m'approchai de la fenêtre pour faire signe à Morris qui attendait dehors.

Une fois qu'il nous eut rejoints, je me tournai de nouveau vers Mrs Scott.

— Jemima Scott, je vous arrête pour complicité de meurtre et dissimulation d'informations dans le cadre d'un crime. Je dois vous demander de nous suivre.

Le perroquet se mit à battre frénétiquement des ailes contre les barreaux de sa cage.

CHAPITRE 18

Elizabeth Martin Ross

Ben me raconta tout ce soir-là. Nous nous assîmes devant la cheminée du salon, qui refusait obstinément de tirer, et j'écoutai toute la lamentable histoire. Nous entendions Bessie dans la cuisine, qui faisait la vaisselle avec fracas. J'étais heureuse qu'il ne me cache aucun détail. Je voulais tout savoir, même si j'étais très peinée par la suggestion cruelle de Mrs Scott selon laquelle j'avais précipité la mort d'Isabella Marchwood en essayant de la faire parler, sous les yeux de Pritchard.

— Si j'avais su que Pritchard… ou quiconque… nous surveillait, je l'aurais abordée un peu plus loin.

— Pritchard t'aurait tout de même vue. Il a suivi Miss Marchwood et l'a rattrapée à Waterloo.

— J'aurais dû faire plus d'efforts pour persuader Miss Marchwood de se confier à moi, éclatai-je. J'aurais dû l'accompagner jusqu'à la gare et gagner sa confiance au cours du chemin. Bessie et moi aurions pu rester avec elle jusqu'à ce qu'elle monte dans le train et ainsi elle n'aurait pas eu l'occasion d'écrire ce mot à Pritchard pour Mrs Scott.

Elle n'aurait pas pris ce train pour Londres le lundi matin et Pritchard ne l'aurait pas suivie.

— Allons, Lizzie, répliqua Ben en me prenant la main, tu étais une inconnue pour elle. Elle ne souhaitait pas te faire de confidences, tu ne pouvais pas l'y forcer.

— J'aurais pu faire quelque chose ! insistai-je.

— Tu as fait quelque chose. Tu l'as vue parler à Jemima Scott et tu as entendu l'invitation à se rendre à Clapham. Tu me l'as raconté. Cette bribe de conversation a été très importante pour l'enquête. Lizzie, Isabella Marchwood était condamnée depuis le jour où elle a amené Allegra Benedict à Wisteria Lodge.

Je soupirai, songeant que Ben avait raison, puis une pensée me vint.

— Et cet odieux Fawcett n'aura aucune part de culpabilité à assumer ? Pourtant c'est lui la cause de tout cela ! Ses mensonges et sa tromperie l'ont conduit à prêcher chez Mrs Scott où il a fait la connaissance d'Allegra. Il a eu une liaison avec elle… et ne me dis pas que c'était un innocent séduit par une intrigante. Cet homme ne sait pas ce qu'est l'innocence !

— Il est bien dommage, répliqua Ben, que pour la première fois de sa vie, il n'ait pas pensé d'abord à son propre intérêt. Il savait quels étaient les risques si Benedict découvrait tout et il avait plus ou moins projeté de quitter Londres, tout comme il avait quitté les autres villes quand la situation était devenue intenable. Mais tout en sachant qu'il aurait dû fuir, il avait du mal à rompre avec Allegra. À sa manière…

— Ah non, l'interrompis-je farouchement, ne me dis pas qu'il l'aimait. Il n'est pas capable d'amour.

— Très bien, fit Ben docilement, disons qu'il s'était entiché d'elle. Elle a commis l'erreur de lui faire confiance. Il a commis l'erreur de s'accrocher à cette relation… et tous deux ont été observés par une femme qui était, elle aussi, obsédée par ton Mr Fawcett, tout autant qu'Allegra Benedict. Crois-tu possible, Lizzie, que Jemima Scott, malgré la différence d'âge, ait éprouvé une passion pour cet homme ? Allegra ne représentait pas seulement une menace pour sa cause, comme dit Scott, elle était aussi sa rivale. Il m'a dit lui-même que certaines femmes sont séduites par les hommes en position d'autorité. Cela pourrait être le point de départ de toute cette affaire.

Je regardai Ben, horrifiée. Je ne m'étais jamais imaginé que Mrs Scott ait eu d'autres motivations que la lutte contre l'ivrognerie. Était-elle réellement tombée amoureuse de Fawcett ? La pensée de cette femme glaciale nourrissant des désirs secrets me fit frissonner.

— Si c'est le cas, dis-je, elle ment au sujet du plan élaboré avec Pritchard. Elle ne croyait pas un instant que Pritchard allait simplement tenter de raisonner Allegra. Elle se doutait qu'il allait l'étrangler. Au fond d'elle-même, ne souhaitait-elle pas être débarrassée de sa rivale ?

— Elle n'avouera jamais ses sentiments profonds ou une rivalité amoureuse. Admettons, pour le moment, que son seul souhait était de protéger Fawcett du scandale et de lui permettre de continuer son œuvre. Je reste persuadé qu'elle a comploté avec Pritchard pour assassiner Allegra. Elle n'a montré aucune surprise en apprenant qu'il était passé à l'acte. Je ne pense pas qu'elle aurait pu être si calme après coup si cela avait été un choc. Elle aurait été furieuse contre Pritchard et serait allée voir la police. Au lieu de quoi elle a délibérément protégé un assassin et a conspiré avec lui après le meurtre. Elle aura du mal à expliquer cela devant un tribunal.

Au souvenir de ma visite à Wisteria Lodge après l'assassinat d'Isabella Marchwood et du calme olympien de la maîtresse de maison, je murmurai :

— Elle doit avoir des nerfs d'acier et pas une once de pitié. Peut-être est-ce ce qui l'a sauvée lors du siège en Inde.

Ben remua le tisonnier dans l'âtre et prit la pince pour ajouter un morceau de charbon dans le feu, qui tenta vainement de repartir.

— Pritchard lui-même déclare qu'elle savait que cette rencontre était arrangée dans le but d'assassiner Allegra. Ce n'est pas lui qui en a eu l'idée. C'est elle. Il a suivi ses instructions. Je ne vois pas pour quelle raison il mentirait, à moins qu'il ne croie que partager la culpabilité puisse le sauver. Ce ne sera pas le cas.

Il haussa les épaules.

— Personnellement, je pense qu'elle était au courant et que la mort d'Allegra a toujours été leur but. Bien sûr, Isabella Marchwood ignorait tout de leurs intentions, mais Jemima Scott, avec Pritchard, avait décidé qu'Allegra Benedict ne quitterait pas Green Park vivante. De là à prouver sa culpabilité… C'est une autre histoire. Scott est intelligente. Elle a pris soin de ne pas être présente lors des assassinats. Le billet qu'Isabella a écrit à la gare de Waterloo au dos d'un prospectus a certainement été jeté au feu le soir même. Elle est trop maligne pour nier que Pritchard est venu chez elle. La gouvernante aurait pu s'en souvenir et nous le raconter. Mais Mrs Scott soutient catégoriquement qu'il est seulement venu lui faire part de ses inquiétudes. Elle lui a dit qu'elle parlerait avec Isabella Marchwood et qu'elle la persuaderait de garder le silence. Rien de plus.

Il y eut un autre silence au cours duquel je contemplai les flammes poussives ; Ben semblait lui aussi perdu dans ses pensées. Il en fut brutalement arraché par un bruit de vaisselle entrechoquée, suivi de la voix de Bessie :

— Ne vous inquiétez pas, m'dame, y a rien de cassé !

— Tu sais, Lizzie, dit doucement Ben, quand j'ai commencé cette enquête, je pensais que j'avais affaire à deux assassins différents. L'un déguisé en spectre qui pourchassait les filles des rues comme la malheureuse Clarrie Brady. L'autre qui avait assassiné Allegra Benedict et par la suite Isabella Marchwood.

— Et il n'y en avait qu'un, Pritchard ! fis-je remarquer.

— Tout dépend de la manière dont tu vois les choses, Lizzie. Seule une paire de mains, celle de Pritchard, a exécuté les assassinats, mais derrière, il y avait deux cerveaux différents. Je sais maintenant que c'est cela qui a brouillé ma réflexion. Livré à lui-même, Pritchard aurait continué à écumer les rues par temps de brouillard jusqu'à ce que nous l'attrapions, en se concentrant sur les prostituées dont les activités l'offensaient tant. Il n'avait aucune raison d'attirer Allegra Benedict dans le parc et de la tuer. Il ne connaissait même pas son existence ! Rappelle-toi que Pritchard n'a jamais été invité aux soirées de Wisteria Lodge où Fawcett a rencontré Allegra. Celle-ci n'est jamais venue aux réunions de la société de tempérance. Pritchard n'avait jamais vu Allegra Benedict avant la rencontre fatale à Green Park. Il ne connaissait la liaison entre Fawcett et elle que parce que Mrs Scott lui en avait parlé ;

celle-ci l'avait persuadé qu'Allegra représentait un grave danger pour leur prédicateur. Après cela, elle n'a guère eu de difficulté à le convaincre que le danger devait être écarté. Un homme, vois-tu, mais deux esprits : un monstre à deux têtes, si tu veux.

— Le juge et le jury vont-ils croire cela ? demandai-je, horrifiée par cette image des conspirateurs.

— Ils croiront ce que l'accusation parviendra à prouver au tribunal, dit Ben avec tristesse. Où est la preuve ? Il n'y a aucun témoin des conversations entre Scott et son exécuteur des basses œuvres. À part le fait que Mrs Scott ait protégé Pritchard après le meurtre d'Allegra, et celui de Miss Marchwood, ce sera la parole de Pritchard, assassin avéré, contre la sienne. Elle est coupable de complicité après coup pour l'avoir protégé. Mais c'est une charge moins lourde que l'entente en vue de commettre un meurtre.

— Mais alors justice ne sera pas rendue ! m'exclamai-je.

Il haussa les épaules.

— As-tu lu les journaux ?

— Pas aujourd'hui, avouai-je.

— Eh bien, tu verras qu'ils ont découvert l'histoire de Jemima Scott durant la révolte des cipayes en Inde, les privations qu'elle et les autres ont souffertes pendant les cinq mois de siège et la mort de son mari malgré ses efforts pour le sauver. J'ai même vu quelques illustrations du major Scott mourant dans les bras aimants de sa femme.

Il eut un petit sourire amer.

— Je ne puis imaginer un juge enclin à revêtir un bonnet noir pour condamner à mort une héroïne de Lucknow.

Je brisai le long silence qui suivit cette déclaration.

— Je crois que Bessie a perdu tout intérêt pour le mouvement en faveur de la tempérance, dis-je.

— Dieu merci, fit Ben, maintenant peut-être que je vais pouvoir boire ma bière en paix le soir.

Inspecteur Benjamin Ross

Quelques jours après ma conversation avec Lizzie, je traversais de nouveau Waterloo Bridge. Par temps clair, les bâtiments se découpaient sur l'horizon aussi nettement qu'un décor en carton dans un théâtre miniature. Je me mis à siffloter, parce que après tout nous avions élucidé le meurtre de Green Park (et celui du train, sans oublier celui de la pauvre Clarrie Brady), et même si ces affaires n'étaient pas encore jugées, nous avions réussi. Lizzie ne serait jamais satisfaite, mais je n'y pouvais rien. En tant que policier, on est très souvent déçu par le verdict du tribunal, car au bout du compte, c'est la compétence des avocats qui fait tout.

Même l'affaire qui n'était pas la mienne avait été résolue. La veille en quittant Scotland Yard, j'avais croisé mon collègue, l'inspecteur Phipps, en compagnie d'un gentleman apoplectique aux favoris luxuriants, qui portait un monocle accroché à un ruban autour de son cou.

— Ah, Ross, avait déclaré Phipps, l'air satisfait, vous serez heureux d'apprendre que nous tenons le groupe qui a été assez bête pour menacer le colonel Frey ici présent. Les voleurs n'ont pas d'honneur, dit-on, et l'un des leurs a décidé de témoigner contre les autres quand il a su que le Yard était sur l'affaire.

Il ajouta à l'intention de son compagnon :

— Voici l'inspecteur Ross, colonel, le premier officier à avoir débuté l'enquête dans votre propriété. Vous étiez absent ce jour-là, me semble-t-il.

Le colonel vissa son monocle sur son œil et m'étudia.

— Ah, bien sûr, tout à fait. Bon travail, euh… Ross… bon travail !

— C'est le bon travail de l'inspecteur Phipps, colonel, je ne faisais que le remplacer ce jour-là, dis-je en affichant un air modeste.

— Néanmoins, vous avez joué votre rôle, j'en suis sûr. C'est bien, mon garçon !

Avec un hochement de tête, le colonel prit congé. Phipps le suivit et m'adressa un clin d'œil.

Je souriais en songeant à cette anecdote quand je vis arriver sur le pont une silhouette familière, toutes plumes dehors.

— Hé, salut, Mr Ross ! fit Daisy gaiement.

— Bonjour, Daisy. Vous avez un nouveau chapeau ?

— Non…

Daisy caressa le couvre-chef qui ornait ses cheveux flamboyants.

— C'est le même mais j'ai mis de nouvelles plumes pour remplacer celles que Lily Spraggs m'a cassées. Je les ai eues par le volailler sur le marché. Ce sont des plumes de faisan. Pas mal, hein ?

— Très élégant, dis-je.

— Toutes les filles sont contentes qu'on ait attrapé le spectre, m'informa Daisy. Maintenant elles ont plus à s'inquiéter qu'il leur saute dessus chaque nuit de brouillard !

— Daisy, dis-je avec un peu d'hésitation, même si ce danger a été écarté, il y en aura toujours d'autres pour vous et vos… vos amies. Le métier qui est le vôtre vous a peut-être évité l'hospice, mais il est plein de dangers. Des filles comme vous sont parfois agressées par leurs clients ou par des hommes comme Jed Sparrow. Il y a aussi le danger des maladies associées à votre commerce, et leurs épouvantables séquelles physiques. Vous pouvez être arrêtée dans la rue et forcée à subir un examen médical à n'importe quel moment. Si on découvre que vous êtes infectée, vous serez enfermée jusqu'à ce que vous soyez déclarée non contagieuse. Mais il y a plein de clients qui peuvent vous transmettre cette maladie. Il y a des menaces partout, même sans compter les hommes comme le spectre qui attaquent les filles pour leurs propres raisons perverses. Il y a aussi les Jed Sparrow qui vous intimident pour rafler tout votre argent. Et enfin, pardonnez-moi, même si vous échappez à tout cela et aux ravages de la syphilis, vous ne serez pas toujours jeune et belle. Que ferez-vous… ?

— Vous êtes en train de me faire la morale ? interrompit-elle.

— Non, pas du tout, je vous fais remarquer, en tant qu'ami, et un ami qui vous doit d'avoir sauvé la vie de sa femme, que vous devriez songer à changer de métier. Vous ne voulez pas finir au fond du fleuve comme votre malheureuse amie Clarrie ?

— C'est le seul métier que je connais, fit Daisy. C'est tout ce que je sais faire.

— Mais vous pourriez apprendre autre chose. Ma femme connaît une organisation à Marylebone. Ils ont pour but de sauver des jeunes filles de la rue comme vous. Ils les forment et les aident à trouver du travail.

— Pff, je les connais ! fit Daisy avec un ricanement méprisant. Ils m'apprendraient à devenir une bonne à tout faire. Passer toute ma vie à épousseter et à cirer, au service d'une vieille bonne femme qui me sonnerait toutes les cinq minutes ? Pas question. Vous inquiétez pas pour moi, Mr Ross, et dites à votre femme de pas s'inquiéter non plus. Je suis très contente que moi et votre bonne à l'air bizarre, on soit arrivées à temps pour l'arracher au spectre.

Daisy m'adressa un sourire malicieux.

— Vous voyez, votre femme est une dame très respectable, mais elle a tout de même été attaquée par ce monstre avec son linceul, pas vrai ? C'est pas d'être dans la rue qui est dangereux. C'est d'être une femme, un point c'est tout.

Sur ce, elle partit d'un grand éclat de rire et tout en m'adressant un salut de la main, elle reprit son chemin vers l'autre rive. Je me retournai pour la regarder s'éloigner ; sur son éternel chapeau, les plumes de faisan toutes neuves se balançaient allègrement dans la brise.

10/18, une marque d'Univers Poche, est un éditeur qui s'engage pour la préservation de son environnement et qui utilise du papier fabriqué à partir de bois provenant de forêts gérées de manière responsable.

Imprimé en France par CPI

N° d'impression : 3017788
Dépôt légal : mai 2015
Suite du premier tirage : mai 2016
X05875/02